百家小集

回顾过往，坚守常识
悦读小集，遇见大家

百家小集

赵 勇——著

人生的容量

SPM
南方传媒 | 广东人民出版社

·广州·

图书在版编目（CIP）数据

人生的容量／赵勇著 . — 广州：广东人民出版社，
2022.6

ISBN 978-7-218-14713-0

Ⅰ.①人… Ⅱ.①赵… Ⅲ.①散文集－中国－当代
Ⅳ.① I267

中国版本图书馆 CIP 数据核字（2020）第 242647 号

RENSHENG DE RONGLIANG

人生的容量

赵勇　著

出 版 人：肖风华

责任编辑：钱飞遥
责任技编：吴彦斌　周星奎
装帧设计：河马设计

出版发行：广东人民出版社
地　　址：广州市越秀区大沙头四马路 10 号（邮政编码：510102）
电　　话：（020）85716809（总编室）
传　　真：（020）85716872
网　　址：http://www.gdpph.com
印　　刷：广东鹏腾宇文化创新有限公司
开　　本：880mm×1230mm　1/32
印　　张：11.25　**字　数**：209 千
版　　次：2022 年 6 月第 1 版
印　　次：2022 年 6 月第 1 次印刷
定　　价：88.00 元

如发现印装质量问题，影响阅读，请与出版社（020-85716849）联系调换。
售书热线：（020）85716826

序

深夜醒来，偶翻手机，翻到赵勇发来的微信，马上停了下来，打开一看，是一封"索序信"，诚惶诚恐，不知如何是好。想起既往的交际，想起童老师及其诸弟子的点点滴滴，久久难以入眠。于是，再次拿起手机，看到这索序信发出的时间居然是23点48分！应该是他昨天结束的最后一件事吧。我之所以称其为索序信，是因为它的篇幅太长，历数索序的种种理由。于是，我惺忪的睡眼仿佛看到了手机的另一端——他写这篇超长微信时一定摘掉了眼镜，一边抽烟一边尽可能地贴近手机屏幕死瞅，烟雾缭绕的书房伫立在北方宁静的秋夜中，以至于重读这索序信后眼睛也发涩了……

赵勇是山西人，我是山东人，只"一山之隔"，不算远。重要的还在于，祖上说我们赵家是明洪武年间从山西大槐树移民过来的。我开始想象当年官府组织移民的盛况：先将移民从他山西老家集中到大槐树下，然后再分流到我山东老家……应该有这种可能，说不定600年前还是一家呢。要不，我和他为什么那么意趣相投呢，以至于每次见面都像"高山流水遇知音"，越聊越投机呢？我没有和赵勇讨论过这个问题，不是没机会，也不是没时间，只是担心他会矢口否认，或者被他考证出来根本不是那回事。单凭这一点，我就没理由谢绝赵勇小弟，尽管有违我为自己制订的规矩——只为自己指导过的博士论文写序。

当然，仅仅"本家"还不是决定性因素，成为朋友的关键还在于气味相投。例如，2011年收到他刚出版的《书里书外的流年碎影》后，我居然迫不及待，一口气将其读完，以我个人的阅读兴趣来说，这种情况实属罕见，事后连自己都有点吃惊，以至于在不同场合多次猛夸赵勇的散文。当然，一般是在几盅酒下肚之后。缘由很简单，我的兴趣一直在理论，一般不太关注当代作品。我觉得当下人所写的散文，有些故弄玄虚、故作高深，有些趾高气扬、不掩戾气，还有一些消费才气、表面光鲜……我都不喜欢。当然，有时也会随手拿来翻翻，但是，读不了几页就没耐心了，哪会有这般兴致而一鼓作气读完，甚至读完之后就想找人喝酒。于是我在想：我喜欢赵勇什么呢？一直到写这篇序文时我才整明白：如果用一个字来表示，那就是"真"；如果用两个字，那就是"纯真"；如果可以用更多的字，那就是"泥土和草木的气息——世界上最原本、最纯真的味道，不可能还原的原初本真"。这也应该是"山药蛋"的味道。

这本《人生的容量》是不是这样呢？我的三次高考？有本事一次高考就成功，"三次高考"算什么本事？……偶有机会拜见王富仁，然后得以拜访童庆炳，从而为考博预设了可能。意外所获，庆幸不已："终于考到童老师门下，用上了吃奶的力气。"……麦假里，为了轻松完成拾麦子任务，居然结伙"偷"现成，于是被捉个现行。——诸如此类，星星点点、许许多多，是城市里人、高楼大院长大的人、富家或官宦子弟难以经历、难以体会的；广而言之，也是那些始终将眼睛置于头顶、仰天不着地、唯上是从的人难以理解的。诚如本书《后记》所言："自己的人生经历既无高光时刻，也无华彩乐章……就如同'平胸的舞娘跳脱衣舞'，是很容易被人笑话的。但问题是，虽然寒酸，尽管平淡，却又总有一些瞬间或片段让我感到神奇或不可思议。"在我看来，这恰恰是赵勇的散文的出彩处：写出了泥土和草木的气息——世界上最原本、最纯真的味道，人生不可能还原的原初本真！

看来，"人生的容量"是无限的，再硬的翅膀也有过艰难的起飞之时，飞得再高也终究要落地，世界万物的终点都是它的由来——泥土和草木的世界。

感谢赵勇再次为读者奉献了一抔"山药蛋"！它原汁原味，散发着泥土、草木的气息。

是为序。

赵宪章

2020 年秋作于南京草场门

上编　私人生活

上编
私人生活

我的学校我的庙

——七十年代纪事

大庙

我的家乡水北村的正中央有一座庙院，许多年来我都不知道它的准确名称。村里人把它叫作大庙，它就成大庙了。水北村庙多，仅村中就有关帝庙、祖师庙、吕祖庙、禹王庙、东庵庙（会真观），从西向东，镶嵌在一公里多长的村落里，大庙便是其中之一。我曾以为，大庙是因为庙院之大才被人如此叫开的，但据准确测算，它并非村中庙之最大者。吕祖庙占地面积为 1272.09 平方米，而大庙却只有 1096.05 平方米。

实际上，大庙还有文庙、圣庙、集贤院、三教庙之称，它们更雅致，却只是镌刻在庙院的碑文上，从来都没有被真正叫响过，仿佛那是藏得很深的机密。例如，院中有大明万历十七年（公元 1589 年）立的一块石碑，碑文记载："濩泽东二十里许有聚曰水北，即战国韩营、宋元招贤里也，其中社先民创三教祠，始建于唐元和癸巳年。"（《重修三教庙碑记》）癸巳年是元和八年（公元 813 年），两年之后，白居易左迁九江郡司马，遂有传世名作《琵琶行》面世。这就是说，早在白居易那个时代，水北村的三教庙就建起来了。而所谓三教，即儒、道、释三教也。

大庙既然是庙，也就有着一切庙院必不可少的建筑。正中间从南向北，先是山门，山门上有舞楼，然后是拜殿和正殿，庙院的两侧对称地建着妆楼、看楼、厢房和耳殿等。这是对庙院建筑的命名，而在许多年里，我既不知道这些房子的功用，也叫不出它们的名称。因为在我的记忆里，大庙不是庙，而是我童年、少年时期的求学之地。那些楼或殿既无神像，也没有任何香火气息，而是成了学校的教室和教师的办公用房。据说，大庙是1952 年成为学校的教学场地的，我父亲就在这里读过高小，他们这代人很可能是从中受益最早的学子。而到我入学时，它已是集小学、初中，甚至高中为一体的"水北五七学校"了。

1969 年，我进入这所学校。我在楼上楼下、左右厢房、前院后院转了一圈，70 年代也就所剩无几了。

然而，自从离开这所学校，我似乎就再也没有走进过。在后来回家的日子里，我曾无数次沿着紧挨学校的庙圪洞（胡同）

走向正街，想温习一下这所学校的模样，但庙门总是挂着一把大锁。大概从 80 年代中期开始，村里因建起新的校园，大庙也就人去楼空，似乎恢复了它的本来面貌。但它依然不是庙，而成了一座废弃的园子。偶尔，会有人进驻庙院，在那里起火做饭，遮风避雨，像是一个看庙的和尚。大约十年前，我就听说一位不算太老的老人过年期间死在了庙里，而他原本住在赵家圪洞，恰好是我家的邻居。

那时候，我便想起当年流传在赵家圪洞的一段顺口溜："山红圪眨眼儿，狗孩爱下线儿，妖精拿起斧，砍了田喜的小圪脑儿。"这位老人就是桑田喜，因脑袋长得小，人送外号"小圪脑儿"。

然而，我却不清楚他是如何落魄到那种地步的。

2018 年 4 月的一天，利用短暂的回乡探亲之机，我终于走进了这座庙院。然而，院里已是一片衰败的景象：除去正殿还算有鼻子有眼外，大部分的房子已开始坍塌，有的甚至塌没了屋顶。砌在地面的砖石磨损多年后已残破不堪，荒草从砖缝中拱出，正连成毛茸茸的一片绿色。院中两侧长条形的石桌（其实那是庙里的碑石）依然在，但离石桌不远，用砖石垒起来、用水泥抹成光滑台面的乒乓球球台却已荡然无存。院里院外贴着红红的告示，挂着横幅，似乎才让它有了一些生机。横幅上写着一行大字：心中充满母校情，捐多捐少都是爱。

修缮前的大庙，摄于2018年

　　那是村中贤达发起修葺文庙倡议后不久的日子，倡议者打出"母校情"这张牌，显然是想以此召唤人心，理顺捐资通道。我回去时，听说在短短几天内已筹集到十多万元善款。虽然离预想的数字还差得很远，但修缮一事总算可以提上日程了。

　　看着眼前景物，听着父亲和几位发起者的讲述，我忽然有些恍惚，心绪就像一片飘零的叶子，摇摇晃晃向下坠落。

讲用

据父亲言，我可能是七虚岁时走进这所学校的，一开始上的是幼儿班。

当父亲说我上过幼儿班时，我是有些吃惊的，因为关于幼儿班，我现在已印象全无，只是记着一句调侃幼儿班的顺口溜："幼儿班，不简单，光着屁股露着蛋。"但是，对于我的启蒙老师，我却印象很深。她叫司玉莲，父亲说她在幼儿

启蒙老师司玉莲，摄于1972年

班就教过我，而我却一直以为她是我读一年级时才开始教我的。

那时的司老师还是青春少女，长得并不白净，却也算得上农村里的漂亮女子。许多年之后我才意识到，她有一双会说话的眼睛。她盯着你看时，眼睛中充满了爱意与柔情。就是在这道目光的注视下，我学会了拼音，开始识文断字，甚至还走向了讲用会的讲台。

如今，"讲用"已是一个"死掉"的语词，许多人都不知道它的意思了。但在1970年前后，讲用却既活跃又普遍，以至于落后的农村中年幼如我者，也被当作讲用的人选之一。所谓讲

用，就是宣讲活学活用毛主席著作的心得体会。这个命名又与林副主席的指示有关："学习毛主席著作，要带着问题学，活学活用，学用结合，急用先学，立竿见影，在'用'字上狠下功夫。"林副主席发号施令，讲用就在全国风行起来。汪曾祺曾经写过一篇名为《讲用》的小说，说的就是那个年代的事情。小说的亮点在结尾处：郝有才打碎了一个公家的暖壶胆，自己花钱配了一个。军宣队知道此事后认为有讲用价值，便动员他登台开讲。到了现场，郝有才先向毛主席像行礼，然后转过身来大声说道："毛主席教导我们说，瓶了就瓶了！"全场笑翻，然后散会。

我的讲用也有"亮点"。第一次讲用，我记得就在学校的院子里。那个时候，庙院的正殿已用作校长办公室，正殿前有六七级青石台阶，学生就常常集合在台阶之下，聆听站在台阶上的校长或老师训话。但那天的台阶是属于我的。我一个人孤零零地站在第三级台阶上，对面是从低年级到高年级的全校学生，他们排着队，黑压压一片。我开始讲用了，先是自报家门，姓甚名谁，接着报出年龄。我刚说出"我今年八岁"时，大家顿时笑成一片。笑什么呢？当然不是笑我虚报了年龄，而是笑我的发音。说"八"时，晋城话与普通话是有区别的，前者开口要小一些，但老师却要求我用普通话讲用。为了把"八"字扭成普通话，我就字正腔圆地说："我今年'勃'岁了。"

我至今都没弄清楚为什么我会把"八"说成"勃"，而且还发阳平音，但满院笑声却非常壮观。笑声告诉我，我肯定是哪里出错了。那是我人生中第一次面对笑场，当然不可能有任何经验。讲用已被笑声截断，我则在惶恐中停下来，望着同学们咧着瓢一样的嘴，"哇"的一声大哭起来。同学们见我被笑哭了，就笑得更是起劲；而他们越是开怀大笑，我就越是泣不成声。老师们也笑了，然后就从四面围过来救场。他们究竟是哄劝一番后嘱我继续操练，还是就此作罢让我下了台阶，如今我已全部忘记了。

经过这次"彩排"之后，我就正式开始讲用了，先在水东公社面向"联校"学生（即水东联区所有一年级到七年级的学生）讲，名声大振后，又在大队的广播站里对着麦克风讲，随后又走进离学校一箭之遥的大队礼堂，面对水北大队全体社员讲。时间一长，我仿佛成了讲用的"老油条"，后来不管站到哪里，下面有多少人，我都不会怯场，一张嘴就像拧开了水龙头一样，哗啦啦地流它一遍。但这种小和尚念经似的讲用有时也会出错。记得有一次在大队礼堂进行讲用，我的讲用稿里穿插着不少毛主席语录，当开始背诵"社会主义社会是一个相当长的历史阶段"时，中间卡住了。我死活想不起"要提高警惕"的下一句是什么，就只好愣在那里使劲想，但越是使劲就越是想不起来，脑子忽然变成一片空白。台下的听众起初叽叽喳喳，正小声地唠着家常，他们见我一下子动静全无，不知我演的是哪一出，便抬眼观望，全场顿时鸦雀无声。我在一片寂静中愣了一分多钟，正六神无主之时，台上才有人反应过来，赶快拿着稿子过来给我提词。我总算冲过屏障，开始向着"年年讲，月月讲，天天讲"一路狂奔。广大社员群众也终于松了口气，他们又开始叽叽喳喳了。

现在想来，我被发掘为讲用"人才"，很可能也是司老师的功劳。我小时候个子虽低，不会下河捉鳖、上房揭瓦，但记忆力的尿性却不低，一般人根本比不过我。无论什么东西到我这里，我三下两下就能背得滚瓜烂熟。而那些讲用稿又是谁写的呢？莫非也是出自司老师之手？可能的情况是，司老师写出稿子后，还要经过其他老师的加工润色，因为我的讲用代表着水北五七学校的整体水平。记得有一次张校长站在校园的石桌子旁边，对着几位老师说："里面一定要加一句'精神原子弹'！"他一边说着，一边挥起胳膊劈下去，像是电影《决裂》中的龙国正。但这颗"原子弹"究竟是加在了我的讲用稿中，还是加在学校毛泽东文艺思想宣传队的串场词里，我现在已说不清楚了。

我上学后不久，司老师就结婚了。我能记住这件事情，是因为发生在街上的一幕烙印在记忆深处，久不褪色。那时候的娶媳妇、嫁闺女虽然已是新事新办，却还要敲锣打鼓，走街串巷。当娶亲的队伍经过校门口时，我们追在后面看起了热闹。司老师原来是站在讲台上的老师，如今她却打扮成了别人的媳妇，这种角色转换让我们颇感好奇。于是我们尾随着那支队伍，忽前忽后，忽左忽右，蹦蹦跳跳，嗷嗷直叫。调皮的同学已没有了课堂上的拘谨，他们手拿弹弓，不断地把一些石子弹向司老师和新郎官的背后。感受到同学们的"袭击"时，司老师并没有恼怒，她白我们一眼，又迅速切换成娶亲时需要的幸福表情，而我们则因获得了存在感，蹦跳得更欢了。

司老师究竟是何时离开这所学校到城里工作的，如今我已记忆全无。我大四的时候，司老师去省委党校学习，特意约我见面聊天。那时候，我们已开始考虑工作去向。她问我有什么打算，我大大咧咧地说："去哪里都可以吧，实在不行就下基层锻炼，到祖国最需要的地方去。"她见我说着一些报纸上的话，仿佛当年背毛主席语录，就笑了起来，然后郑重其事地对我说："你可千万别犯傻，以后分配工作，能在上面就不要去下面，能留省城就不要回老家。我是过来人，听我的话没错。"

司老师不愧是我的启蒙老师，她又扎扎实实给我上了一课后，就消失在茫茫人海中。此后三十多年，我们再没见过面。

大字报

讲用忽然就停止了，因为林彪之死。

对于懵懂无知的我来说，这件事并无任何实际意义。但因为"批林批孔"运动，我们也得照着报纸上的口吻写批判稿了。起初，我只知道"叛徒、内奸、工贼"；林彪一死，"资产阶阶级野心家、阴谋家、反革命两面派、叛徒、卖国贼"等词更是横空出世。除此之外，像"悠悠万事，唯此为大，克己复礼""天马行空，独来独往"等等新词老话也呼啸而至，它们丰富了我的词汇量，我在写作文时就可以照葫芦画瓢了。

因为是庙院，我们这所学校也就享受着坐北朝南的天然优势。南门外便是正街。从校门口往东前行百米左右，就是大队的场院了。这一区间正街的两边，则是两排高低错落的民房，但民房到赵家圪洞的大王阁那里又中断了，因为出大王阁往南，是河落头，河落头下面是丹河流经的河滩。河落头上除一两户人家外，已没有建房造屋的空间。紧挨大王阁北边则是为知识青年建造的集体宿舍，那一排房屋基本上与大队场院连成一片。知青宿舍落成后，那排房子的前额上便刻写下毛主席语录："知识青年到农村去，接受贫下中农再教育，很有必要。"这行红色大字耀眼夺目，二里地之外都看得清楚。

大字报通常贴在学校去往大队的街两边。学校门外的两面墙壁宽大舒展，本来是可以贴大字报的，但两面墙上各有一块大黑板，定期更换着宣传内容，显然不宜张贴；知青宿舍是水北大队的新门面，张贴似乎也有碍观瞻。这样，大字报往往就糊到了民房的墙上。

"批林批孔"运动中，我似乎已是抄写大字报的一员"主将"，这大概与我能写几笔毛笔字有关。上学不久，描红仿、学写字已成为我们的日常功课。老师见我字写得还算周正，就把抄写大字报的活儿派到我的头上。我对着底稿，把上面的小字用毛笔写成大字，就成为所谓的"大字报"了。而张贴大字报则是其他同学的事情，他们搬着桌椅，拎着糨糊，爬高上低，有时就会对我表达不满，认为我写字占巧，却害得他们张风喝冷，户外作业。这时候我就可以活学活用、"现炒现卖"了。我指着大字报说："你们看看，这上面不是写着'劳心者治人，劳力者治于人'吗？"这句话一出口，他们往往会被我唬住。实际上，我对这句话也是半懂不懂，只是觉得它文绉绉的，好玩。也幸亏我的同学比我还不懂，否则，我的"反动思想"就暴露在光天化日之下了。

　　许多年之后，我看了台湾王财贵教授关于儿童读经教育的演讲录像，很受震动。所谓读经，便是诵读四书五经。在他的心目中，四书五经凝聚着中国传统文化的高度智慧，13岁以前的儿童若能守着它们，过目成诵，它们就会跟你一辈子，成为战无不胜的思想利器。记得听完王财贵的讲座后我长叹一声，感慨万千。在读经的最佳年龄我们在干什么呢？在批林批孔。所以，对于孔孟之道我们并不陌生，但植入我们记忆的只有"孔老二"及其信徒的只言片语，它们是用来批判的，却不是用来瞻仰和膜拜的。我记得当时的语文课本中选过一篇《阳货》，那是我唯一一次背诵《论语》。然而，学习这篇课文的用意却是为了展示

"孔老二"的反动本性。他被阳货训得灰溜溜的，其"丧家犬"之相已暴露无遗。而那个阳货，则仿佛成了"红卫兵"小将。

不过，学习这种课文也有乐趣。课文的第三句就是"归孔子豚"，当老师把"豚"讲解成蒸熟的小乳猪时，他在上面咂摸，我们也在下面流口水。那个年代，"三月不知肉味"是正常现象，但"豚"的到来，让我们学会了画饼充饥。

《阳货》篇曾被用作过大字报的素材吗？我现在已记忆全无。我能够记得的是，当大字报贴出去时，我总会去那里观赏一番。老师说："人怕上床，字怕上墙。"我去那里观赏，既是去瞅瞅自己的"作品"，也是要看看我的字与那些大人的字差距何在。大字报里的内容往往千篇一律，无甚可看，但有时我也能记住几个词语。有一次，我看到一张大字报上写着"天不变，道亦不变"，立刻觉得这句古话"长得不错"。但不知是那处毛笔字写得太潦草，还是我看走了眼，我把"亦"字记成了"赤"字。此后好多年，我都一直在"道赤道赤"着，想破了脑袋都没弄清楚它是怎么回事。是不是写反了？改成"赤道"多顺溜！

墙上的大字报时而稀疏，时而密集。密集时，各种纸张，大字小字，行书楷书就糊满了整面墙壁，白花花一片，煞是可观。但往往几天之后，它们就成了旧物，这时候，又一批新货便快要上墙了。

忽然有一天，看大字报的人多起来了，人们在那里指指戳戳，正议论着什么。我凑过去一看，吓了一跳。一张大字报上直呼其名，说要把大队党支部书记揪出来，因为他是个大流氓。那上面的表达虽略输文采，却也甲乙丙丁，把支书如何欺男霸女的龌龊事罗列一堆。为了加大揭发力度，写作者不惜自曝家丑，把自己的媳妇也"me too"为证据。他像小常宝一样字字血、声声泪地控诉着，显然是要激起全村革命群众的满腔仇恨。这种声讨果然有效，随后，揭批党支书就变得热火朝天了。

我确实是被那张大字报吓着了。党支书？拄着拐走街串巷？大流氓？这件事情彻底颠覆了我的想象。直到许多年之后读本雅明，我才意识到那一刻就是"震惊体验"。

大字报的作者就住在庙圪洞里，那是我上学的必经之路。每次看见他坐在大门外的石头上茶呆呆地发愣，我就会想起那张大字报，仿佛一遍遍温习着一篇课文。

前些年回家，父亲不经意地说，那个谁谁谁也不在了。我"嗯嗯"着，却恍惚中听到"哗啦"一声，愣过神来后才意识到，可能是那张大字报贴在我心中太久，现在它终于剥落了。

知青

贴大字报那人的住处紧挨着学校，准确地说，是紧挨着学校后院的那排房子。

据我猜测，大庙原来可能没有后院，但因为它变成了学校，又必须给学生提供一个活动空间，它后面的空地就被开辟出来，变成了一个操场。操场并不大，只有篮球场般大小。而事实上，它的两边也确实各竖一个篮球架。北边篮球架的后面是一小块菜地，菜地边上建了一排平房，那是高年级的教室。

操场上的活动原本是平淡的，无非就是出操、跑操、做广播操而已，但因为知青的到来，忽然有了起色。

在我的记忆中，来水北大队插队落户的前后有两拨知青，第一拨是两个小伙子，天津人，其中一人名叫大刚。听大人说，他们本不想来，来了似乎就闹着要走。果然，一年半载之后，他们就突然蒸发了。但我还是感谢他们的到来，因为在此之前，我只听过有线广播里字正腔圆的普通话，却万没想到还有"真恁儿""嘛事"的天津话被他们说得油光水滑、风情万种。有一段时间，村里人一边模仿着他们的用词，一边发表着评论："人家说话可真日怪呀，说甚都是'恁儿'。"但天津话的"恁儿"经过晋城话的包装后，仿佛天津麻花煮成了晋城油圪麻，已彻底串味了。

第二拨知青人数不少，总共29人，其中男生13人，女生16人。他们都是铁路子弟，全部来自晋城北站，插队的时间是1974年3月16日。

插队水北的知青与村干部在大队场院中的合影，摄于20世纪70年代中期

　　我能知道得这么确切，得益于当今的网络和他们的怀旧之旅。有一天我在微信上翻阅朋友圈，忽然看到水北知青回第二故乡欢聚的视频。打开瞧，我已认不出一张张曾经熟识的面孔。他们都老了，而我记忆中还是他们年轻时的模样。杜拉斯说："J'aimais moins votre visage de jeune femme que celui que vous avez maintenant, dévasté."（王道乾译作：与你那时的面貌相比，我更爱你现在备受摧残的面容）我说："与你现在饱经沧桑的老眉咔嚓眼相比，我更爱你年轻时阳光灿烂的容颜。"

　　是啊，那个时候，这些姑娘、小伙子宛如早晨八九点钟的太阳，是多么阳光灿烂、生龙活虎啊！他们的主要工作当然是下地做生活，却也不时会走进我们的校园和那个操场。

那时候，附近的每个大队都有知青，每个知青点差不多都会组建一支篮球队，然后他们就转着村打比赛。水北大队的比赛场地只有学校那个土操场，他们也就只能因陋就简，在那里吆喝、拼抢了，而我与我的同学们则成了他们的忠实观众。水北知青篮球队本就远近闻名，加上又在自己的主场打球，一个个也就更是卖力，仿佛要使出全部的看家本领。有时他们会打出几个花哨的传切配合，比赛也就变成了表演。许多年之后我看 NBA，方才意识到表演就是篮球比赛的组成部分。看着"乔丹们"神出鬼没，把球打得行云流水，我总会下意识地想起 70 年代那个尘土飞扬的操场。正是在那里，我才获得了有关篮球知识的最初启蒙。

永远留在记忆中的是队长和前锋的身影。队长很稳健，他一只手控着球，一只手挥舞着，嘴里不停地喊着队员的名字，让他们跑位、站位。这时，前锋已跑到 45° 角的位置，球也恰好传到他手里。通常他都会有假动作，闪过防守队员的逼抢后便迅速起跳、投篮。他投篮的姿势很特别，不是一手护球一手投，而是两手抱球，让它横在脑袋与肩膀之间，然后再向上推出。这样的投篮动作其实是很不规范的，投出去的球弧线也低，但命中率却不低。于是，他在瞬间完成的动作仿佛也具有了一种特殊的美感。

他叫保明。我至今还记着他的名字，但他是不是姓周，我却不敢确定了。

女知青也来看球，但她们从没打过篮球。偶尔，她们会溜达到前院，和我们打几下乒乓球。

前院拜殿前的空地上，东西两边各有一张用碑石支起来的石桌。石桌的宽度只有乒乓球球台的一半，却成了我们平时打乒乓球的简易球台。东边石桌不远处是砌起来的水泥台子，其高低、长短与标准的乒乓球球台无异。这张球台好，也就成为我们课间、课后的争抢之地。但似乎只有在石桌上练出点模样，才有资格升级到这里。台上常年摆放着一排砖头，那便是球网了。球拍通常由三合板、五合板自制而成，谁要是手头有一个买来的带着胶皮的拍子，那就拥有了真正的高档奢侈品。

有一天，我们正在水泥台前你来我往地打着，一位女知青忽然走过来说："我也来和你们比画两下。"我们立刻让出一个位置，献上了我们的"奢侈品"。

她并没有立刻打球，而是接过拍子，摸摸正面，又转过来看看反面。反面刻写着一个同学的名字，她端详一番，便朗声念了出来："马——四——昌。"

当这三个字从她嘴中滑出时，我一下子愣住了。标准的吐字，悠扬的发音，仿佛仙乐敲击着耳膜，叮当作响。许多年之后，我才意识到那种感觉就是"惊艳"。马四昌是我的同班同学，我们喊他的名字是从来不带姓的。加上晋城话中没有前舌尖音，"四"便总是说成"柿"，"昌"又做了半儿化的扁平化处理。我们就这样四昌长四昌短地唤着他，早已唤得麻木了。女知青一张嘴，却一下子叫出了一种陌生化效果，因为她说的是普通话。

不光是她，这拨知青说的都是普通话。

女知青长得也漂亮。她挥起拍子，扭动身体的时候，就像电影中的资产阶级小姐在跳舞。

被惊艳后不久，我便有了与她同场演出的机会。

那次演出的主题我已想不起来了，但演出的场地和细节却依然清晰。我们集中在大队场院的中央，就在那片空地上演出，四周围着前来观看的社员群众。女知青不是单独出节目，而是与她的三个同伴小合唱，内容无非是"扎根农村干革命，广阔天地炼红心"之类的时代新曲。听得出来，她们都没有经过正规的专业训练，唱得有些干涩，加进去的动作也比较僵硬，远没有打球时来得自然，但贫下中农们却依然像看西洋景一样看得起劲。我的节目是独唱《我为祖国守大桥》。王老师一边用脚踏风琴伴奏着，一边用目光向我传递着鼓励，我便扯开嗓子吼起来了："晴空万里彩云飘，不尽长江浪滔滔。火红的太阳心头照，我为祖国守大桥……"

那时候我还没有变声，自然是无法唱出"守大桥"的豪迈的。但我一下场就听到她们小声议论着：这个小家伙长得不咋地，唱得还蛮不错嘛。顿时我就嘚瑟起来，心中油然升起了技压群芳的幻觉。

但好景不长，终于，大队的场院里不再有她们的欢声笑语，学校的操场也变得寂寥起来，因为知青们开始返城了。

我上大学时要从晋北车站乘坐火车。第一次出远门，带着的木头箱子又要办托运，父亲就说："你全林叔当年与知青打得火热，看他能否找到关系，帮帮忙？"全林叔很热心，他与我父亲把我送到车站，找的就是打篮球的保明，那时保明已是机务段上的一名职工了。办完托运，时间尚早，保明便把我安排到他的宿舍里候车。我在椅子上坐坐，床上躺躺，翻阅着他那里的书报杂志，仿佛享受着现在高铁商务座的候车待遇。

然而，当我翻看水北知青的"怀旧之旅"时，却没有发现保明的照片。有人说，保明前几年已经病逝。

这时我才想起，年纪与他相仿的全林叔去世更早。

赵全林是我的本家亲戚，住在赵家圪洞的底部，他家房子紧挨着那排知青宿舍。

唱歌

王老师是我们的音乐老师，她小名叫胖孩儿。

刚上学时，我曾对王老师的小名产生过好奇。她不胖啊，为什么人人都唤她胖孩儿？当然，她也不瘦，而且与一般人比，她确实也更富态一些，又因为长得白白净净的，一白就显胖——只是到今天我这样琢磨时，她的小名似乎才坐实了。

背地里，一些同学也敢叫她胖孩儿，但我却只敢叫王老师。

那个时候，王老师大概三十出头，长得也颇有些姿色。全校好像就她一个音乐老师，这样，所有年级的音乐课也就由她一人包干了。学校有一架半新不旧的脚踏风琴，那是完全归她使用的乐器。她先用风琴定定调，然后就一句一句教我们唱："无产阶级'文化大革命'（嘿）就是好！——唱！"我们就挓着嗓子唱起来了，"就是好呀，就是好，就是好"顿时冲破教室，响彻云霄。这首歌直眉楞眼的，就像晋城话所谓的"半性"，我们唱着它，一个个似乎也成了"半性"。

我这个"半性"就是被王老师培养成独唱人才的。那时候，能独唱的全校好像也没几人。用现在的话说，我就是那个男一号。

我会唱歌，固然与王老师的刻意栽培有关，但更主要的，恐怕还是我底子好，不跑调，天生一条好嗓子。我出生三四年后，革命样板戏已如火如荼。我家堂屋的窗户上面安着一个有线喇叭，成天广播样板戏。我好奇，就经常在院子里边耍边听戏。听得一多，也就能唱了，便经常咿咿呀呀的，一会儿李玉和，一会儿少剑波。有时兴起，一出样板戏的选段便差不多能从头唱到尾。前后邻居知道我会唱戏，便经常逗我开唱："勇，唱一段样板戏，给你个糖蛋儿。"在糖蛋儿的诱惑下，我通常会即刻开唱："提篮小卖拾煤渣，担水劈柴也靠她。里里外外一把手，穷人的孩子早当家。"

那时候我并不知道"提篮小卖"是什么意思，便经常把它唱成"提篮小满"。如果我唱嗨了，一曲终了时往往会伴随着一个庆祝动作：把手中的草碗抛向空中，然后仰着脖子，望着盘旋的草碗哈哈傻笑。

所有这一切，我其实已没有什么记忆了，还是许多年之后我的邻居告诉我的。当他们讲述起这段往事时，我一边想象着我那时的傻样，一边暗自惊叹：简直就是明星坯子啊，连欢庆动作都设计得那么富有创意！为什么我当年不去学唱歌，却五迷三道考了个中文系呢？

王老师住在村西头，她不一定清楚我的幼年壮举。这么说，她是在课堂上发现我唱功不俗的？总之，自从我上学之后，我似乎就被划分成会唱歌的"红五类"，后来学校凡有演出活动，王老师要么让我领唱，要么把我内定为独唱歌手，这样也就有了我与知青的那次同场飙歌。

有时，她也会安排我与人对唱，但我现在能够想起的对唱歌曲只有那首《浏阳河》了。

《浏阳河》在今天看来无疑是一首"红歌"，但那个时候我却不知道它的性质。当然，那个年代的歌曲也无所谓性质，因为它们都是革命歌曲。区别只在于，有的歌曲铿锵有力，适合合唱，像《大海航行靠舵手》，就是这种类型；有的歌曲则婉转悠扬一些，像每天广播里播送的《东方红》，还有《毛主席的书我最爱读》等，则是另一种类型。《浏阳河》属于后者。相比之下，我大概更喜欢抒情抒得绵长一点的那种歌曲，而唱《浏阳河》似乎也正中下怀。

但其实我是无可选择的，选歌是王老师的事情，她选中了什么，我就得唱什么。大概是那次演出需要一个男女对唱的节目，她就选了《浏阳河》。女歌手高我两三个年级，小名叫改改。有一阵子，王老师弹着她的风琴，一遍遍地让我们练习。改改唱第一段，我唱第二段，以此顺序对唱下去，最后一段则是男女合唱。王老师说："唱完'啊依呀依子哟'时，该你歇会儿了，这时你不要傻站着，而是要侧过头来，加点表情，注视着你的搭档。"我很听话，但每次当我注视改改时，却发现她比我高出一头，心里忽然就有了不平之气。轮到我唱时，我就尽量把声音抬高，想以此弥补自己的身高。王老师就停下弹奏批评我："你的音准很好啊，怎么把 D 调爬成 F 调了？回去回去！"我就只好乖乖地急速下降，仿佛从青藏高原回到了虎头山。

改改是我家前院邻居，70 年代末或 80 年代初，她被招工去了上海。她父亲在上海工作，据说她是过去"接班"的。

大概在我上五年级时，学校忽然买回一批乐器，说是要成立一个小乐队。买回来的乐器有扬琴、笛子、二胡、板胡、鼓、锣、镲等。组建乐队的不是王老师，而是孙老师。我满心盼着自己也能成为乐队的一员，学会一门乐器，没想到盼星星，盼月亮，还是没盼来"共产党"，失望的情绪顿时像夏天的洪水，涨满了村头的丹河。敲扬琴的是我们班的一位女同学，每当演出时，扬琴总是摆放在乐队的正中央，很是显眼。她则低垂着眼帘找琴弦，把扬琴敲得嘈嘈切切。一曲终了，她便抬起头来，脸上是一副志得意满的表情，用晋城话说就是"能气"或"着不下"。这时候，我的羡慕嫉妒恨就开始疯长，心里面仿佛有一只小兽在横冲直撞。

我毫无办法，便只好使劲用算盘珠子吹曲子，一方面泄愤，一方面似乎也是欲与乐队试比高。

算盘珠子能吹曲子？能！找一颗废弃的珠子，再撕一块薄纸贴住窟窿眼，然后用拇指与食指圈住珠子，放在嘴边嘟嘟，就能嘟嘟出响亮的声音了。我瞪着眼珠子，吹着算盘珠子，楼上楼下来回乱窜，若是遇到乐队排练，吹得就越发起劲了。这时候，负责排练的孙老师就会狠狠地瞪我一眼。

现在想来，很可能那便是我最早经历的一次创伤性体验。

创伤

身体的创伤是 12 岁那年形成的。

但是，当我说出 12 岁时，我却无法确定是虚岁还是周岁。我曾经问过父母，他们已记不清晰了。我也问过邻居家改翠，我说："你还记得你是哪年结的婚吗？1974 年还是 1975 年？"她想了想，茫然地摇摇头："谁还记得那个。"于是，我也与她一起茫然起来了。

我在那座庙里上学时，一年是要放三次假的：寒假、麦假和秋假。后两个假说是放假，其实是农忙季节让小孩帮着生产队里的大人干活儿。这样，也就只有寒假可以算作真正的假期了。我 12 岁的那个正月天，当走亲戚的活动告一段落后，有一天我忽然心血来潮，便与同学小虎约好，准备进城看看。县城离我们村 20 多里，我们决定步行进城。父母同意了。

吃过早饭，我们就踏上了进城的公路。出村不久，有辆马拉的大车赶上了我们，车把式坐在前面，车上装着堆起来的石子，车尾巴上露着一尺见宽的平面。我与小虎跟着那辆车，两个人轮换着爬到车尾巴上，潜伏在石子堆后面。还没得意多久，我们的把戏就被车把式发现了。他倒是没吆喝我们，而是用鞭子往后一甩，鞭梢就扫到我们的身上、脸上，那是轰我们下车的信号。

免费的大车坐不成了，我们两个人只好徒步往城里溜达。

在我少年时代的想象中，城里就是另一个世界。虽然它实际上并不比清贫的农村富裕多少，但我总觉得那里要甚有甚，哪怕是做梦，都比在乡下放心胆大。后来我读路遥的《人生》，忽然就觉得我比从小在城市里长大的读者多了一种体验。从12岁那年徒步进城开始，我仿佛就踏上了"进城"的漫漫长旅，我太知道"进城"对于农家子弟意味着什么了，但城里的市民子弟知道吗？他们有过把"进城"当作过年般快乐的感受吗？

进城之后，我与小虎在城里逛了半天。我们或许在街边花一毛钱吃了碗肉丸，或许什么也没吃。吃不吃东西是次要的，因为我们的主要目的是看风景，饱眼福。除此之外，我还拽着他找到了县城的新华书店，在里面挑拣一番，用压岁钱买了两本书，一本是《雷锋的故事》，另一本是《夜渡：工程兵短篇小说集》。

过了晌午，我们开始返程了，下了大岭头坡就是司徒。如今，司徒小镇远近闻名，已是集吃喝、游玩、休闲、娱乐于一体的消费场所，每当逢年过节，那里便人山人海。然而那个时候，司徒却是一个没有任何名气的普通村庄。我对它熟悉甚至感到亲切，是因为我的姨姨住在那里。

我现在已无法想起我是临时起意还是规定动作，反正下了坡之后，小虎径直往回走了，我却拐弯去了司徒，寻到我姨姨家里。不巧的是，姨姨不在家，她去外村看闺女了，而且晚上不一定回来。又恰逢生产队里开大会，表哥表嫂晚上要去参加。

晚饭后，我围着炉火囫囵躺在炕上，疲乏一阵阵袭来，不久就睡熟了。不知过了多久，我从灼热的刺痛中醒来，一股焦煳味直冲鼻孔。昏黄的灯光下，我看见自己的腿部冒烟了，这才迷迷糊糊意识到，肯定是睡着后滚到炉火上了。记得水缸就在屋子的另一端，我在慌乱中跳下土炕，准备走向那边，浇水灭火。但我只是走到屋子中央，腿上的暗火就蹿了上来。我走不过去了，被烧得吱哇乱叫，又蹦又跳。那时候我已经吓傻了，根本没想到越跳火苗会蹿得越快。

院子的东屋住着另一户人家，他们听见有人哭叫，凄厉之声不绝于耳，便赶快过来看个究竟。进了屋门，见我在地上蹦高，便立刻把我摁倒，脱下了我穿着的那条棉裤。

我的两条小腿被烧伤了，右腿尤其严重。司徒治疗烧伤的土办法是用醋反复涂抹伤口，于是那天晚上，我的两条小腿开始大量"吃醋"，右腿吃成了"火红的年代"。

第二天，姨姨回来了，她觉得她的偶然离家已铸成大错，便在赶来的父亲面前小心赔着不是，但丝毫也没有堵住父亲的火爆脾气。父亲咆哮着，抱怨着，表哥则赶快去借来一辆架子车，与父亲一道把我拉到水东公社卫生站。我的小腿黑乎乎一片，又是光着屁股让医生检查，忽然就觉得很是害臊。

许多年之后我才忽然想到，为什么父亲没有直接拉上我进城治疗呢？这个问题一出现，我这里也就马上有了答案：因为没钱。或者是，那个年代，根本就没有进城住医院的概念。他能想到的去处大概就是公社那个简陋的卫生院了。但那里的赤脚医生并无治疗的办法，他们只是简单处理了一下伤口，开了点止疼片，表达了一番同情，便让我坐上了回家的架子车。我先是被父亲抱到小屋，在那里待了十天半月，后来因为伤口化脓，怀疑是捅火的煤灰感染了伤口，父亲才又把我抱到了堂屋。小屋有山窗，就是那一阵子，我听到外面敲锣打鼓放鞭炮。奶奶说，是改翠结婚办喜事了。而改翠的叔叔后来则对我说："那时你烧了腿，天天疼得叫唤，我们在圪洞里听得清清楚楚。"

我无法上学了，只好休学在家，达三个月之久。就是在养伤期间，我生出了读书的强烈渴望。不用说，买回来的《夜渡：工程兵短篇小说集》《雷锋的故事》根本不经读，于是我央求父亲去给我找书。他在村里转了一圈又一圈，收获却很是惨淡：或者是《金光大道》《艳阳天》，或者是《虹南作战史》之类的读物，稍微有点样子的大概就是那本《战斗的青春》了。我在一篇文章中说过，这本书成了我的"止疼药"，"每当伤口痛得肝儿都发颤时，我就去回忆那里面的英雄人物如何在严刑拷打下宁死不屈，这样我仿佛也有了浩然之气。但英雄人物也常常不顶用，所以经常是父亲用双手死死掐紧我的大腿，以免换药时我疼得乱动。实在受不了的时候，就打一支杜冷丁，我便开始腾云驾雾，英雄人物也与我一起步入幻境。"

因为腿总是半蜷着，忽然有一天发现它伸不直了。父亲大惊失色，说："你这条腿要是残毁了可怎么办？不行，你得动弹起来！"我立刻满脸羞愧，于是每天在炕上做起了腿部伸展运动。

　　烧伤之后，我开始享受被人看望的待遇。亲戚、老师和同学，他们络绎不绝地来到我家的小屋堂屋，安慰着父母，奶奶或母亲则一遍遍在无奈中回应："唉，他今年就是有这个疼痛灾吧。"伤快好起来时，甲班一位同学也来看我了。他说："你烧得这么厉害，我怎么一直都不知道？"我立刻认为他是装的，便用上了一个新学的成语："你是明故知问吧？"话一出口，我就意识到我把这个成语的词序记颠倒了，但那位同学却浑然不觉。

　　麦子差不多熟透时，烧伤才算完全愈合，我也重新走进了课堂。但还没上几天课，就放麦假了。

　　麦假里的主要任务是拾麦，也就是当麦子收割之后，捡拾遗留在地里的麦穗。麦穗要上交，不是交给队里，就是交给学校，而且规定了每人必须完成拾多少斤的任务。但麦地里留下的麦穗并不多，拾麦的难度也就变得越来越大。有一天，我随几位同学从水北大队的麦地游荡到西刘庄的地界，发现有块地里的小麦成熟得晚，麦子刚刚放倒，铺在地上。那时天已晌午，地里一个人也没有。有同学就说："拾得太费劲了，咱们去抱它一捆吧。"我明知道这就是偷，但在同学的鼓动下，便也跃跃欲试了。我们走到那块地里，四下瞅瞅，每人搂起一捆麦子。这时，忽然从塄下钻出一个人来，大喊一声。我们被吓了一跳，便顾不上麦子，转身就跑，那人撵着我们追了起来。几位同学跑得飞快，像是地里的野兔，唯独我腿伤刚好，跑不起来，刚跳下一个塄沿，就被他捉住了。

那是一位三十多岁的壮年人。

他开始教训我了，我的小心脏则狂跳不已，不知他要如何收拾我。

"说，你爸爸是谁？"

报出父亲的名字显然是件丢丑的事情，我想赖着不说，但架不住他不停逼问，只好老实招供。但话一出口，我就有了"王连举叛变"的感觉。

"你家是不是住在赵家圪洞？"他想了想，先问出了这句话，似乎已不像原来那样凶眉暴眼了。待我回答后他又补一句："拾麦就好好拾，以后可不敢偷了。走吧。"

我拎起篮子，向家的方向走去，一路上是后悔、委屈甚至小小的庆幸，像是打翻了五味瓶。母亲见我没精打采、灰头土脸的，便问："要吃晌午饭了，怎么也等不回你。你去哪儿拾麦了？"我说："80亩地。"她没再往下问，我也没敢往下说。

许多年之后我读《"锻炼锻炼"》，刚读了个开头，就看到赵树理让人物说出个句子："拾东西全凭偷，光凭拾能有多大出息。"而说这话的正是落后妇女"小腿疼"。读到这里时，我扑哧一笑，12岁那年的记忆便迅速接通了。

看书

大概也是12岁，我就告别了小人书，开始看没画的书了。

与小人书告别，也与我的一次创伤经历有关。可能从70年代初期开始，家里就不时给我买些小人书，我每看过一本，就把它当作宝贝，收藏在一个小桌子的抽屉里。日久天长，抽屉便渐渐"丰满"起来，居然已有二三十本之多。我不时打开抽屉，温习一番，不肯轻易示人。那些小人书姓甚名谁，我现在自然早已忘得精光，但有一本印象颇深，它叫《一支驳壳枪》。

然而，我这批"驳壳枪"还是悉数离家了，结果有去无回。

我家院子的西屋住着一位鳏夫，他有一个外甥，叫来生。来生大我几岁，却很能与我耍到一起。有一天，他带来一个西洋镜——那是一个望远镜般大小的东西，把一些镶嵌着胶片的卡片物插入其中，再对着镜片瞧，就能看到栩栩如生的画面。这个东西让我感到新奇，我便央求来生留我耍几天，而来生的交换条件是把我的小人书全部带走，拿回家里"细嚼慢咽"。我虽舍不得，但还是同意了。

因暂时拥有了西洋镜，我便圪拽起来了。我在人前人后显摆着，让很多小伙伴倍感眼馋。小虎发现这个新玩具后，便提出来借他看看，我很大方地答应了。但过了两天，我去找他索要时，他却说把西洋镜耍丢了。我觉得不太可能，来生到来后，便又与其一趟趟上门催要。见我们追得紧了，小虎才说了实话：西洋镜掉进泊池里了。

来生很生气，后果很严重。他的逻辑是，找不回西洋镜，我的小人书也别想要了。我自知理亏，便只好在他迁怒于我的逻辑面前乖乖就范。但一想到我的"驳壳枪"挂在别人腰间，我就心痛不已。这种心痛自然是很小儿科的，却也真真切切，让我想起来就难受半天。几年之后，我从收音机里听到茨威格的《看不见的收藏》，忽然觉得这个题目也适合我。从此，我的心痛便有了一个雅致的命名。

很可能就是这次遭遇之后，我对"画书"的兴趣开始变淡了，转而找开了"字书"。实际上，上到四五年级，课本基本上也是"字书"了，但现在回想起来，我对所学过的课文早已印象模糊，依稀能够记得的有《半夜鸡叫》《南京长江大桥》《赴宴斗鸠山》《东郭先生和狼》《小英雄雨来》《葫芦僧乱判葫芦案》《为人民服务》《纪念白求恩》《给徐特立同志的一封信》《"丧家的""资本家的乏走狗"》《辱骂和恐吓决不是战斗》……

但它们究竟出现在哪册课本中，我却完全说不清楚了。学习《南京长江大桥》这篇课文时，衡老师带着我们到村东边的丹河大桥参观，又让我们照葫芦画瓢写作文。但这座桥三分钟就能走两个来回，这作文可怎么写？《红灯记》早已耳熟能详，再学《赴宴斗鸠山》却依然有重大发现。李玉和与鸠山斗智斗勇，他们说出来的四字句可真是好啊："对酒当歌，人生几何""苦海无边，回头是岸""道高一尺，魔高一丈""人不为己，天诛地灭"……这些语词一过眼就使我记在心里，经年累月，永志不忘。它们也成了我们这代人的"密电码"。毛主席的诗文是课本里的重头戏，但在我们的表述中，"为人民服务"已是"喂人民不糊"，"纪念白求恩"则成了"纪念拐腿恩"。我们就这样圪遢着嘴，却丝毫不觉得这就是亵渎。

鲁迅也成了我们课本里的常客，但许多年之后我读藤井省三的《鲁迅〈故乡〉阅读史——近代中国的文学空间》，却一下子恍惚起来：《故乡》在我们的课本中出现过吗？这位日本学者说，"文革"时期，全国没有统一的中小学教材，教材由各地自己编选，情况极为混乱。因为这种混乱，《故乡》也从课本中消失了。直到"文革"结束后，它才在地方教材中迅速"复活"。这很可能意味着，即便我学过《故乡》，那也是1977年以后的事情。然而，尽管我只是"生吞活剥"过鲁迅的一些杂文，却已被他的气势和文笔迅速击中。有一天，我与几个同学在教室外的石桌前圪蹴，我们一致认为鲁迅不仅骨头最硬，而且文章也写得最好，如果我们以后与笔为伍，就应该成为鲁迅那样的人。我们叽叽喳喳着，心中因充满了大无畏的革命豪情而激动得小脸通红，却全然不知道我们所受的教育与鲁迅相比已有云泥之别。连"明知故问"都说不周正，怎么可能继承鲁迅的衣钵呢？

一帮不知天高地厚的家伙！

记得王财贵说过，假如发下语文课本你当天就能看完，那这课本就不需要教了。我大概就是那种每发下语文课本就急不可耐地从头读到尾的学生。因为课本根本无法满足我的阅读欲，我便只好去找课外书了。但那个年代能够找到的书少得可怜。记得那个时候，我读过《高玉宝》《碧泉之战》《激战无名川》《敌后武工队》《播火记》《连心锁》《欧阳海之歌》《把一切献给党》《跟随毛主席长征》《艳阳天》《金光大道》《西沙儿女》《虹南作战史》等，还有半部《西游记》，以及我在《十年一读赵树理》中提到的《灵泉洞》，这几乎就是我在十二三岁时读过的文学作品的全部。我还记得有本吴晗写的中国历史的普及读物，是在我家的楼板上发现的。楼板上是堆放杂物的地方，我在那里读完这本书后，立刻断定这是本好书。但为什么吴晗却被批倒斗臭了呢？这是我那个年纪无论如何都想不明白的事情。

大概是在 1976 年前后，"手抄本"忽然神秘降临，成了流传在同学们之间的秘密读物。同年级甲班有位同学很会喷，他读过的"手抄本"似乎也更多。有一阵子，我们听他讲《绿色尸体》《恐怖的脚步声》，一个个吓得毛骨悚然，头皮发麻。这件事情给我带来的阴影之一是，每当我上夜学穿过一条小圪洞时，总觉得后面有人跟踪。但我读过的"手抄本"不多，只有《梅花党》和《曼娜回忆录》。读完前者，我也计划抄一遍，但刚抄几页，底本就被人要走了。我至今记得抄过一个一轮古铜色的月亮如何如何的句子，当时我还纳闷，月亮怎么可以成为"古铜色"？而后者，我是躲在柜子后面的缝纫机旁偷偷摸摸读的，唯恐被父母发现。这个"手抄本"读得我心跳加快，浑身燥热，果然是后来所谓的"下半身写作"。在我对"色情"这个概念还一无所知时，色情读物就以这种方式抢占了无产阶级革命事业接班人的阅读高地。

20世纪90年代，我读《文化大革命中的地下文学》一书，发现其中有对《曼娜回忆录》《少女的心》等读物的梳理与介绍，方才意识到"手抄本"当时在全国非常流行。而它居然能流行到我们那所庙院里，至今都让我觉得匪夷所思。

但反过来想，为什么它不能流行到我们那里呢？那时候不是都喜欢说"全国一盘棋"吗？我应该感谢这种流行才是，正是因为它，我们才遭遇了"文革"中的地下潜流，也才同步感受到了那个时代的脉搏。

抄诗

我的相册里保存着一张集体合影，合影中有七位男同学，五位女同学，两位老师。照片的顶端印着一行字——水北五七学校中八班班干部毕业留念 76.12。

如果不是这张照片，我可能已忘了我初中毕业的准确时间。这么说，我是在 1975—1976 年读的初中？初中两年是不成问题的，因为那个年代有两条毛主席语录，它们被写成标语，刻在墙上，传播甚广："学生也是这样，以学为主，兼学别样，即不但学文，也要学工、学农、学军，也要批判资产阶级。""学制要缩短，教育要革命，资产阶级知识分子统治我们学校的现象，再也不能继续下去了。"这是毛泽东"五七指示"中的重要内容，也是水北学校中间还要嵌入"五七"二字的来历。因为学制缩短了，我们的小学也就上成了五年，初中、高中统共四年，这就是所谓的九年制义务教育。

但在初中阶段，我却想不起我们都学过些什么了。课堂永远是乱哄哄的，说话、嚷架、做小动作、上课睡觉……有同学伏在课桌上睡得正香，就有同学钻到桌子底下，把他解放鞋上的鞋带解开，再把两只鞋系在一起，让他醒来走不成路。晚上有自习，每人点着一盏煤油灯上夜学。煤油灯通常用墨水瓶自制而成，灯点起来后，通常又用纸筒卷成灯罩，灯罩上撕开一个口子，让亮光透过"微型窗户"照到课桌上。但这样的纸圪筒灯罩常常成为同学们相互攻击的目标：张三趁李四不注意，只要轻轻一摁，纸圪筒就着火了，然后就是大呼小叫——"烧了小鬼子的炮楼了！"，一晚上总有几座"炮楼"化为灰烬。班主任衡老师不时会大声训斥调皮捣蛋的学生，学生则气哼哼地与他对峙着，或是一下课就钻进他的办公室，偷吸他的烟叶，以示报复。当然，教室里的这种乱象往往也是间歇性的，在"教育必须为无产阶级政治服务，必须同生产劳动相结合"的伟大号召下，我们三天两头走向田野地头，走向大搞农田水利基本建设的现场，砸石子，锻料石，挑水担粪拾庄稼。相比之下，课堂反而更像劳动休息时的一个"客栈"。

在那个疯疯癫癫的年代，我大概可以算作毛主席的"好孩子"了，其证据之一是，每到"六一节"，我就会拿回一张奖状，有时还有奖品。我现在还保存着一个 64 开的"工农兵日记本"，那便是奖给三好学生的奖品。奖品的扉页上盖着公章，"晋城县水东公社水北五七学校革命委员会"的字样依稀可辨，发奖的日期是 1976 年 6 月 1 日。

发现这个小本本后，我的回忆总算有了一些着落。因为本子上抄着一些诗文，那个年头的时代气息也扑面而来。打头阵的是散文诗《红旗颂歌》，作者在起首段写道："奔腾的黄河呵，呼啸的长江，一同挥泪把挽歌唱；兴安岭的青松呵，东海的浪，齐把哀乐来奏响。伟大的毛主席，我们心中的红太阳，红旗下滴滴热泪洒大地，红心向着您跳荡。……"毫无疑问，这首诗是抄自毛泽东去世之后，而我之所以抄它，一定是把那些"四六句"当成了美文。

然后是孔祥德、赵政民、罗继长、武建中合写的长诗《深切的怀念》，怀念的对象是周恩来总理。这首诗我抄了32页。接着是李瑛的《一月的哀思》，抄了34页。还有《赞抗旱前线的带头人》《周总理办公室的灯光》《最响亮的歌是〈东方红〉》《韶山红日永不落》，关于第五届人大召开的报道《满堂春》和《奔向2000》……我还记得我抄过《放歌虎头山》，它的开头句是"红旗猎猎，飘扬在虎头山顶；凯歌阵阵，响彻在虎头山上空"，但这首散文诗究竟抄在哪里，如今已经不得而知。这些抄写很可能意味着，我那时候的激动或心潮澎湃都与这些浮华的诗文有关，它们也打造了一个小小少年的欣赏旨趣。

但说也奇怪，当我后来真正读开诗后，我却发现散文诗特别讨厌。为此，我在90年代初期还写了一篇名为《诗歌的渗透与散文的异化》的短文，以表达我对两种文体杂交后生出一头文学骡子的困惑。现在想来，这是不是对我当年抄写活动的严重逆反？

这种逆反也许从去水东中学上高中时就开始了。因为那个时候我偶然得到一本《千家诗》，立刻就被那些律诗绝句迷倒了，于是我用另一个笔记本，开始了对古诗词的大面积搬运。如今我打开这个本子，发现那上面除"千家诗"外，还有《孔雀东南飞》《琵琶行》之类的长诗，陶渊明的《归去来兮辞》和杜牧的《阿房宫赋》。这个本本上没抄一首现代诗，更没抄非驴非马的散文诗。直到现在我还纳闷：为什么我在短短的时间里就有了这种审美转型？它是否可以算作改革开放带来的一个私人成果？

因为这种抄写，我可能比班里同学多背了一些古诗词。记得读博期间，有次与同学喝酒，不知怎么就较起背诗的劲来。我说："我来背一背《琵琶行》吧，先从前面的小序背起：元和十年，予左迁九江郡司马。明年秋，送客湓浦口……"序背到一半，便被同学紧急叫停，说："别显摆了，I 服了 you。没想到你还有这么两下子！"我顿时洋洋得意借坡下驴："那是，谁让咱小时候有那么点童子功呢。"

字也显得突飞猛进。初中时的字已有点模样了，但许多时候，要么有"为赋新诗强说愁"的稚嫩，要么有"我老汉走着就想跑"的慌张。抄写到高中时，字们仿佛才像人一样长开了，它们头是头脚是脚的，端庄清秀，仿佛也透露着我抄写古诗词时的肃然起敬。

还有笔。

这些诗词全部都是用钢笔抄写的，但我却无法断定是不是偷偷换回来的那支笔了。

上小学不久，我就有了一支钢笔。笔是深灰色，很好用。但用了两年后，握笔处就裂开一道缝，再用它写字时，墨水就会从细缝中洇出，染得手指头黑乎乎一片。有一段时间，我满脑子都是"黑手高悬霸主鞭"的意象，重买一支钢笔的念头也就变得越来越强烈。但我没有钱，也不敢跟父母要。

学校的旁边就是供销社，这个地方成了我们放学之后经常光顾的场所。供销社里是有钢笔的，它们装在敞开口的纸盒里，摆放在柜台后面的货架上。在我惦记着买钢笔的日子里，我会不时走进供销社，先在柜台前徘徊，然后再瞅一瞅那排钢笔。售货员名叫软香，是一位中年妇女，有时候她会冷不丁来一句："你直圪瞅甚呢，嗯？"这时候，我就觉得她目光如炬，仿佛看透了我的小心思。

有一天，我又去圪瞅的时候，忽然发现那排笔中又多了几种，其中的一支居然与我手中那支长得一模一样。就在那一刻，我生出一个大胆的念头：何不用我手中这支换支新的？这个念头一出现，我先是吓了一跳，但马上又被它紧紧攥住，像着了魔一样，满脑子都是偷梁换柱的计划和步骤：我那支笔一定要清洗得干干净净，供销社的人不能太多也不能太少，软香最好心不在焉。万一被发现了呢？顾不上那么多了。或者是，我那时候的心机还考虑不到这里。

一切准备就绪，我走进了供销社。软香正与两个买东西的妇女闲扯，这正是我需要的时机。于是我指着货架说："我要看看那支笔好不好？"软香没问别的，取下笔交给我后，就又移到一边继续她们的话题了。我接过笔来，心中怦怦直跳，又装作若无其事的样子，拽下笔帽，打量一番。这时候我已把一只手移到裤兜里，扫一眼软香她们，迅速调包。然后我说："我看完了，不买了。"软香说："放柜台上吧。"我放下钢笔，紧张中狂喜开始弥漫，一出供销社的门，拔腿就跑。

我在忐忑中用起了新钢笔，好多天却不敢去供销社了。

过了些日子，我走到供销社门口，透过竹门帘朝里观望，一眼就瞅见了货架上的那排钢笔，却是吃惊不小。别的钢笔都安卧在纸盒子中的凹槽里，唯有我换过去那支半插斜靠，像被门楣挡住了脑袋。这时我才意识到，我那支笔与偷换回来那支虽然很像，但很可能不是一个型号。它大概略长一点，所以就走不进那个槽口了。

这么说，当时的软香不可能没识破我这个小把戏，但为什么她既没声张也没追究呢？这是我至今都没想明白的一个谜。

此后经年，每当我倚案握管，忽然想到这次冒险之举和这个无法破解之谜时，一丝愧疚就从心中冉冉升起。

迁徙

在深入揭批"四人帮"的运动中，我们升入了高中。高中的教室设在大庙的后院，就是紧挨那片菜地的地方。好像从小学开始，我们这个年级就分成了甲、乙两班，升入高中后，这两个班终于合拢了。

老师也做了调整。张永祥老师当着一校之长，他的主要任务似乎就是站在正殿的台阶上讲话、训话，却是从来不上课的。但就在我们走进那个大教室不久，他却给我们讲了两次哲学课。他讲物质与意识的关系，又引出一个个哲学故事，甚至还提到了哲学家贝克莱。张老师有学者的儒雅，又有校长的威严，这样，他讲课时就在斯斯文文中霸气侧漏。加上他讲的那些内容我闻所未闻，便一下子觉得这位毕业于山西大学中文系的老牌大学生实在是"高"。我在心里感叹着，他可真适合当高中老师啊！或者是，这才像个高中老师的样子啊！几年后我考上大学，写信向他请教，不久就收到他的回信。他在信中"首先其次"地告诫着我，第四条是让我树立远大理想 ——"我的意见是，你应该有这样的打算：将来大学毕业后，争取考研究生或留在山西大学中文系讲课。定下这个目标，就要下苦功夫去达到这个目标。我觉得一个人不要在政治上捞什么稻草，应该在科学上有所造就。如果能实现理想，你就是山西大学中文系未来的教授。当一个教授那多好啊！我们所追求的就是当教授，不当书记和官僚。"我后来跌跌撞撞走到今天，是不是已在冥冥之中接受了他的暗示与指引？

但很显然，大多数同学对贝克莱并无任何兴趣，他们延续了初中时代的课堂风格，偷工摸夫地打闹着，相互攻讦着。甲班同学普遍比乙班同学大一岁，他们似乎也开窍更早，于是玩闹中就飘出一缕打情骂俏的颤音。我的同桌是一位来自甲班的女生，她长得高大威猛，发怒时凶眉暴眼，我便成了她"施虐"的对象。我在被欺负中成长着，却偶尔也会有反抗的壮举。我的前桌是一位名叫新年的男同学，有次他头痛难忍，就扭过来让我给他捏圪脑，我从我奶奶、母亲那里学来的那套手艺顿时派上了用场。但我们的举动却被班长发现了。班长也是甲班同学，他走过来正色道："你们这是做甚？为什么不好好写作业？"我立即用一句很高端的话顶撞过去："我这是救死扶伤，减轻他人痛苦。"他的权威受到了挑战，下自习前便坐到讲桌后面开始训话："有的同学无组织无纪律，不好好学习，却还要找借口编理由，把小动作说成是救死扶伤，你以为你是白求恩？不像话！"他训人的口吻非常熟练，仿佛已是官场老手。那时我才意识到班长也是官，我居然拿豆包不当干粮，这让他情何以堪？

就是在这种局面中，传来了恢复高考的消息。高考结束不久，紧接着又传来村东头的司广瑞考上大学的消息。牛春德老师兴奋了，他絮絮叨叨地给我们讲着高考的重要性，又让我们背诵全部的毛主席诗词，仿佛背下那些诗词就能考上大学。但在那个时候，我，还有我的同学们，都没有把高考当回事。在我的心目中，高考仿佛只是司广瑞的事情，它与我们有什么关系呢？但一想到在公社放电影的司广瑞能考上大学，我还是稍稍有些惊奇。

高一的生活就这样结束了。

大概是在1977年年底，我们忽然接到通知，水北的高中很快就撤销了，所有的学生即将并入水东中学，在那里完成最后一年的学习。而我们学校的部分老师，也将随之调入那里。

还有一年就念完高中了，为什么不能将就一下？水东在三里地开外，每天吃在哪里，住到何处？我相信，那时的许多同学像我一样，都有一种不想去水东念书的抵触情绪。但我们的抵触毫无用处，最终，我们还是像一群羊一样，被赶到了水东。

就要离开我学习了八九年的水北五七学校了，按照文学化的表达，我应该"依依惜别"或"依依不舍"才是，但我当时好像还没长出这种感情；而家人则已盘算着如何去帮我克服困难了——住宿是不成问题的，因为父亲正在公社做事，我可以住到他那里。由于这种便利，一位同学的父亲也找上门来，希望他儿子与我圪挤在一张床上。父亲爽快地答应了。吃饭嘛，中午这顿回家解决，顺便也就带上了晚上和第二天早上的吃食。为此，父亲还专门为我买了一个像是笼屉的三层饭盒，以便能把两顿的窝窝头和汤圪条分门别类装着。饭盒黄底红花，很是

我用过的三层饭盒，如同李玉和的号志灯

排场，拎着它上路，仿佛李玉和手提号志灯。听说到了水东中学的第一件事情是分班考试，快班要大干快上考大学，慢班则是将就着拿个高中文凭。于是我又兴奋起来了，去水东念书的不快也一扫而光。

赵家圪洞走到底是大王阁，出大王阁是河落头的一面大坡，下到坡底就是一片河滩地了。地的中央有一条沙土路，路的尽头又是一面坡，公社卫生站就建在半坡上的平地里。绕过卫生站的围墙再往上走十来米，就是水东中学的所在地。这所中学建在一个小山坡上，原先它也是个庙。

丹河在水北与水东之间流成了一个倒下的 S 形，短短的路程，我们需要过三次河。

1978 年初春，我与我的同学厮跟着向那片河滩地走去。身后的高音喇叭里依然播放着李光曦的《祝酒歌》和常香玉的《大快人心事》，但是用不了多久，它就要播放《在希望的田野上》了。

2018 年 9 月 23 日写

2019 年 2 月 17 日改

我的老师刘怀仁

刘怀仁老师与我同村，但我小时候对他并无任何印象。现在想来，一是因为村大，他住村西头，我住村中间，照面的机会本就不多；二是因为他在公社的学校里教书，我也够不着他。这种不相识的局面一直持续到70年代末。

1977年，我在我们村的水北五七学校上了高中。一年之后，这个仓促上马的土高中旋即宣布撤销，所有的高中生将合并到水东公社九年制学校。合并之前进行了一次快慢班的分班考试，考语文时，许多同学都愣住了。因为作文题并非像《心里的话儿献给华主席》或《我为四化做贡献》那样高大上，而是让写一篇《清洁的教室》之类的作文，要求是通篇不得出现"清洁"二字。知识题出得也很灵活，第一题是让写出以"一"字打头的20个成语，写一个给一分。这种题型和考法让我们大跌眼镜，虽然那个时候我们视力超好，没有一个戴眼镜的。

于是刚一交卷，大家就议论纷纷了：

"李玉和说的那个'擀面杖吹火——一窍不通'是不是成语？"

"批判孔老二的时候好不容易记了个'一丘之貉'，'貉'字还不会写。"

"这种题可真日怪啊，我就写了俩。"

"哪个老师出的题？"

"刘小林，他要教快班。"

小林是刘老师的小名。实际上，那时候许多学生只知道他叫刘小林，对他的大名却一无所知。我是后来走进了他的办公室兼卧室，看到他的书上、笔记本上到处写着"刘怀仁"时，才记住他的大名的。

说实在话，我也从未见过这种考题，但我不仅不害怕，反而觉得挺刺激。因为在那个都不读书的年代里，我居然还混了一个"学习好"的虚名，我考不好谁还能考好？于是我把 20 个成语塞得满满当当的，亮了亮自己的本事，结果那次考试我的语文得分最高。

这就是我与刘老师的初次相遇。因为不按常理出牌，我对刘老师好奇心大增；又因为我考得不错，刘老师也注意到了我这枚学生。我们似乎都在先声夺人，他夺得了我的尊敬，我夺得了他的好感。

现在想想，这种好感或许还有我父亲的因素。那时候，我父亲还在水东公社工作，住在紧挨公社大门的一个房间里。水东中学则建在一个坡坡上，从学校出门下坡，经过公社卫生站到公社门口，也就是一袋烟的工夫。在我穿梭往来于学校与公社之间的那段日子里，隔三岔五，我总能见到刘老师在我父亲的房间里抽着烟袋聊大天。那时我才意识到，父亲虽然比刘老师大几岁，但他们是能够"屹喷"到一起的好朋友。刘老师烟瘾不小，抽得脸色都有些泛黄了，但他的眼睛炯炯有神，仿佛若有光。听人说话时，他就用这双眼睛静静地注视着对方，眼角处带着一丝笑意。听到开心处，他先扑哧一下笑出声来，但这笑似乎也就是点到为止，见好就收，从来也没有蔓延成开怀大笑。许多时候，他的笑中又含着几分机警、狡黠和淡淡的嘲讽，像是坏笑，但又坏得恰到好处。

就这样，父亲哈哈哈哈着，刘老师扑哧扑哧着，烟雾在空中盘旋着，阳光在屋里明媚着，它们构成了一幅有声有色的图景，刻录在70年代的一个小小少年心中。许多年之后，每当想起这个画面，我都会有一种莫名的温暖和感动。

因为父亲与刘老师的这层关系，我更是得到了刘老师的重点关照，而这种关照，或许已暗含着他对我的更大期待。那是刚刚恢复高考的时期，在1977年的高考中，水东公社已有人高中榜首，而我们将在1979年毕业，参加那一年的高考已是顺理成章的事。虽然水东中学也是一所土高中，各方面条件根本无法与城里的学校相比，虽然以刘老师的学识和判断，他对我们考上大学的难度不可能没有清醒的估计，但或许他也在暗暗用劲，希望我们中能有人金榜题名，而我则应该是他寄予厚望的人选之一。他曾向我父亲吹嘘，说我的语文水平已甩出同班同学很远，他们要想追上我还得十年。这自然是刘氏夸张，却也可以理解成是在为我父亲撑腰提气。因为他随后就向我父亲交代实情：数学是赵勇的弱项，要想考上大学，必须想办法把数学搞上去，不能让它拖了后腿。大概正是因为刘老师的鼓动，我父亲才发动张建民给我补习开了数学。张建民何许人也？晋城县1977年的理科高考状元，只是因为政审不过关，他才窝在了水东公社。

刘老师也给我开起了小灶，而所谓的"小灶"，就是为我开放了他的全部图书资料。

那个年代，水东中学不仅没有图书室，甚至根本就没有图书室之类的概念。而刘老师的宿舍，在我看来则有了小型图书室的功能。他住在校园半坡上的一排平房里，宿舍里除了一张桌和一张床外，剩下的全成了书和杂志了。因为没有书柜，那些书就并排摆在床里边、窗台上，墙上还转圈钉着一些木板，制成了一排简易小书架。那些书架上都有些什么书，我现在自然已全部忘记了，但《世界文学》《人民文学》和《诗刊》这几种杂志却令我记忆犹新。我小时候只知道父亲不时会带回一些

《红旗》和《无线电》杂志，却完全不知道还有文学杂志。当然这也怨不得我，因为"文革"时许多杂志都已停办。我在刘老师那里能与其相遇，是因为它们刚复刊不久。

在我频繁出入刘老师那间斗室的时候，我应该是从他那里借过一些书和杂志的，但经过40年的遗忘，它们在我心中已消失得无影无踪。现在唯一能够确认的是，我还保存着当年的一个笔记本，上面抄的是歇后语集锦、谚语集锦和古诗文的佳言秀句，每一部分都达几百条之多，它们全都来自刘老师的馈赠。依稀记得，当时刘老师既借我书，也借我他自己的摘抄本，然后郑重其事地说："把这些东西抄下来，可以扩充词汇量，提高表达力。"如今我翻阅这个本子，才意识到许多谚语、歇后语都带有晋城的地方特色和语言风格，显然是刘老师亲自搜集起来的。像"三里没实信儿""鹰鼻羊眼圪弯腰，五官不正难相交""人多乱，龙多旱，老婆多了不做饭"之类的谚语，像"支书有权，会计有钱，撑死保管，饿死社员"之类的顺口溜，像"掌鞋没拿锥 —— 针好""窗圪台卧小孩儿 —— 着不下"之类的歇后语，别的地方有吗？

刘老师的"小灶"果然让我长了本事，因为我学会拽词斗嘴了，而且技术含量明显提高。有人戴了顶新军帽上学，我就夸："威武一顶帽，俏皮一双鞋。"甲与乙翻脸了，我就劝："和人是条路，惹人是堵墙。"卫生委员说我墙旮旯没扫干净，我就回："神仙锄不尽豆地草。"有位同学趾高气扬地朝我走来，我就说："你看看你，又'腿肐扠挂绣球——搋大蛋'了。"我现在得承认，这种潜移默化的影响是长久和深远的。如果说我后来写文章，字里行间透着一股土得掉渣的"山药蛋"味，它很可能与赵树理关系不大（尽管我熟读过他的全部作品），而是来自刘老师最初对我的话语武装。他大概信奉"马无夜草不肥"的古训，便像一个饲养员一样，一家伙喂了我满肚饲料，然后让我慢慢地反刍，长久地咀嚼，直至化为我思想和语言的养料。

在这些语词的活学活用方面，刘老师更是老手、高手。有次讲课，不知怎么就扯到了中印边境自卫反击战。他说："印度的军队不行，'高的高来低的低，骑着骆驼赶着鸡'，这种人怎能打仗？他们的武器也不行，枪杆儿都快折了，缠了一圈胶布将就着使，这种枪哪有准头？"他一说完我们就笑成一团。课后马上有同学评论："骑着骆驼赶着鸡，枪上缠着胶布，哈哈，刘老师可真能喷！"还有一次他讲写作文，强调句与句之间、段与段之间要有逻辑关系，讲着讲着就冒出了金句："写文章不能东一榔头西一棒槌，前面你刚写了'高高山上一根棍儿'，紧接着来一句'腰里圪夹了个洗脸盆儿'。这么写你是弄甚呢？"又是哄堂大笑。而我则立刻意识到，刘老师的这个说法已经有了他的创造性发挥。因为"高高山上一根棍儿，得劲一会儿说一会儿"的谚语我已抄过，他却把后半句改了，而且还改得那么俏皮、好玩、有趣。他这么一灵活，一下子就让我们明白了其中的道理。

深入浅出，风趣幽默，再配以家乡的俚言俗语，这就是刘老师讲课的风格。

不过，有他的晚自习时，他通常就不讲课了，而是捧着《世界文学》念小说。外国小说的人名一嘟噜一串的，再加上异域风情，情节怪诞，许多同学听一会儿就趴在桌子上沉沉睡去。刘老师不在意也不过问，他就那样旁若无人地念着，自己似乎早已沉浸在那些故事情节中了。

在刘老师念过的小说中，我依稀记得有一篇与香水有关，那是一个既离奇又恐怖的故事。但我现在上网查阅，只发现德国作家帕特里克·聚斯金德写过一部名为《香水》的长篇小说。该小说发表于1985年，不可能被1978年冬夜的刘老师念到。我又在知网上下载了《世界文学》1978—1979年的总目录，依然没有发现香水的线索。往事已如烟，或许是我记错了？

刘老师的板书也很有特点。他主要写楷体，横平竖直，一笔一画都很到位，偶尔也行草运笔，这样，粉笔字就在端庄中有了飘逸之气。又因为那些字都是从微微发颤的手中写出的，每一笔过去又有了细细的纹路，让字们平添了几分妩媚。平时，我们是很难注意到他的手会抖的，但他一抬胳膊写字，这种毛病就彻底暴露在我们的视线之中。于是有同学私下议论："刘老师这是怎么了，他的手怎么直圪战？"那时候，不要说我们，很可能刘老师也没听说过"帕金森综合征"这个奇怪的病名。许多年后我才意识到，那时的刘老师已经有了这种病的一些症状。

一年左右的高中生活很快就结束了。我们如期参加了高考，也毫无意外地全军覆没。尽管如此，我在水东中学的考分依然最高，语文这门课也考得最好。不久，又传来了晋城一中复习班几乎全班考中的消息。许多人开始给我父亲出主意了，刘老师自然也在其中。我想，他们的对白一定是这样的——刘老师说："咱这里条件还是太差，应该让你家赵勇去晋城一中复习复习。"父亲犹豫道："他这种样子能行吗？"刘老师说："怎么不行？咱'有牛还怕赶不到山'？"

两年之后，我这头牛犊终于进山了。第一学期回来，我就找到刘老师家，向他汇报我的学习情况。我们俩隔着炉火，盘腿坐在炉圪台上。我一五一十地讲着，他聚精会神地听着，脸上荡漾着尘埃落定后的欢喜。他依然在不停地抽烟，只是划火柴时手抖得更厉害了。我说："以前没学过外语，现在从零开始，觉得挺费劲的。"他说："我那时候学的是俄语。学外语说难也难，说容易也容易，你只要多读点原文原著，很快就提上去了。"

大概是1984年的一天，刘老师忽然趑摸到了我的大学宿舍，让我吃惊之外又欣喜不已。他告诉我这次来太原，一是领奖，二是看病。我问何奖、何病。他说奖是省级模范，病是糖尿病。糖尿病我是第一次听说，他就给我解释这种病的前因后果，并且强调糖尿病就是消瘦病。这时我才注意到，眼前的刘老师果然瘦了一些。但是，在他的轻描淡写中，我并不觉得这种病有多可怕。或者是，刘老师自己也没把这个病太当回事。那时候他精神头还不错，标志性的刘氏微笑也不时在他脸上浮现。

很可能这就是我与刘老师的最后一次见面。之后，我大学毕业、参加工作、考研究生、继续念书，一直处在折腾之中。那几年我回老家的次数也不算太少，但我去看过刘老师吗？没有任何印象了。

读完研究生那年回家，父亲忽然对我说："小林不在了呀，就是你们的刘老师。"我一下子愣住了，忙问是怎么回事。父亲说是因为糖尿病。我一时哑然、怅然，也才意识到糖尿病居然如此厉害。而现在我则认为，刘老师被这种病击垮，还是因为农村缺医少药。他用过胰岛素吗？或者那时有胰岛素吗？当时的医疗条件是不是像水东学校的办学条件一样糟糕？

但是，无论如何，刘老师已经永远地离去了。

刘老师去世后的头十年里，我不时会想起他，但也就是想想而已。大概那时候我还年轻，还不习惯把忆旧植入自己的生活。后来年齿渐长，每每便有往事涌来，挥之不去。这时候我才发现，刘老师已成我心中的一缕思绪，一直萦绕在我后来的人生岁月里。记得史铁生说过："在白昼筹谋已定的各种规则笼罩不到的地方，若仍漂泊着一些无家可归的思绪，那大半就是散文了。"我想，我也到了该写写刘老师的时候了。

2011年暑期，我回了趟老家，听说刘老师的女儿刘利清就在我们村的小学当校长，忽然动了与她聊聊的心思。在她的讲述中，我才第一次知道，刘老师属马，1942年生人，早年曾在长治师范读书，毕业后分配在晋城附小任教，后来因"六二压"回水北村教书，不久又调入水东学校。他教过我们之后大概又送了一两届学生，就开始负责成人教育，不再给高中生上课了。1986年，因病情加重，他实际上已无法上班，直至1990年去世，享年48岁。

"那时俺爸爸经常跟我们说：'我实际上就是一个合格的小学老师啊。'"刘利清谈到了她父亲对自己的自我定位。然而，实际情况是，他从小学到初中，从初中到高中，成了一名优秀的高中语文教师。至少，在当时的水东中学，似乎还找不出能出其右者。而在那样的穷乡僻壤，居然有刘老师这样的人物教过我，想起来就让我感到神奇和幸运。

大概是想起了我那次抄写，我便问："刘老师去世后，你们还保留着他的书和笔记本吗？"她说："什么也没留下啊。当年他去成教那边，就把他所有的书送给图书馆了。他的本本也让俺家兄弟卖了废纸。"

但过了两天，她终于还是送过来一个笔记本，说："好不容易才找到这么个东西，你要是觉得有用就带走吧。"

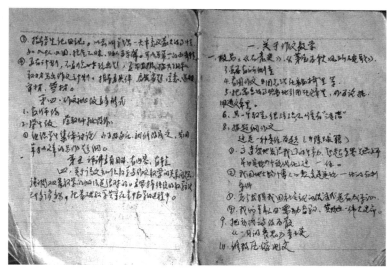

刘怀仁老师的笔记本

这是一个没头没尾、破损严重的本子。打开瞧，那里有"关于作文教学""作文题""语文知识"等内容，也有会议记录，甚至还有国务院 122 号文件"关于 1979 年高等学校招生工作会议的报告"的摘录。而在作文教学方面，刘老师则罗列了许多条：看图作文——周总理在躺椅里；按提纲作文；把现代诗改为散文——李瑛《一月的哀思》；修改压缩电文；合并式改写……就是在它们中间，我发现有一条这样写道："写一个教室，很清洁，但不准有'清洁'。"这不是当年考我们的那道作文题吗？

我有点惊喜了，仿佛在记忆的暗道里看到一点亮光。

于是，我把刘老师的笔记本收进行囊，带回了北京。我想，有了它，我的念想就不至于像以前那样没着没落了。

2018 年中秋节写

2018 年 9 月 28 日改

从土高中到复习班

—— 我的三次高考

大概是1976年的某一天，我父亲特意从公社回家，拽上我去城里电影院看了一部《决裂》的彩色故事片。这部影片不打仗，我看得并不来劲，却也小有收获。"马尾巴的功能"很搞笑，我像所有的观众那样，也在电影院里笑得一塌糊涂。龙校长举起一位考生的手，说这手上的硬茧就是上大学的资格。我立刻意识到硬茧的重要性，伸开自己那双小手瞧一瞧，细皮嫩肉的，我就有些灰心。什么时候我这双手才能长成、练成电影里那双青筋暴突、骨节粗壮、老茧深厚的手啊。

很可能这就是我对大学的最初认知，它不是北大、清华，也不是牛津、哈佛，而是江西共产主义劳动大学。

一年之后，高考恢复了，《决裂》成为一出荒诞剧。我也正是在这一年上了高中。高中原本办在我们村里，但不知什么原因，一年之后却被合并到水东中学。水东是人民公社的所在地，把设在大队里的高中关停似乎也理所当然，但在我看来，水东中学与我原来就读的水北五七学校并无多大区别。因为两个学校都安顿在稍事修葺的庙院里，我们的转学似乎也就成了小和尚的迁徙。只是走到水东那个庙院花费的时间稍长，它在三里路开外。

教我们的一些老师也调入水东。比如牛春德老师，他曾是我父亲的数学老师，我上高中时他又开始教我们历史。但一校之长张永祥老师并没有过去，他只是给我们讲过一次或是两次哲学，我还没有从震惊中回过神来，他就远离了讲台，他的哲学课也成为绝响。

我们合并到水东中学时举行过一次快慢班的分班考试，语文题由刘怀仁老师所出。他那种不按常理出牌的考法把许多人都考"煳"了（比如，我至今记得其中的一道题是，默写以"一"字打头的 20 个成语），但我在这次考试中却大获全胜。刘老师与我父亲私交甚好，他也就不时溜达到公社大院里与我父亲抽着烟袋侃大山。他向我父亲吹牛："赵勇的语文嘛，班里同学要想赶上他，还得学十年。"当父亲把这个内部消息婉转地告诉我时，我很是得意了一阵。而许多年之后我已明白，那并不是我的语文有多好，而是我的那些同学的水平实在是太差了。

或许是刘老师的煽乎让我父亲看到了一线希望，他开始关心我考大学的事情了。父亲的同事张建民是 1977 年晋城县的理科高考状元，却因为政审不合格而窝在水东公社，父亲就让他给我补习数学。但我天生没有数学头脑，横竖不开窍，白费了他那么多时间。

　　就是在那所两年制的土高中里，我开始了中学阶段最后一年的学习。那时候我的年龄尚小，对考大学只有一些懵懵懂懂的认识。我大概觉得，能上大学总归是一件好事，但自己能不能考上，却实在是心中无数。而我所在的班级也没有几个认真学习的主，他们还像以往一样调皮捣蛋着。大我一两岁的同学已处在春机发陈的年龄，他们课前、课后与女同学尽情调笑。看到哪两个少男少女有了点意思，他们就会恶搞一把；觉得哪两位比较般配，他们又会拴对儿，诌出顺口溜编排一番。这时候，他们就成了赵树理笔下的李有才。水北到水东是一条河滩路，路的两边种着杨树，树上总是歪七扭八地刻写着"李有才们"的作品，或者是经过他们拴对儿之后的男女同学的名字。十多年之后，我读到了台湾诗人纪弦的《你的名字》，诗中写道："刻你的名字！/ 刻你的名字在树上。/ 刻你的名字在不凋的生命树上。/ 当这植物长成参天的古木时……"那时候我就有些恍惚，忽然想起了小时候那排白杨树，莫非纪弦也经历过这种事情？一位年轻的老师教我们英语，他那句"What's this？"的水东英语一出口，立刻就被人演绎成"我吃你屎"，但这么说显然是自取其辱，于是它又立马被改写成"你吃我屎"。课间、课后，大家便沉浸在一片"你吃我屎"的对攻与笑骂中。结果那一年的高中英语课，我只记住了这么一句。

每天在这样一种环境中耳濡目染，我那种想考大学的念头也变得日渐可疑。大家都在快乐地混日子，我干吗还和那些书本死缠烂打呢？于是，我的革命斗志开始松懈，我也像我的同学们一样变得不急不躁起来，仿佛即将来临的高考只是一次例行的游戏，它不会给我们带来什么，自然也不可能带走什么。我们只要在那个时间点上去走走过场，就算大功告成了。

但老师们似乎着急起来，他们想方设法地给我们寻找着复习资料。可是在那个年代，一个穷乡僻壤的乡村教师又能找到多少资料呢？我现在依稀记得，当时的语文资料只是找到了一本《1977年高考优秀作文选》，那上面的作文就成为我们背诵的范文。1977年的高考还是各省命题，山西省的作文题目是《心里的话儿献给华主席》。一位名叫边新文的考生一开篇就洋洋洒洒："我在词汇的花园里采集，构筑我心中最美好的诗句；我在音韵的瀚海上游渡，谱写我心中最庄严的乐曲。啊，英明领袖华主席，我把心里的话儿献给您，我把火热的颂歌献给您。"据说这是一篇满分作文。现在看来，这篇作文辞藻华丽，高调抒情，简直就是一篇歌功颂德的汉大赋。但在当时，那些"四六句"却彻底把我给征服了，只觉得它流光溢彩，简直与我抄在笔记本上的《放歌虎头山》有一拼。而我至今依然能够背诵它的开头段，说明我在这篇作文上确实下过硬功夫。

然而，历史老师牛老师却找不到任何资料，他只好自力更生、白手起家了。他把五千年的中国历史删繁就简，编成了一本"三字经"，然后找人刻蜡版，印发给大家。于是教室里每天都会响起铿锵有力的背诵声：

秦始皇，修长城，车同轨，书同文，焚了书，坑儒生。……

唐太宗，李世民，贞观治，很英明。……

但有些人名、地名和专有名词是很难整合成三个字的，比如，努尔哈赤怎么办？"五四"运动如何弄？这些东西一定让老头大发其愁。为了保持历史的严肃性，他只好把那些四字句照搬过来；为了追求《三字经》的文体效果，他又把四字句中的某个字加上括号。于是成吉思汗就变成了"成吉（思）汗"，辛亥革命则成了"辛（亥）革命"。一念到这种地方我就跟不上趟了，必须得迅速吞掉一个字，才能找到《三字经》的阅读节奏。

在边新文与"三字经"的武装之下，我第一次走进了高考的考场。那是1979年7月的7日、8日、9日，那时候我还只有十五岁半。

考场设在晋城附小，率领我们这帮虾兵蟹将进城赶考的是牛老师。经过牛老师的疏通，那三天我们就铺条凉席，睡在附小空闲的教室里。住宿不收钱，吃饭却需要交一点伙食费，因为我们搭的是附小食堂的教工灶。能让我们在教工灶吃饭，自然是一种莫大的恩惠，牛老师便觉得很是过意不去。他对我们说："你看人家解决了我们这么多人的吃饭问题，我们就给人家帮帮厨吧。"考前那天的晚餐，食堂做炉面，半下午的时候，牛老师就让我们抬出一大筐豆角。我们坐在厨房旁边的树荫下，边摘豆角边听牛老师谈天说地，讲考试注意事项。那种情景，与《听妈妈讲那过去的事情》那首歌里唱的几无两样。

傍晚开饭了，我们每人端着一大碗炉面。那是怎样的炉面啊！油大，肉多，豆角早已焖得烂熟，一粒粒紫色的豆子便"红杏出墙"，它们在肉块中游走，在面食下潜伏，油光发亮，状如玛瑙。"好吃吗？""真好吃！""让吃几碗？""不知道。"我们忙不迭地交换着意见，飞快地把美食塞入嘴中。那些肥肉、瘦肉、五花肉我舍不得吃，碗底就剩下了肉和豆。肉我所欲也，豆亦我所欲也，二者居然可以得兼！哈哈哈哈。经过前面的前戏，我这枚考生终于进入欲仙欲死的状态。

三十多年之后，我儿子也要参加高考，家长会上的一项重要内容是如何给孩子搭配好饮食。青菜牛奶肉，鸡蛋鲜鱼汤。那些老师讲得很细，家长会仿佛变成了厨艺讲座。但高中最后一年，我吃的东西却基本上是高粱面圪条（晋城土话，意谓"面条")。为了让我把汤圪条吃得全面、深刻，父亲特意给我买一个黄底红花状如笼屉的三层搪瓷饭盒。我中午回家吃一顿圪条，然后再盛满两盒，另一盒装两个玉米面窝头和几块咸菜。那些东西拎到学校，就成了我当天的晚餐和第二天的早餐。一年到头是吃不上几次纯小麦面粉做的面条的，而肉类的食物，只是在逢年过节的时候才能稀罕一下。儿子嫌饭菜做得不可口时，我就用我自己的经历教育他。但常常是刚开口，就被儿子紧急叫停："得得得，你又要忆苦思甜了，烦不烦！"

三天的考试很快结束了。如今，留在我记忆中的第一次高考只剩下那顿炉面和那道作文题了——把何为的《第二次考试》改写成《陈伊玲的故事》。

那一年高考我只考了246分，那已是水东中学文科考生中最好的分数了。据说过了250分就可以上中专，但我却没能跨越那道分数线。

没能考出更高的分数我并不感到遗憾，因为那就是我本人、同时也应该是水东中学的真实水平。何况，我那时对考大学还没有彻底觉悟，考分高低于我就成了一朵浮云。兴许我还窃喜过几天，因为我的考分虽上大学没戏，去中专无望，但矮子里面拔将军，我毕竟考的是水东中学第一名。

但是，我父亲却着急了，他在密切关注着我的考分能否进入晋城一中那个著名的文科复习班。复习班开办于1978年，第二年便名声大震，因为那里的65个复习生一下子考中64个，而考入北京、上海等地名校的学生也不在少数。这件事情立刻成为轰动晋城的新闻。1979年高考结束之后不久，传来了复习班继续招收学生的消息。而要进入这个班，得用高考成绩说话。我的成绩完全符合他们划出的分数线。

马上就要开学了，我却等不来复习班收我的通知。父亲意识到哪里出了问题，立刻拉着张建民和水西大队的两位好友前往县教育局查对。管着这一摊的是一个姓郑的倔巴老头，他听说是要查成绩，一口回绝了父亲的要求。他认为复习班已经公布的名单不会有错，没进入那个名单肯定是分数不够。父亲无奈，而他的朋友忽然想起一个关系：县文教部杨部长的孩子曾经在水西插过队，水西朋友不但与杨部长有交道，而且还记着他家的门牌号码。于是他们直奔部长家里。部长听说是为了这么一件事情，连说好办。他写一张二指宽的纸条，让教育局的人照此办事。一见这道"圣旨"，郑老头不敢废话了，却也嘟嘟囔囔，很不情愿地取出全县考生的成绩资料，让他们翻看。父亲便与他的朋友们各管一摞，分头寻找着我的名字。终于，儿子的名字首先被父亲发现了。果然是那个分数，果然超过了复习班的分数线。郑老头一见找出了证据，脸上立刻多云转晴，说："找着就好，看来确实是把这个学生漏掉了，别着急啊你们，咱这就补发录取通知。"

许多年之后，当父亲向我讲述这段往事时，他依然能记得杨部长高高胖胖，郑老头前倨后恭。"张广明的成绩也是我查出来的啊，"父亲说，"他也不在那个名单里，结果也给他补发了通知。这样，我就和他父亲一起把你们送到了城里。"张广明与我同村同学，他自从进入那个复习班之后，一鼓作气复习了五年，却依然榜上无名。后来他终于复习不动了，便娶妻生子，开始经营一些小本生意。每次见到我，他总会讪讪地说："你现在可是出息了啊。"我顿时就生出了无限歉意。

我住到了晋城一中。我的复习生活开始了。

为复习班配备的老师阵容果然豪华，很好很强大。语文老师袁东升是当年南开大学历史系毕业的高才生，只是因为家庭成分高才被发配到晋城。他讲普通话，上课时嗓门大，中气足，字正腔圆，抑扬顿挫。他说："你们只要背下 50 篇古文，高考时语文就没问题了。"于是每天早上我们就哇啦哇啦背古文。他说："毛主席虽然很厉害，但是篮球肯定打不过我。"于是有一次我就特意去看他打比赛。那时候他已是四十五岁左右的年龄了，却依然在篮球场上生龙活虎，闪转腾挪很是讲究，如同足球场上的米拉大叔。2010 年 11 月，袁老师来京会同学，邀我同聊，我才知道他当年落魄晋城，无人敢要，也是因为篮球打得好才被晋城师范收留。地理老师李绪守曾是阎锡山的秘书，又在晋南某县当过县长，杀得土匪闻风丧胆。解放军打进县城时活捉了李伪县长，欲治其罪，老百姓呼啦啦站出来一片，为他求情。于是，他得以进入华北人民革命大学学习，后被分配至晋城一中。70年代后期，他已退休至晋南老家，因为办复习班，只好请他出山。李老师给我们上课，满嘴晋南口音，但每句话都说得有板有眼，地理知识经过他的梳理，立刻就有了秩序。有时候他也会说几句题外话，但仔细琢磨，还是跟地理沾亲带故。李老师说："汉民族是黄种人，黄种人的典型特征是黄皮肤、黑头发，头发又是直直的。但现在的一些年轻人却把自己的头发烫得弯弯曲曲，成何体统！"说着这些话时，李老师的脸上便透出一种当过县长的威严。

还有历史老师郝勤章，他当时担任着副校长，唯独他敢在课堂上公开批评几个吊儿郎当不学习的花花公子。数学老师似乎叫刘秉文，他不在黑板上做题时，就总是半弓着腰，双手托着讲台说话，两只脚则交替着蹬在后面的墙上。一学期的课上完，墙上就留下了一堆黑脚印，仿佛是他推算的数学题。英语老师好像姓张，那时候我们大都不学英语，他其实只是在给有志于考外语系的几个学生讲课。但因为无处可去，我们也不得不坐在教室里看书自习。他的发音一下子就把水东英语甩出去八条街，可惜我一点也听不懂。我坐在那里，眼前摊放着语文、历史或地理，耳边回旋着英语音符。它浑厚、悠扬、缥缈、迷蒙，像一支催人入眠的慢三舞曲。许多年之后我才意识到，他讲英文的速度相当于"美国之音"的 Special English。

但究竟是谁教我们政治，我却忘得一干二净了。

就是在这些老师的讲授与引导下，我进入了系统的复习阶段。与此同时，我也密切关注着那些新同学的动静，掂量着自己在班里的位置。在老师的表扬和同学们的传言中，我很快弄清楚了班里几个厉害人物的底细，像聂利民（就是后来成为作家的聂尔，他考上了北大却没能去成）、杨纯渊（后来考入复旦大学）、来普亮（后来考入南开大学）等，他们天资聪颖、脑子好使，似乎不怎么用劲学，成绩却总是名列前茅。他们当然是复习班的第一梯队，也是老师看好能够考上重点大学的人物。另一类同学，脑子不好不坏，成绩不高不低，学习不紧不慢。他们有考上大学的实力，但往往也就是省级院校封顶。这是复习班考大学的第二梯队。还有一类同学，或者吭吭哧哧死用功，或者晃里晃荡不用功，他们若发挥正常，可上师专、进中专；若发挥欠佳，就只有名落孙山的份儿了。这类同学大体上可算作第三梯队吧。最后一类同学似乎并非为考大学而来，而是拗不过父母之命，凭借关系来复习班镀金的。于是他们追女孩，打群架，抽烟喝酒，啸聚教室内外。班里的农家子弟大都是布衣加身，他们却三天两头换行头，教室前面的狭窄过道就成了他们展示时装的 T 型台。我至今记得，有位同学某一天穿一身乳白色的套装走进教室，上衣小翻领，下边喇叭裤，他一进门就有了光，晃得我们睁不开眼，好像来了个刘德华。这些人后来当然都没有考上大学，但也不能说人家没出息。比如，有人就混成了晋城的黑社会老大。

把这些人掂量一番之后，我把自己放在了第二梯队。领跑者已遥遥领先，那咱就"比学赶帮超"吧。

紧追慢赶之中，1980 年的高考来临了。但高考之前突然发生的那件事情，差点让我一年的劳作毁于一旦。

高考那天的早晨，我依然在临阵磨枪。我拎着一本书，站在晋城一中大操场的篮球架边翻看。天气很好，似乎还有一丝凉意，我准备翻会儿书就进入考场。恍惚之中，觉得有个人走了过来，抬头瞧，发现是班里的一位同学。此同学是城里人，长得白白净净，帅气十足，平时上课他就坐在我的前面。我正疑惑着他过来干什么，他已经开骂了："小 ×× 你还敢跟老子作对，我揍死你！"随着骂声，他一拳砸在我的小腹上，紧接着又是一拳。我猝不及防，又结结实实地挨了两拳，只觉得肚子钻心疼，气短冒虚汗，一下子蹲到地上。我迅速地掂量了一下眼前的形势，此同学高我一头，如果我奋起还击，既不是他的对手，紧接着的考试很可能也会泡汤。没办法，那就心上一把刀，咬牙忍住吧。此同学见我打不还手骂不还口，捂着肚子装孙子，也就就此收手。"今天先饶你一命，考完后老子再收拾你。"他叫骂着离开了。我抬起头，发现通往操场的门口边还站着两三位同学，他们的坏笑挂在脸上，意味深长。那是这位同学请来的帮手吗？或者仅仅是让他们来充当看客？想着这些，我的眼里流出了屈辱的泪水。

实际上，当他挥起老拳的时候，我已明白了他下手的原因。这个原因跟了我许多年，但跟着跟着就跟丢了，以至于我现在已很难确认我究竟在什么地方招惹了他。在我模糊的记忆中，预考或是高考之前，班主任袁老师曾找我帮他抄名单排座位。这位同学可能是希望和谁坐在一起的，并告诉我这种排法不能动，但我却按照袁老师的意思，把他的座位顺序做了微调。这就是他报复我的原因吗？也许是吧。除了这个原因还能有什么原因呢？我当时对所有的城里人都敬畏有加，不可能在太岁头上动土，但我最终还是在不经意间动了他的"奶酪"。那时我已意识到，他选择开考之前来教训我，显然是经过精心算计的。此前他似乎已口头表达过他的愤怒，但我没想到他还要付诸行动，更让我没想到的是，这位外表斯文的同学内心居然如此歹毒。

我必须擦干眼泪，调整心态，走进考场了。第一场考语文，那应该是我的强项，我却考得稀里糊涂的。那一年的作文题提供的是一段达·芬奇拜师学艺、反复画蛋的材料，让考生写

《读〈画蛋〉有感》。我当然写出了读后感，却模模糊糊觉得哪里写得不给力。中午时分，父亲拉着张建民特意从公社赶来看我。蹲在教室背后的阴凉处，我简要向他描述了我写作文的大致思路。刚刚说完，张建民就条件反射般地跟出一句："你这么写可是有点跑题啊。"我顿时就有了五雷轰顶的感觉，心想，完了完了完蛋了，这颗"蛋"把我害苦了。瞅一眼父亲，他原本正津津有味地听我们说话，笑意写在脸上，眼里充满期待，但听到这里，他的笑容一下子僵住了。那是一种希望还没来得及切换为失望的尴尬表情。许多年里，想起父亲那种复杂的面容，我的心里就会升起一种隐隐的疼痛。

那一年的本科录取分数线是 325 分，我好像考了 331 分。我的数学太差，只考了 35 分，而语文究竟考了多少，我已经没有任何印象了。

这个分数是不可能被重点大学录取的，但上一般大学或许还有些希望。我心怀忐忑，开始了等待的过程。我的父母与我那时还健在的奶奶，也加入满怀希望的等待之中。他们并不知道录取的游戏规则，只是认为既然我考过了分数线，那就没有不被录取的道理。而母亲，甚至已开始为我准备起入学要带的铺盖了。

重点大学的录取通知书发放完毕，那里面没有我 —— 当然那里面不可能有我。一般大学的通知书也开始陆续发放，我依然没有等到任何消息。父亲着急了，问我是怎么回事。我嘴上说再等等，心里却一阵阵发虚，觉得今年基本上已经没戏。随后是师专、中专的录取通知书，我依然"颗粒无收"。纸终于包不住火，看来只能坦白从宽。于是我一五一十地开始向父母老实交代：我只报了几所好学校，那些烂学校我一律没报。

经历了儿子的高考，我才知道现在填报志愿主要是在考验父母的智力、选择力和判断力。据儿子说，一些家长为了给孩子填好志愿，光准备工作就做了两年，他们听讲座，买资料，升天入地求之遍，扎实得让我这个在高校里混的人都目瞪口呆。结果，那几天我为儿子的志愿抓耳挠腮时，不得不去征求这些家长的意见。但是在1980年，填报志愿主要是考生自己的事情。我知道我的许多同学并没有与父母商量，而是凭借自己的感觉、老师的提醒和少得可怜的信息，把那个"一条龙"录取的志愿表填满的。我填报志愿时，不但没跟父母通气，而且还自作主张，在那张志愿表上留下了一大半的空白。我敢这么做，原因大致是，那一年的复习，我与几位大我四五岁的同学处成了朋友，于是他们撺掇我："你年龄这么小，去那些破学校做甚？今年能考中好学校就上，考不中大不了再复习一年嘛。"我那时正处在不知天高地厚的年龄，他们的撺掇正合我意。于是我填报了五个重点大学，一般大学中只填报了一所山西大学。中专那一栏本来我也是计划全部空着的，但终于还是鬼使神差般地填报了一个山西警察学校。为什么当时会填报这所学校？是不是"我在马路边捡到一分钱"的儿歌听多了，潜意识中已对警察叔叔有了好感？如今我已无法解释。而直到后来我考上大学，我的同学也考上警校，我才了解到我没被警校录取的原因是个子不够高。

当我把这一切和盘托出时，母亲在一边默默流泪。她正做着针线活儿，眼泪便滴在她绣着花边的枕套上——那是为我上大学准备的一件礼物。奶奶则坐在门槛上哭，她边哭边念叨："去年没考上，今年怎么还考不上？俺孩儿是不是没有上学的命？"而父亲既生我没考上的气，也对我长时间隐瞒真相、谎报军情大为不满。他情绪激动，大发雷霆，连骂带数落，在院子里转来转去，如同狮虎山里的一头猛兽："你师专不想上，中专不愿意去，连师大你都没给我报一个，你有主意啊你！你心高意大想上好学校，你不给我考一个？"数落到最后，父亲说："你想再复习一年，也得看看人家要不要你。你自己去城里找袁老师吧，我不管了。袁老师要是还收你，我就再供你一年。要是不收你，你就回来种地吧。"

父亲的火爆脾气我是领教过的，回家种地也不是我的选择。许多年来，农家子弟要想改换门庭，只有两条路可走：其一是当兵，其二是考学。还在水东中学念书时，我们班里的一位同学就参军当上了飞行员。他从长治体检回来，趾高气扬，耀武扬威，立刻就让我们自惭形秽起来。但当兵得有一个好身体，我的双腿有过烧伤，已是"不合格产品"，我也就早早断了当兵的念想。看来要想修成正果，只有考学一条路了。

我找到了袁老师，决定背水一战。

袁老师说："还想复习那就来吧。你今年考得还不错，接下来再往数学上用把劲，明年兴许会考得更好。"

就这样我"二进宫"，开始了第二年的复习生活。

复习班又来了一茬新同学，但也有许多老面孔，他们都是当年的落榜生。一见面，大家就像负过伤、扛过枪、下过乡、分过赃的革命战友一样亲热。"你也来了？""我怎么不能来，只兴你来？""我明年还计划来，你呢？""陪你啊，咱们一起把这牢底坐穿。"我们这些"老革命"嘻嘻哈哈着，一切都显得驾轻就熟。头一年我已结交下一些朋友，第二年朋友似乎更多了。一些人知道我考得不错，便主动与我套近乎。他们的意思我自然明白——考试时想与我排到一起，"近水楼台先得月"。虽然我明知自己也是"泥菩萨过河"，但虚荣心还是得到了不小的满足。头一年复习，许多人如蝇逐臭般地围着那几个厉害人物转圈推磨，我那是一个羡慕嫉妒恨啊。如今他们已远走高飞，山中无老虎，猴子称大王，咱也过一把"臭肉"的瘾吧。有一段时间，我甚至有点飘飘然起来，与那帮脑子笨、心眼好的朋友打得更加火热了。

当然，我也非常清楚自己的"阿喀琉斯之踵"在哪里。听说外语将以百分之五十的比例进入高考总成绩，而不是头一年的百分之三十，我倒吸一口凉气。我的英语是"擀面杖吹火——一窍不通"，从头补起已无可能，只好放弃。但数学却是没办法放弃的，我得听袁老师的话，照袁老师的指示办事，好好用功学数学。于是那一年，我把大部分时间都用在做数学题上去了，费了九牛二虎之力。

预考即将来临，所有的同学都进入认真准备的状态。张广明是复习最用功的同学之一，他晚自习熄灯后也依然在教室里挑灯夜战，读着读着就打起了瞌睡。为了把自己的瞌睡赶跑，他就站起来读书，但常常是还没坚持几分钟，脑袋又一点一点地往桌子上栽了。这时候我们就挤眉弄眼，哈哈大笑。他对我们的笑声浑然不觉，瞌睡如故。有捣蛋学生捅一把他的腰眼，说："要吃早饭了，快起床。"张广明才终于醒过来，背上书包很不情愿地回寝室睡觉去了。花花公子张同学则在认真准备夹带。他把知识点抄在一张张火柴盒般大小的长长的纸片上，字如米粒，然后把它们叠成折扇的样子。我在教室看书时，他不时会溜达到我跟前示范一番——先是攥着拳头，然后手一松，拇指和食指间就有了一把折扇，接着轻轻一搓，折扇悄然而开。这套动作指法娴熟，俏皮优雅，一气呵成，仿佛是春晚上的刘谦在表演魔术。待我抬头看他时，他的脸上就浮现出蒙娜丽莎般的微笑。那是洋洋得意的显摆，却也分明暗含着几分嘲讽，仿佛是在说："我有这个，你还在背那个，愚蠢啊。"

　　我也在加紧准备着，但终于还是遇到了麻烦，好几位同学死活要跟我排到一个考场，要我考试时关照他。哥们义气加上甜言蜜语，我一激动就答应了，完全没有考虑这样做的后果。座位号一公布，其中一位同学因离我较远，便心生一计：他让我把答案抄写到纸上，再揉成小纸蛋儿，塞到钢笔的笔帽里，他则谎称钢笔没水了，要借笔于我，由监考老师协助完成作弊方案。这个想法太大胆，一听他说完我就吓得一溜跟头。他见我胆小怕事，只好教给我一个最笨的办法：趁监考老师不注意时，把那个小纸蛋儿使劲扔给他。这个方案似乎更容易操作，我心里立刻松了一口气，说那就试试吧。

　　但是，当我在纸片上抄写答案时，心已经怦怦直跳了。我把纸片团起来，拿出打球投篮的准头，一下子扔到了他的脚边。监考老师似乎发现了什么，向我们这边走来了。那位同学一脚踩住纸蛋儿，做沉思做题状，沉着冷静，我的小心脏却狂跳不已。还好，没被发现。或者是监考老师睁一只眼闭一只眼，稍作停留就溜达到别处了。纸蛋儿被那位同学迅速捡起。

　　那一次我体会到了什么叫做贼心虚，也意识到这么做的严重后果。被人发现自然后果严重，但更严重的是，如此作案，前前后后可能会折磨我半小时，这将大大影响我的答题进度。我要想考上大学，就不能再意气用事，否则爹妈那里无法交代。于是正式高考时，我把侠肝义胆更换成小肚鸡肠，婉拒了所有想让我照顾一把的请求。

1981年的高考如期而至。为了对付这次意义重大的考试，考前那天我从宿舍搬出来，住到了晋城一中的门房里。

看门房的张老头是水西村人，他儿子在食堂做饭。有一年他儿子出了点风流韵事，找我父亲从中斡旋，我父亲便与他们建立了友好往来关系。我在晋城一中两年，偶尔会"闹点饥荒"，就会去他儿子所在的窗口蹭口饭吃。但他儿子始终在一个窗口卖窝头，我也就只能得到一点玉米面。有那么几次，他一边往我饭盒里放窝头，一边又满腹狐疑地打量着我，好像不认识我，又好像我确实已沦落为乞丐。这种冷冰冰的凝视让我头皮发麻，后来我就不敢去他那里要饭了。相比之下，他的父亲张师傅更和蔼可亲。张师傅秃顶圆脸小眼睛，往大门口一站，像一位演小品的喜剧演员。城里的同学进出校门，不时会与张师傅开个玩笑，他也就与那些学生没大没小地打闹一番。头一年去一中时，父亲就让我有事去找张师傅，但我好像一直也没什么事情。

好钢用在刀刃上。高考前夕，我终于决定去找一找张师傅了。因为宿舍的环境糟糕透顶，实在是有点住不下去了。

看门房的张老头（三排右一），摄于1980年

复习班的男生宿舍设在一个大教室里，没有床，自然也没有睡在我上铺的兄弟。住宿者全部打地铺。入住时，地上已铺着一层麦秸，分成三排，我们把褥子、床单铺到麦秸上，一个挨一个一字排开，就算有了睡觉的地方。要住宿的人太多，大家就一起练"缩骨神功"，每个人的铺位缩成了50厘米宽。两排之间有狭窄过道，那既是往里面铺位走的通道，也是大家放鞋子的地方。有人是汗脚，还成年累月穿解放鞋，他一入铺，大半个教室的空气立刻就变得可疑起来。这时候就会有人抗议。冬天时，靠近讲台的地方生有炉火，由我们自己轮番管理，但炉火不旺，熄火更是家常便饭。加上那个教室门不严，窗又多，

透风漏气，整个宿舍就成了一个巨大的冷藏室。冬天毕竟还好过些，因为大家挤得亲密无间，可相互取暖。但夏天一来，日子立刻就变得痛苦难捱，就寝如受刑。多年之后，我的一位好友依然能清晰记得，为防蚊子叮咬，他大热天把自己裹得严严实实的，但面部立刻成了蚊子攻击的目标。不得已，他只好把一条毛巾搭在自己脸上，仿佛他那时就看过《让子弹飞》。而我记忆中最惊心动魄的一幕是，每当我身板下有异物游走，我都会捅醒睡在我旁边的弟兄，然后一起将褥子掀起。这时候就会发现许多只跳蚤在麦秸丛中狂欢，此伏彼起，仿佛运动员扎堆儿跳蹦床。后来我看到一则资料，说跳蚤是世界上的跳高冠军，它跳出的高度是自己身长的350倍，相当于一个人跳过一个足球场。这话我信。

正是在蚊子、跳蚤与解放鞋的轮番"袭击"下，我才做出了关键时刻搬出去的重大决定，以便能睡个好觉，考个好试。

张师傅答应得很痛快，但考前的头天晚上我却失眠了。

晋城一中的门房里外有两个小间，外间是接待室，里间放一张单人床，就成了张师傅的卧室。张师傅收留我，自然是不可能让我再打地铺的，却也没办法再为我架一张床。他跟我说："咱爷儿俩就这张床，你睡里边，稍稍挤了点，但总比你那地铺强吧。"我点头称是，晚上挨着墙躺下了。没有与我睡在地铺的兄弟同甘共苦我并不内疚，相反还有一丝得意。朝里有人好办事，关键时候连门房老头都能派上大用场。我正幸福地遐想着，准备进入梦乡，张师傅已打起了呼噜。起初，呼噜声不大，我并未在意，但不一会儿，张师傅就已经鼾声如雷了。那种一惊一乍的鼾声吓跑了我的睡意，我变得清醒起来，也开始暗暗叫苦，"机关算尽太聪明，反误了卿卿性命"，这还不如蚊叮虫咬呢。天气本来就热，我的身体也变得燥热起来，这时候我才发现，我与张师傅距离如此之近，两个人睡一张单人床，完全就是我睡地铺人挤人的山寨版。越睡不着越紧张，我开始浮想联翩了。去年那颗蛋……明天作文题……要是考砸了怎么办？看那样子，父亲是不会再让我来复习了。这么说，我以后就要面朝黄土背朝天？我并不怕与土坷垃打交道，我喜欢闻到泥土的气息、青草的芳香，但复习两年不就是为了鲤鱼跳龙门吗？我是鲤鱼还是一条溜边的黄花鱼？黄花鱼啊黄花鱼，城那头有条黄花街，黄花鱼和黄花街有没有关系？城里的同学老说黄花街，但那条街我还没去过，考完之后怎么也得去那里瞧一瞧，没准儿以后会在黄花街里建一所山西共产主义劳动大学……

那时候我还没有手表，我也不知道自己是何时睡着的。事后我才意识到，我的失眠自然与张师傅的呼噜有关，但更主要的原因还是考前紧张。头两次高考，我还不知紧张为何物，但第三次来临，我的神经却绷起来了。一种名叫压力的东西似乎看不见也摸不着，但它见缝就钻，如同麦秸丛中的跳蚤。我被跳蚤无数次咬过，它们传播的病菌早已潜伏于我的身体之中，终于在考前发作了。

早上醒来，我有点精神恍惚，但一走进考场，我还是像即将开赛的运动员一样逼迫着自己兴奋起来了。作文题是《读〈毁树容易种树难〉》，我心想，种树固然很难，但你要把我毁掉也没那么容易。我恶狠狠地开始答题了。

考试之后填志愿，这一下我变得老实起来。依稀记得，我在重点大学一栏中填过兰州大学和山东大学。在一般大学中甚至还填报了淮北煤炭师范学院。但中专都填了些什么，如今已然忘得精光。

分数不久就下来了。与第二次高考相比，我似乎有所进步，但水涨船高之后，也可以说还在原地踏步。我好像考了364分，而本科分数线已提至355分。拉我后腿的依然是数学。我兢兢业业猛攻一年数学，"咬定青山不放松"，满以为能考一个及格分，但一见分数条却让我大跌眼镜——34分！于是那一瞬间我疑窦丛生：头一年我还是九斤老太，今年怎么变成了七斤嫂？

从此往后，我就有了拉康所谓的"创伤性内核"，这颗内核在我心里潜滋暗长，以至于后来一听说谁数学好，我先是肃然起敬，紧接着又有了揍他一顿的冲动。如今的这种冲动是被我儿子煽乎起来的，因为他的高考数学居然拿到148分。几乎就是满分，他爹哪里经历过？叫我如何不揍他。

高考结束后与复习班同学的合影（前排中为本人），摄于1981年夏

　　虽然考得不够理想，但我心里似乎早有准备。捡到篮里是根菜，既然高考志愿表已被我塞得瓷瓷实实，好赖我总能上一所大学吧。8月的一天，我正在玉米地里干活，一位当年在水东中学读过书的同学骑着自行车向我飞奔而来，一见我他就喊："赵勇，你的通知书到了。"

　　在耀眼的阳光下，我迫不及待地打开那张录取通知书，上面写着山西大学中文系。那一刻，我没有激动得久久不能平静，但一种异样的东西确实在我心里面冉冉升起。我意识到，我终于等到了我的造化。

同学骑车带我回家，我要把这个喜讯赶快告诉父亲。眼前黄土路，秋高天气爽。玉米地，高粱地，谷子地，地里的庄稼在八月的风中哈哈大笑，仿佛在为我举行盛大的庆典。

　　附记：儿子今年高考，勾起了我对往事的回忆。谨以此文纪念我与我的同代人参加高考 30 周年。

2011 年 7 月 9 日写

2017 年 7 月 18 日改

青春的沼泽

——我与《批评家》的故事

一

2009 年初秋的那个清晨，我早早赶到西客站，为的是去坐南下太原的动车。从太原再北上河曲，这就构成了我那一天的全部行程。动车果然快，我在车上发了一会儿呆，翻了几页书，又看了将近一半的电影《苦月亮》，车就到站了。

与会的几十人已在南华门宾馆的餐厅聚齐。主桌的杨占平兄在向我招手。我一落座，立刻就进入了吃饭喝酒的状态。酒过三巡，杨占平开始向旁边的人讲述我与《批评家》的故事。记得我与杨占平初次相识时，他就在讲这个故事。以后每见一次面，他几乎都会把这个故事重复一遍，那似乎已是他向别人介绍我的一种固定程序。于我而言，他的每一次讲述似乎都是一次事实的确认与记忆的唤醒。我意识到我必须面对这个故事了。我就是那个故事里的主角。

因为下午的路程遥远，短暂的用餐之后我们便向作协大院走去，那里是我们的乘车地点。睡眠不足加上旅途劳顿，那一会儿工夫我已经喝高了。然而一拐进南华门东四条，看到那座熟悉的小楼，我还是忍不住心动起来。我走进那个院子，醉眼蒙眬地打量着满园的翠绿。树冠和不知名的植物掩映着小楼，爬山虎覆盖着它的大半个墙壁。我有点恍惚，依稀想起许多年前看《编辑部的故事》，镜头里的那栋小楼也是这种风景。

外边已经在喊人上车了。我不再走神，慌忙叫住《山西文学》的编辑给我拍照，然后自己也举起相机"咔嚓"几张。出得院来，又瞅了瞅院门，见旁边墙上钉着一块匾额，上面写着"阎氏故居"。这里是阎锡山住过的地方吗？我急忙向人打听起来。

但我记得 24 年前，墙上是没有这么一块匾额的。

二

1985 年 2 月 2 日，农历是腊月十三。就是那一天，我与我的几位同学去了位于南华门东四条的山西省作家协会，开始了为期一个月左右的编辑工作。我能写出这个日子并不是我记性有多好，而是我查阅当年的日记，偶然发现这一天是有记录的。而这一天之后则是长长的空白。我在当天的日记中写道："今天去《山西文学》杂志社，见到了张石山、李锐、王子硕等老师。他们让我去《批评家》帮忙，我又见到了董大中和蔡润田两位老师。他们都挺和蔼可亲的。董老师是个小老头儿，耳朵有点不好使。……"

我与董大中老师，1990年初摄于晋东南师专文科楼前

我至今不知如何为这次行动命名。它不是今天所谓的实习，也不是找工作前有预谋的演习。据大学同学杨鲁中讲：刚结束期末考试，张克慧就给我传话，说马作楫老师找我有事。马老

师当过中文系主任，是教授也是著名诗人，上课又受大家欢迎。听说他找我，我就立马跑过去了。一见面，他就用浓浓的五台腔对我说："你是学生会的头儿，叫上几个学习好的同学，寒假给咱去省作协有偿帮两天忙。那里来稿太多，他们审不过来。"我一听有这等好事，高兴得不得了，第二天就叫上你、樊占栋、焦玉莲、张克慧，拿着马老师的亲笔信，杀到了省作协。杜晓光不知从哪里听到了消息，也非要跟着去不可。这就是我们帮忙的全部人马。

一到省作协，我们就有了分工——杨、樊、焦、张留在《山西文学》，我去《批评家》，杜同学到作协办公室。这几个人中，只有张克慧是八一级中文甲班的同学，我们几位则全部来自八一中乙。其中，我与鲁中、占栋不仅是室友，还是"感情深，一口闷"的朋友。我们的任务就是利用寒假时间给编辑部看稿子：我看理论或评论，高深且复杂；他们则每天跟文学作品打交道，容易又快乐。

直到现在我也不清楚为什么单单选中我去《批评家》帮忙。现在想来，人生的轨迹往往是由许多偶然因素组成的。当你迈出那一步时，命里就注定你要和某些东西拴到一起了。

我是糊里糊涂迈出那一步的。当他们告知我的工作岗位是在《批评家》时，我既没有沮丧，也没有惊喜。虽然稍感意外，但我想我当时是很平静地接受了那种分配的。半个月前，我突然遭遇情感风暴的袭击，心灵受到了重创。那应该正是我舔舐伤口的时期，也是我对所有的一切都变得暂时无所谓的时期。两年多之后，我偶然听到一首朗诵诗，开头的那几句或许表达的就是我那时的心情：

> 二十岁
> 我爬出青春的沼泽
> 像一把伤痕累累的六弦琴
> 喑哑在流浪的主题里
> …………

三

我开始"上班"了，第一次为自己买了张月票。

从山西大学出发，坐一毛五分钱的三路电车至终点，再换一次车到府东街路口，过马路后向东走几十米，然后拐进那个狭窄的胡同，就是南华门东四条。进入作协大院，穿过那个月亮门，沿着东面小楼里的楼梯拾级而上，便是《山西文学》编辑部的所在地。从《山西文学》编辑部出来，绕进那段短短的楼道，它尽头的拐角处就是《批评家》编辑部了。《批评家》编辑部房子小，光线暗，远没有《山西文学》宽敞亮堂。我就时不时地溜到《山西文学》那里，与他们几位闲扯一通，然后再回去看稿子。当时的张石山、李锐、燕治国既是作家，也是《山西文学》的编辑，但他们通常是不坐班的。偶尔露面，或许正是他们写作之余放风的时候。他们一来，我们便也开始放风，说笑聊天就成了大家的主要工作。

在去编辑部之前，中文系已请过作协的一些作家去我们那里做过讲座，有的还不止一次，如郑义。在我的心目中，作家既是些满腹经纶的家伙，又是可望而不可即的精灵般的人物。而那个年代，"晋军崛起"已初露端倪——郑义的《远村》打响了，张石山已出版过《镢柄韩宝山》和《单身汉的乐趣》两本小说集，韩石山的《磨盘庄》在"清污"中被点名。1985年的《当代》第二期也即将集束推出郑义的《老井》、成一的《云中河》、李锐的《红房子》、雪珂的《女人的力量》等中篇小说。那应该是"晋军崛起"的一个重要标志。于是这些作家来到编辑部，往往意气风发，斗志昂扬，指点江山，激扬文字。我们则成了他们的忠实听众。我对作家仰视已久，能够如此近距离地听他们说话，该是一件多么幸福的事啊。所以只要听到旁边屋子有了动静，我准心猿意马、魂不守舍，然后屁颠儿屁颠儿地跑过去听他们侃大山。

当时流行军上衣。我与樊占栋便时常穿着一件草绿色的军用褂子去那里上班。李锐见此情景，便大发感慨，慷慨陈词。他说他经历过"文革"，当时的红卫兵小将便是穿着这身行头招摇过市的。从此他一看到军上衣就生气，撮火，乃至反感，厌恶。他的话让我无地自容。我想换一件不让李锐反感的上衣，但想来想去还是只能作罢。因为那件军上衣是当兵的表哥送给我的，是真品而非赝品，也是我唯一还有点模样的好衣裳。有一次，我把刚买下的三卷本《朱光潜美学文集》带到了编辑部，李锐似乎还评点了一番。但他都说了些什么，我现在自然已忘得干干净净了。

张石山也不时会溜达到编辑部，与我们笑谈。他的话语风格当时便已成型，那是一种带着浓浓乡野之风的泼辣、爽快与风趣。但或许是与我们相识不久，或许是我们与他的年龄相距太大，他在我们面前的言谈并不嚣张放肆，而是保持着必要的温文尔雅。而在河曲会议上，他的笑谈与笑骂汪洋恣肆，飞流直下，张氏话语风格已体现得淋漓尽致。我想，那该是他向着"从心所欲不逾矩"的境界挺进的体现吧。

有时候，蒋韵也会去编辑部遛个弯儿，但她似乎总是来去匆匆。她穿着一条那个年代还不多见的牛仔裤，充满着青春朝气。

我似乎在院子里还见过成一。他常常紧锁眉头，做沉思状。我们便怯怯地不敢接近。

但我似乎没见过郑义。

四

不聊天的时候，我就在《批评家》编辑部度过。那正是《批评家》的草创时期，董大中是这本刊物的主编，蔡润田是副主编，他们手下再无多余的人马，只有我一个临时雇佣兵。这么一种格局，再加上蔡老师大我 20 岁，董老师长我近 30 岁，他们本来是可以随意使唤我的。但两位主编都是宽厚长者，并没有对我呼来喝去。也许他们一开始就把我当成了一个小朋友。

当然，也是许多事情我还干不了。我只能静静地待在书桌旁边看稿子。

印象中，董老师去编辑部的时间并不固定。有时候他会急匆匆地赶过去，与蔡老师商量约稿的事情。他们两人平时话都不多，他们的对话也就简洁明快。董老师的耳朵确实不好使，但他当时似乎还没戴助听器。于是我或蔡老师与他说话时就得增加分贝，或者一句话要重复两次或多次。

几年之后我再见到他时，他已离不开助听器了。有时候我会想到，或许正是因为耳疾，才阻隔了外面世界的喧嚣，成就了他内心的那份宁静和纯净。后来《批评家》停刊了，他也一心一意地做起了学问。《赵树理评传》《赵树理年谱》《赵树理论考》《瓜豆集》《鲁迅与山西》《鲁迅与高长虹》《鲁迅与林语堂》《李敖评传》《你不知道的赵树理》……他研究的领域在一步步扩大。而更让我惊讶的是他写作、出书的速度。每有新著问世，他几乎都会在第一时间给我寄来，扉页上照例是毛笔题字，方正遒劲。在 20 多年的交往中，那些题字也由"赵勇同志存念"变成了"赵勇兄雅正"。称呼的变化让我惭愧，但我也体会到了那份忘年交的浓浓情谊。

坦率地说，当年我准备琢磨赵树理的时候，董老师的那几本书是我研究的入门读物。他对史料的详细爬梳、甄别与分析让我受益不浅。前几年，我的一位师妹要把赵树理做成一篇博士论文，就希望我能把她引荐给董老师，我欣然应允。她去太原董老师家中拜访，回来后我问她感受。她说董老师人真好。我说这就对了。

2005 年 10 月的一天，我接到董老师的电话，他说他正坐着小车给北京的一些学者送书，也要把他的新著送到我的家中。我急忙收拾一下零乱的房间，准备与他聊天，但他却没打算来家，只是约我到小区的门口取书。那是他专为其家乡"董永故里"写出来的一本论著——《董永新论》。他给我书之前特意打开第一章，说："你看我一开篇就引用了你的一本书中的文字。"言毕是憨憨的笑。我要留他吃饭，他说不了，还要继续送书。他只是在马路牙子边跟我说了几分钟的话，就风风火火地离开了。

2007 年的春天，董老师突然摸到了我的办公室。他来北京后忘了带我的电话，那天就到文学院找我。文学院的工作人员见是一个满头白发的老头儿，立刻告诉他我的详细位置。我既惊喜于他的到来，也惊讶于他这种"赵树理式"的找人方式。我知道在北京，事先没有预约几乎是找不到人的，我却活生生地被他逮住了。想一想也真是神奇！于是爷儿俩中午一起吃饭。我问起他的耳疾，他说那是50年代初得脑膜炎留下的后遗症，耳鸣了许多年，后来听力就不行了。他说他刚去过国家图书馆，准备办一个借书证，那里却要他出示他的职称证明。他向我讲述着这些事情，只有淡淡的无奈，我却气愤起来了。怎么能如此对待一个专门从外地来京查资料的学者？这个世界真荒诞！

那一年是董老师的本命年。他72岁了。

五

与董老师相比，蔡老师更像是在编辑部坐班。许多时候，那个小屋就成了我和蔡老师的天下。我在一个角落的桌子后面看稿子，蔡老师则在他的办公桌上做事情。说实话，看理论类、评论类的稿子并不是一件好差事，我必须调动起我的全部感觉和理论素养，方能对稿子做出判断，然后字斟句酌，再写下我的初审意见。但一个大四的学生能有多高的理论素养呢？我至今也不知道蔡老师对我的那些判语是否满意。

那时候蔡老师还没戴假发。肩膀上端着个谢顶的脑袋，让他变得苍老了许多。但实际上他当时只是40出头，正是风华正茂的年龄。20年之后我们在北京相见，他的脑袋上满是黑森森的头发，一下子让我产生了错觉，仿佛20年的岁月并不存在。后来我想清楚了形成错觉的原因。因为谢顶，20年前初见他时，我的感觉是他已50多岁；因为有了假发，20年之后我又见他时，他在我眼中还是50多岁。于是20年光阴就被一笔勾掉了。

或许是蔡老师的脑袋给我留下了极深的印象，大学毕业后我读张石山的小说《小巷英豪》，那里面写了个"理论家老柴"，我立刻就自作聪明地认为老蔡就是"老柴"的原型。在张石山笔下，36岁的老柴长着一个光葫芦脑袋，以致胡大娘有一次把他当成了石狮子。老柴说起话来满嘴理论腔，跟人吵架也要来一句"以上是我吵的第一点"。但他为人正直，喜欢较真儿，简直就是一个既可爱又略显迂腐的典型形象。但关于老蔡与老柴的关系，我既没问过张石山也没问过蔡润田。这桩疑案在我心里一直存放了20多年。

蔡老师喜抽烟，他在编辑部处理事情的时候，就会掏出烟来点上一支。刚抽两口突然又若有所悟，就朝着我说："小赵你是不是也会抽烟？来，抽一支。"然后他就摸出一支烟，抛向了两米开外的我。以后他再抽烟，就常常如法炮制，烟卷便在我俩之间划出一条弧线。我当时还没有正式学会抽烟，却也偶尔会"冒"一支试试，所以我并没有拒绝他的邀请。而且，老抽蔡老师的烟我也不好意思，为了回报他的美意，我很可能也买过两盒，以便从我这端也能走出一条弧线。现在想想，那个时期，也许正是我后来漫长的抽烟活动的一次预演和彩排。

快过年了，作协采购回一批柴米油盐、瓜果蔬菜之类的东西（后来杨鲁中告诉我，主要是冬储大白菜），分给作协的作家和职工。那天，办公室的人喊我去分东西的现场帮忙，我二话不说就跟着他走了。东西似乎堆放在一个车库里，那是那条小胡同的尽头，我则在那里当起了搬运工。看到一些平时见不到的作家三三两两走来，于我也该是一次不可多得的大饱眼福的机会。所以我并无怨言，而是在寒风中尽心尽职，忙前跑后，并不时寻找着"西李马胡孙"的身影。我正干得热火朝天的时候，蔡老师找过来了。他见我在这里，立刻质问起管事的："怎么把我们的人弄到这里给你干活了？为什么不叫别人光叫我们编辑部的人？小赵是给你做这种事的人吗？简直不像话！"蔡老师拉起我就走，弄得那个管事的赶忙解释，但蔡老师已拂袖而去了。

那是我头一回见蔡老师生气，而他生气居然是为我打抱不平。虽然从文字编辑"降格"为搬运工于我是件无所谓的事情，

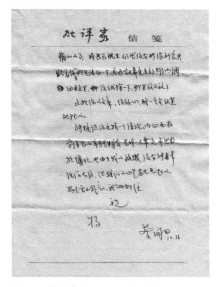

蔡润田老师来信，1985年12月

但他却觉得问题很严重。老实说，蔡老师的生气让我的心情变得复杂起来，但我还是涌起了一股温暖和感动。

我从蔡老师那里获赠过他的两本著作：《泥絮集》与《三边论集》。前者是他90年代初送给我的。那里面关于《文心雕龙》的所有文章，我都认真读过。或许是长期浸淫于古代文学、古代文论的缘故，他下笔每有古意，行文很是讲究。在他的笔墨面前，我常常会觉得自己的文字俗不可耐。但蔡老师似乎著述不多。他在《泥絮集·自序》中说，他的疏懒和散淡造成了他的心头文章多，纸面文章少，于是有了"诗如上水船难进，身似沾泥絮不飞"的感慨。想一想自己正好到了他当年撰写自序的年龄，我也不由得感慨起来了。

2002年末冬或是2003年初春，我忽然接到蔡老师的电话。他说他夫人在京工作，他也陪夫人在北京长住。因赋闲在家，他很想约我见面聊聊。又有许多个年头没见过面了，听到他的声音我自然兴奋不已。又听说他长在北京，我就把见面的日期往后推了推，以便找出一个更从容的时间。但是不久，"非典"就铺天盖地而来，他们两口子也开始了"逃亡"的准备。那一年我们终于没能见成面。

2005年3月的一天，我又接到蔡老师电话，他告诉我下个礼拜就要回太原了，以后就不再来了。那个电话忽然让我有了一种伤感，便立刻确定了见面的时间。那一天我们说了许多话，我也喝了不少酒，好像有了点生离死别的味道。

六

学校开学了，大学生活的最后一个学期来临了。我也与我的同学撤回了学校。但是对于我来说，我与《批评家》的交往仿佛才刚刚开始。

1985年4月，《批评家》创刊号面世。铁锈红的封面底色，上面竖排着"批评家"三个大大的毛笔字，那是集自鲁迅先生的手迹。那一期的作者阵容也堪称豪华：刘再复、林兴宅、谢冕、阎纲、西戎、王汶石、曾镇南、柯云路、白烨、古远清、董大中……还有日本学者釜屋修。他们大都是80年代风头正健的学者或作家。这本刊物一亮相，也引起了学界的关注。而随着它的越办越好，我也多了一份小小的欣喜。我心中暗想，虽然微不足道，但我毕竟为它的诞生做过一些事情。我可以大言不惭地说，我是这份刊物创办时期的目击者和见证人。

这期杂志当然也到了我的手里，而且不是一本，而是30或50本。刊物半中间出来，自然就错过了年头岁尾邮局的征订时间。所以，编辑部除把两万份交给"并州智能开发总公司光大书刊发行公司"发行外，还留有一些存货。蔡老师就把我叫去，希望我能在高校里推销一些，也捎带着扩大影响。我从来也没有做过买卖，又天性腼腆，何况当时的高校还没有学生摆地摊的风气，这让我如何开张？这件事情若是搁到现在也不难办：我掏钱把它们全部买下，然后挨个儿送人，岂不是皆大欢喜？但我当时只是一个穷学生，并无这个经济实力。而且万一我如此操作，向蔡老师他们谎称我已全部卖掉，他们再让推销三五十乃至三五百本，那可怎么办？

我只好一次拎着几本杂志敲开一些宿舍的门，向他们解释，请他们购买。俗话说，兔子不吃窝边草。但别的宿舍的门咱也不敢敲，便只好向同年级、同班认识的同学兜售。那一期的杂志定价四毛（杂志办到第五年也只是每期六毛），并不算太贵，但好多同学对这种评论刊物毫无兴趣，所以他们并不买账。我跑到楼上的女同学宿舍，她们见平时不哼不哈的赵勇沦落到如此地步，顿时同情心大发。于是每到一个宿舍总有三两本出手。大概就是在她们那里，我卖出去十多本杂志。

而对于我来说，一个更重要的收获是借着这个机会，我走进了女生宿舍。那似乎是我大学四年来的第一次。

我带着卖掉的几个钱和没卖掉的一堆刊物去给蔡老师交差了，心里一下子如释重负。

因为与董、蔡二老师有了那么一点交情，更重要的是毕业时发生了那件影响我一生的事情，《批评家》就成了我的赠阅刊物。在后来的五年中，无论我走到哪里，这本刊物都会追随我的身影，寻我而去。我也一期一期地读着那上面的文章，关注着编辑部的动静。起初，依然是董、蔡两个光杆司令。后来我听说杨占平调过去了，再后来，又知道阎晶明和谢泳成了《批评家》的编辑。如今，杨占平已是山西省作家协会党组副书记、副主席，阎晶明是《文艺报》的总编，而谢泳则在 2007 年远走厦门，成了厦大的教授，并在当年的学界引起了不小的动静。这让我意识到，在《批评家》"混过"的人都了不得，他们都很有出息。

承董、蔡二老师的厚爱，我在《批评家》总共发表过四篇所谓的论文。我当时既写不出更多的像样东西，也不敢过多打搅两位老师。而每寄过去一篇文章，心中总是忐忑多日，唯恐自己的文章让刊物蒙羞。董老师、蔡老师提携后进，不仅刊发了我的习作，而且还把"《批评家》首届新人优秀论文奖"颁给了我的一篇文章。那是 1988 年初夏，当时我正在济南读研究生。但他们弄错了地址，把获奖证书和 100 元奖金寄到了山东大学，而不是我就读的山东师范大学。我去山东大学取回自己的证书和汇款单时，一定是一副得意忘形的嘴脸。因为那不仅是精神鼓励，还有物质奖励。100 元钱在当时该是多大一笔财富啊。

然而，这本扶我上路、催我奋进，并且牵动着我诸多情感记忆的刊物终于还是无疾而终了。收到 1989 年第 6 期的杂志已是年底，打开一看，放在首页的告别辞让我大吃一惊。告别辞中说，刊物的停刊与宣扬资产阶级自由化无关。但在当时的大气候下，这种此地无银的表述却很容易让人产生联想。我想起 1986 年《中国》终刊辞中最后的那句话 ——"我们借用一位被冤屈而死的诗人的诗句说：'我要这样宣告，我们无罪，然后我们凋谢。'"《批评家》的诸位同仁难道不该有这样的心情吗？

就这样，《批评家》在绚丽开放了 5 年之后，连同那个轰轰烈烈的 90 年代一起凋谢了。我的情绪也跌落在 90 年代破晓时分的黯淡中，一时不知所措。

七

大学时代的最后一个学期终于结束了。

从 1985 年 7 月 1 日开始，我又记了几天的日记。从那几天的日记看，我和我的同学们的主要工作变成了等待分配。等待是一种煎熬，于是我们闲聊、打牌、看电视，半夜三更不睡觉，在楼道里又喊又唱又跳。间或有几声长长的口哨响起，划破暗夜的宁静。那是一种百无聊赖的发泄，但在我看来却更像蒙古长调，一声声倾诉的是忧伤与悲凉。

与此同时，我们也开始在毕业纪念册上互赠留言。那个名为"大学时代"的毕业纪念册是我们自己设计的，内芯被制作成了一张一张的活页纸。我们只要在"我的自白""我在黄金时代"等许多空格中写满文字，然后再往预留的最大空白处写下"给某某同学的赠言"，便可送出去。那段时间，迎送那些活页纸也成了我们的主要工作。于是，毕业、告别，即将各奔西东的气氛被渲染得越来越浓了。

所有的人都盘算着自己的工作单位和前程，我自然也不例外。但至少在7月初，我对我自己的去向却一无所知。我当然也想留在省城，但留下来做什么呢？什么样的单位适合我呢？我心中打起了小鼓。我从来也没有考虑过留校，但听说有留校的机会，还是忍不住去报了个名。想要留校就得参加相关的测试（相当于现在的试讲），所谓测试是进行毕业论文答辩（别的同学则不需要走这道程序）。那一天我站在讲台上陈述自己的论文观点时，紧张得口干舌燥，语无伦次。而头两天我刚刚参加过全校的毕业论文报告会，我第一个上场发言，讲得自如妥帖，还暗暗得意。能耐大的同学、与班主任老师关系铁的同学，或许已知道了自己的大体去向，但他们自然是秘而不宣。这样，临别前的气氛就又多了一层神秘和诡异。

但董老师和蔡老师却已经知道了我的去向。也许通过那一个月的考察，他们觉得我并非朽木；也许是大四阶段我发表了自己的处女作，增加了他们的信心；或者是我的实诚——从小我就被人视为"老实疙瘩"——让他们意识到我是他们的同道。总之，他们已在悄悄地做着让我去《批评家》入职的准备工作。要想把我弄到《批评家》，省作协必须得有分配指标。为了弄到这个指标，他们特意去省计委为我跑了一个。为了万无一失，蔡老师又专门给中文系参加分配的副系主任写了封信。蔡老师与他还算熟悉，他觉得副系主任会给他这个面子。而所有这一切都是背着我悄悄进行的。待一切准备工作就绪，他们才给我透露了消息。那已是宣布分配结果的前夕。

我沉浸在惊喜之中，但我也学会了秘而不宣。

宣布分配结果似乎是在一间大教室里，我屏住呼吸，听着"萝卜"与"坑"之间的关系。听到半中间，我突然懵了。山西省作家协会的坑里放的不是我这个胡萝卜，而是另一个大白萝卜。那是班里的一位女同学，我与她同组四年，打扫卫生时常碰面。我万万没想到她会成为我的"克星"。而我这个胡萝卜将被移出太原，他们为我准备的那个坑是晋东南师专。

我立刻把这个消息告诉了董、蔡二老师，他们既吃惊又气愤。怎么能这样呢？这也太欺负人了吧。"你去找找你的那些老师，我们也找关系活动活动。"他们给我出着主意，而我则陷入了震惊之后的慌乱之中。

　　分配结果一公布，意味着派遣证也即将到手。当时的情况是，若能赶在当月的15号之前报到，便能拿到整月的工资；15号之后过去，就只有半个月的薪水了。于是分在太原那些单位的同学立刻行动，纷纷向自己的工作单位跑去。拿着作协派遣证的那位同学也不例外，她兴冲冲地去了南华门东四条，没想到却吃了闭门羹。作协的人告诉她："这个名额出了点问题，你就暂缓报到吧。"

　　但是，这位同学的背景却很是了得，她的父亲与一位副省长是好朋友。听说报到受阻，省政府的电话立刻打到了作家协会。电话中质问道："你们那里明明有指标，又给你们分过去了人，为什么你们不接受？"作协的人解释说："这里需要的是理论编辑。我们想要的人不给派，派过来的人又不了解，所以不敢贸然接受。"但在省政府官员看来，这样一种解释简直是目无组织，岂有此理。于是省政府对作协展开了电话轰炸，语气也从最初的质问变成了后来的训斥、命令，甚至威胁。这种阵势让董、蔡二老师感到了空前的压力，他们大概意识到，问题的性质已经发生了根本变化：那已经不是能否把我要来，而是如何把他们不想要的人顶在门外。他们搬出了作协副主席胡正，让这位老作家直接与他们对话。然后他们决定，作废那个指标，彻底断掉那位同学的念想。

以上的这些事实与斗争过程是董老师和蔡老师，尤其是杨占平后来告诉我的。杨占平那时刚调到《批评家》不久，却正好赶上了这么一件麻烦事。而处理这件棘手之事的事务性工作就落到了他的肩上。我想，因为这件事情，他当时一定受到了极大的震动和刺激，甚至说不定还说过一些违心话，也忍受了不少难听话。他是有资格成为这个故事的守护者和讲述者的。

每每讲述完这个故事时，他都会对我说："你是不知道废一个指标有多难，比做一个指标要困难几十倍。"

对于他们的所作所为，我当然一无所知。他们折腾的时候，我已经离开太原了。

八

我现在已想不起离开省城的确切日子，但大体的时间不会有错，那是 7 月底或 8 月初。

7 月中下旬，我也在折腾。柳青在他的《创业史》中说过："人生的道路虽然漫长，但紧要处往往只有几步，特别是当人年轻的时候。"我的人生才刚刚开始，虽然并不清楚后面会有怎样的酸甜苦辣，但我已朦朦胧胧地意识到，我正处在一个紧要关头。而且，许多同学能在省城留下来也让我感受到了反差，董老师和蔡老师的气愤更增加了我的悲愤。我决定去找一找系里分配小组的领导们，问一问为什么。

我敢去找他们，一方面是因为我已无路可走，另一方面是因为我觉得自己还算有点资本。当年的分配虽然复杂，可参照的条件很多，但有一项条件是明确向我们宣布过的，即工作单位的分配要考虑四年的学习成绩，要看你在全年级的排名情况。成绩好者好单位，成绩差者赖单位。我四年的总成绩排在前几名，要是搁到现在，可能就获得了推免读研资格。平时我对考试成绩并不看重，但没想到这种东西会成为我最后所能拽住的救命稻草。我鼓足勇气找他们理论去了。

我找到了系党总支书记。我向他陈述了我的情况，他则用原则性的大话唬我，大谈人才对于革命老区的重要性。我切入实质性的问题，指出了他们分配时的不公，他便开始与我打起了太极拳。当我问到凭什么让我回去时，他用必须完成晋东南地区的指标来回应我。当我指出为什么谁谁谁可以不回去时，他又用具体情况具体对待来对付我。后来我搬出了排名成绩，他意味深长地打起了哈哈："那个只是参考嘛，全按那个来岂不是要天下大乱？"当年的形式逻辑课是武高寿先生给我们上的，那一门课我学得还算不错。我明显听出了总支书记的逻辑漏洞，但人家是部队转业军人出身，有过多年的政工经验。他来对付一个小毛孩子是不需要讲形式逻辑的。在他的车轱辘话面前，我的辩论毫无成效。

那是我第一次与名为系党总支书记的人打交道。或许是那次争辩留给我的印象太深，后来无论是我在山西工作还是在山东读书，系党总支书记都会成为我观察的对象。他们构成了我认识社会各色人等的一个重要谱系。

我又找到了我的班主任老师，他也是主管我们分配的重要人物。我知道一些同学四年期间已和班主任处成了推心置腹、无话不谈的朋友，但我却做不到这一点。我那时喜欢黑白分明，心里装不下任何灰色地带。我曾对他把唐宋文学课讲成那种样子大为不满，而这不满似乎也化作了我对他的轻微反感。当然，我并没有在公开场合表现出这种反感，但不去与他套近乎甚至迎面碰上还绕着走，也许就是对他的大不敬。对于这路学生，他能跟我说什么呢？所以，我与他的谈话也是不欢而散。或许是为了安慰我，他告诉我，之所以会把我安放在晋东南师专，是因为我的成绩好，而那所师专是革命老区最好的指标。

毕业十年聚会时我见到了班主任老师，当时他正在一个什么区挂职锻炼。在一个台阶上我们迎面相遇，他关心地问我："还在师专工作？以后有什么困难吭声。"也许这只是一句客套话，但敏感如我者却从中读出了一丝歉意。毕业二十年聚会时班主任也到了现场，那时他已是一个县的县委书记。但他只是礼节性地发表了几句讲话，然后就离身而去，从此再没露面。如果我们有单独面对面的时间，我可能会告诉他，分配那件事情我早就释然了。后来我已完全理解了他当时的处境。

是的，我确实是完全理解了。虽然这件事情重创了我的身心，甚至形成了一个小小的事件，以至于在下一届中文系同学心里都留下了阴影（后来一位山大中文系八二级的同学也分到了晋东南师专，是她告我，我的事情给她和她的同学们造成了怎样的影响），但大约两年之后，那些伤痛就渐渐消散了。而后来我也意识到，分配工作本身就是计划经济年代的产物，程序公正在那个年代更是一件奢侈的事情。如果说我是那种体制的受害者，那位女同学又何尝不是？我没有得到作协那个指标我还可以显摆，而她不但没得到还碰了一鼻子灰，也许就只剩下灰头土脸了。在这件事情上，很可能她受到的是另一种伤害。

然而，毕业之后，我与那位同学却从来没有谈论过这件事情。毕业十年、二十年的年头上我们见面时，她依然是大学时代笑嘻嘻的模样，仿佛这件事情从来都没有发生过。

九

但是，我当时却不能理解。我觉得看不见、摸不着的权势连同不公和不义，正结党而来，它们把我逼向死角，我却失去了清晰的反抗目标。于是孤愤、悲凉、无助、无奈成为我当时的基本情感。我当然知道并非所有的人都满意自己的去向，其中有的人已做好了改派的准备。有时候，改派的念头也会在我的脑子里闪现，但这个念头一旦浮起，我又会狠狠地把它摁下去。因为改派不仅需要耐心等待，而且更需要关系、门路和必不可少的钱财铺路搭桥。我一无所有，两手空空，如何敢把希望寄托到改派那里？

我别无选择。或者说唯一的选择只有离开。

我去意已定。7月29日，我在那张活页纸上为自己写下了一大段"赠言"，用正楷。

那是我第一次恶狠狠地与自己较劲。我呼唤着自己的名字，仿佛是要把那个处在沉睡中的我喊醒。那是"自我"与"本我"的一次较量吗？

我终于醒过来了。

那一天我去《批评家》编辑部道别，蔡老师告诉我他们仍在努力。他让我去见见胡正，看看胡正是怎样的说法。那时我已约略知道他们遇到了麻烦，而胡正也正为这件事情焦心。于是我去到胡正家里，主要是想表达我的谢意。胡正说："你能不能再等等？也许事情还有转机。"但我却说出了自己的决定。我说："我实在是等不下去了，如果再等，也许我会崩溃。而且，我一走，你们只需要做一件事情。我不走，你们就得做两件事。做一件事总比做两件事简单一些吧。"我的那番话似乎让那位慈眉善目的老作家心有所动。他沉默一会儿，说："那你就回去好好干吧。小伙子你要记住，教书也是能教出出息来的。"

我又返回作协大院，想最后再看一眼那个院子和那座洋气的小楼。阳光很刺眼，院子很空旷。那一年的院子里似乎还没有后来的满眼翠绿。记得走到院子中央，正好遇到了张石山。我向他打招呼，他似乎已对我印象全无。我匆忙地向他讲述了一遍我的遭遇，然后在结尾处感叹着："世道太黑暗了啊！张老师。"他礼节性地附和了几句，然后是一脸的困惑与茫然，似乎还没从他的创作构思中醒悟过来。说完那些话我有些后悔。我怎么变成了祥林嫂？我怎么有了那么强烈的倾诉欲？我需要唤起别人的同情吗？伴着这种自责，我离开了作协大院。

走出南华门东四条，我的眼泪夺眶而出。我沿着府东街一路西行，又从解放路缓缓南去。泪水刚刚抹掉，不一会儿又汹涌澎湃。我没办法把它止住，索性就让它痛痛快快地流淌起来了。

1985年7月底的那个正午，那个在滚滚红尘中踽踽独行的年轻人彻底变成了言情小说中的人物。我至今不知道如何解释。

那一天我走了很长很长的路。我用泪水把自己清洗一遍，似乎也获得了新生。"莫斯科不相信眼泪"，我当然也不相信。

我仿佛看到自己人生那条布满荆棘的长路已在眼前铺开，但它的远方却隐匿在一片混沌之中，我怎么也望不到它的尽头。而催我上路的号令已经发出，我只能摇摇晃晃地启程了。

2009年10月5日写
2020年11月16日改

参证

《批评家》始末（摘录）

以下着重说谢泳的调来和赵勇的未能调来。

赵勇大约是山西大学1985年毕业的。好像在我们编第一期刊物的时候，赵勇就在我们编辑部帮忙，也可以说是实习。我对这个年轻人比较满意。他文笔好，思维敏捷，工作沉稳，为人正直，是个搞学问的人才。这年7月8日，我和蔡润田赴省计委文教处，说了我们编辑部的情况和这个年轻人的情况，要求把这个人分配到我们编辑部。恰好，负责大学生分配的是我一个熟人，她原来在太原市教育局工作，而那是我70年代工作过的地方。我对分配这一套工作可以说完全不懂，在计委说好，以为没有问题，就等赵勇拿着分配单来报到。7月27日，我再赴省计委文教处，那个熟人说计委这里没有问题，你还是到山西大学去看一看吧。29日我和蔡润田赴山西大学找到中文系负责人阎某某，阎说赵勇的分配不好改，因为晋东南需要他。我说，我们要这个名额就是指定赵勇的，是计委同意的，你怎么能把他派到晋东南呢？我要求阎把赵勇给我们，改派另一人去晋东南，并告对方，你们不给这个人，我们就把这个名额退回去。30日，我跟山西大学中文系管分配的陈姓同志通电话，又说了上述意思，特别说明，你们如不把赵勇派来，不要想着另派人来。31日上午，蔡润田去省计委。在同一时间，山西大学一个学生拿着派遣证来机关报到，因为我事先打过招呼，办公室不接受。当天下午，蔡润田又去省计委。蔡走后，胡正告诉我，省里分管文教工作的负责人的秘书打电话给他，要我们把那个人接受下来。这时蔡润田回来了，我们三个人一致的看法是山西大学这个做法不对，我们要坚决顶住。商定之后，我和作协办公室主任陈玉川去山西大学说明我们不接受那个学生的理由。8月2日，那个人找到老胡，老胡领那人来见我，我说了以前说过的话，并说要我改变主意，不可能。那个学生走后，我和蔡润田再去省计委，他们答应把这个名额收回去。8月8日我送去撤销那个名额的报告。8月21日，我给计委文教处袁某打电话，她说"那个学生的事，你们别管了"。但事情并没有结束，9月7日胡正告我，因为没有接受山大一个毕业生，教育厅准备通报批评，只不知这个批评后来实行了没有。记不清因为什么，9月11日我写了一份《关于我们退回山西大学中文系应届毕业生一个分配名额的报告》，实质是检查，这是我参加工作以来所写的第一份，也是唯一的一份检查。纠纷发生后，我心里曾责怪赵勇，嫌他未能及时把分配情况告诉我，以至于在要了名额后20天没有行动，使他的分配不好改变。我这个人办事可能缺少了一点灵活性，显得生硬。但这正是我的办事风格：办事只看该不该，不管别的。在这件事上，我不为我的固执感到后悔。以后我和赵勇一直维持通信关系，从未间断。这多年的事实说明，我们原来选择赵勇，是完全正确的。

董大中

遥想当年读路遥

　　我大概是 1983 年听说路遥的名字的，当时他的《人生》正火爆着，便买回来一本。这本小说定价四毛九，中国青年出版社 1982 年 11 月出版，首印 13 万册。我买的就是这个版本。据《路遥传》的作者厚夫统计，这本小说不久就销售一空，马上又出了第二版，一年后再加印，总印数达 257200 册。

　　这本小说我当时读过几遍，如今已渺不可考，但肯定不止一遍。因为那既是我喜欢的读物，也是我分析作品、提交作业所使用的文本。那个时候我已是大三，当代文学课由邢小群老师主讲。期间她曾布置过一次分析《人生》的作业，我便写成了一篇文章，题目应该是《谈高加林性格的典型性》。后来邢老师点评作业，说："你们怎么都是典型、典型人物、典型形象的，就不能说点别的？"我们就笑，笑着笑着我自己就小脸绯红了。

我写《人生》的作业手稿，1984年1月4日

　　那还是一个理论和理论术语乏善可陈的年代。由于刚学过"文学概论"不久，而这门课又反复念叨"典型"，我们自然便活学活用，把"典型"看作了高端大气上档次的东西。后来每每想起这件往事，我便觉得自己当时刚刚舞文弄墨，基本上还是文学评论的门外汉。我只想着如何套用理论，如何让理论装潢门面，却忽略了最重要的东西——读作品时自己的感受和体验。

我至今还依稀记得，把《人生》读完，最大的感受其实就是难受。高加林把"进城"作为他人生的一个目标，那应该是80年代农家子弟普遍存有的欲望和梦想。然而，他最终却败得很惨，不得不退回到人生的起点。对于我们这些同样出身于农家的人来说，高加林的痛苦就是我们的痛苦，高加林的失败很可能也是我们的失败。他的人生经历照亮我们的现实，让我们的"进城"之路也变得黯淡了。而乡与城的对立与冲突，又是通过刘巧珍和黄亚萍来完成的。或者说，在刘巧珍和黄亚萍面前，路遥为高加林设置了一种道德困境：选择刘，便意味着选择了某种愚昧和落后，那是乡村世界的投影；选择黄，当然也就选择了文明和开放，但又充满着某种盲动和冒险。他在这种困境中犹豫过、挣扎过，最终却成了选择的牺牲品。

　　很可能，这就是我当时难受的根源，但我那时却没能把这种感受说出来。

　　1984年，电影《人生》热映。看这部电影时，我读小说时的那种难受又开始发作，但与小说相比，又总觉得那里面少了些什么。不过我并没有去认真琢磨。一年之后，我大学毕业，被分配到晋东南师专工作。现在想来，那个时期的我刚被人挤出省城，失意、落魄大概是我的惯常状态，颇有点高加林的味道。当然，我也很不甘心，正雄心勃勃地制订着自己的"进城"计划。就在那个时候，我复习班时的同学聂尔去师专做了一次演讲。

聂尔是因为写评论《人生》的文章获得了"全国首届青年影评征文一等奖"而被邀请到师专的，而师专又是他的母校。这样，他的演讲便有了双重意义：作为获奖者，他自然要谈论他那篇获奖文章，为在校生解读他所理解的《人生》；作为师专毕业生，他为母校增了光，添了彩，就像一个地方的运动员在全运会上拿了奖牌，被请回来做场报告，那种现身说法自然也是颇为励志的。

　　我当时便坐在演讲现场，仔细聆听了聂尔的讲座。事过多年之后，他的演讲内容已变得模糊不清，幸亏他把那篇获奖征文收到了一本散文集里，我的记忆才有了显影的机会。他说："高加林的性格与落后的农村构成了一种矛盾，这种矛盾本应在影片中充分揭示，但影片却用大量篇幅，极力渲染巧珍失去高加林之后的痛苦和不幸。这就削弱了高加林性格的思想内涵，使观众误以为他是当代陈世美，误以为这部影片讲了一个'痴心女子负心汉'的故事。"这种看法让人耳目一新，也在很大程度上说出了我看电影时的那种困惑。也许相对于小说，电影已无法承担起更为深刻的主题，便只好降低高度，让它滑落到一个普罗大众都能够接受的平庸位置。当时对高加林的指责不绝于耳，显然，那便是电影催生出来的一种效果。

　　《人生》之后，路遥沉寂了，他开始进入庞大的《平凡的世界》的创作准备之中。而我那时也一门心思准备考研，于是路遥渐行渐远，慢慢淡出了我的视野。

《平凡的世界》第一部首发于《花城》1986年第6期，可惜我当时并未读过。现在想想，如果它能在《当代》刊出，说不定我在第一时间就成了它的读者。那个年代，我读小说还是家常便饭，而获取当下小说的主要渠道便是文学期刊。于是，每当中文系订阅的新杂志到货，我便捷足先登，先睹为快。而一旦遇到来劲的好小说，说不定当天就把它搞定了。我现在还记得，陆天明的《桑那高地的太阳》一读便不忍释手，结果挑灯夜读，通宵达旦，直到天色大亮才沉沉睡去。那个长篇首发于《当代》1986年第4期。

许多年之后，我在网上读到了《〈当代〉大编畅谈"文坛往事"》的长篇对话，才知道周昌义当年年轻气盛，草草一读就把路遥的稿子退掉了。这样，《平凡的世界》便与《当代》失之交臂。或许正是他的这一失误，也让我无限推迟了对这部小说的阅读。

我也没听过广播。《平凡的世界》在中央人民广播电台首播的时间是1988年3月27日12点半，总共播送126集。这也意味着，在此后四个多月的时间里，这部小说每天中午都会进入千家万户。许多读者也回忆说，当年他们正是通过无线电波，成为这部小说的忠实听众的。但是，我却没有收听它的任何记忆。读研究生时，收音机是我们获取信息的主要媒介，我当然也知道中央台有个"长篇小说连播"节目，但我并没有认真听过任何一部小说。也许是我觉得听小说太慢，不过瘾，也许是我更相信视觉而不是听觉，总之，在我的收听史上，跟着听小说的情景几近于无。

许多年之后，我的一位学生从网上下载了《平凡的世界》的全部录音，送我欣赏。打开听一段，李野墨的播讲音色浑厚，富有磁性，果然好听。但那时我已读过《平凡的世界》，也对汪曾祺的说法 ——"小说是写给人看的，不是写给人听的"——深为佩服，我已不再需要听这部小说了。

但是，我一直觉得，小说还没有全部面世便在广播电台播出，许多人在读小说之前便听过这部小说，这应该是《平凡的世界》传播史上的一次重要事件。这一事件总会让我驻足停留，思前想后。比如，细究路遥的小说语言，你会发现它干净、浅白、绵长、中规中矩，但又缺少非常个性化的表达特点。这种语言入口，含得住，化得开，似乎有一种弹性，恰恰适合朗读和演播。很难想象，汪曾祺或者莫言那种俗不伤雅或大俗大雅的小说语言能被搬进演播室，并能被演播者处理得妥帖自如。又比如，想到成千上万的听众在同一时间收听这部小说，我便想起了麦克卢汉的论述："收音机的阈下深处饱和着部落号角和悠远鼓声那种响亮的回声。它是广播这种媒介的性质本身的特征，广播有力量将心灵和社会变成合二为一的共鸣箱。"既然如此，这种部落鼓的回声是不是先期焊接过读者的心灵？是不是让他们在特定的时空中发出了巨大的共鸣，并形成了一代人的集体记忆？

90年代初，我又回到了晋东南的那座小城。期间路遥获奖，一年后他英年早逝，我都应该关注过，但所有这些并没有促成我去找来《平凡的世界》一读。整个90年代，这部长篇小说始终不在我的阅读范围之内，这让我稍感奇怪。我现在能够解释的原因是，路遥大概并不是我所特别关注的作家。陕西作家的作品中，我跟踪阅读过贾平凹的小说，陈忠实的《白鹿原》甫一面世，我也是追着杂志读到的，但我并没有对《平凡的世界》投以青眼。

我在90年代没读过《平凡的世界》，却读过他那篇绝笔文字——《早晨从中午开始》，《平凡的世界》创作随笔。但这篇随笔究竟是在哪里读到的，又是何时读到的，现在已忘得精光。唯一能够确认的是，这篇文字自从读过就给我留下了极深印象。此后每过几年，我还会温习一番，里面的一些说法甚至已刻录进脑子，成了我思考和写作的素材。后来，我干脆把这篇随笔列入一门课的参考书目，推荐给了一届届学生。

为什么我对这篇随笔如此着迷呢？大概是那里面隐含着许多秘密——劳动的秘密、构思的秘密、写作的秘密，甚至婚姻破裂的秘密。在五六万字的篇幅中，路遥把他的人生观、价值观、文学观、读者观、医疗观等，呈现得几近完美，让人不得不叹为观止，又让人不得不浮想联翩。他说："只有在无比沉重的劳动中，人才会活得更为充实。""劳动，这是作家义无反顾的唯一选择。"这个道理可能许多人都懂，但把它推到极致，甚至把作家的劳动与农民种地式的劳动画上等号，很可能路遥是当代作家中的第一人。他说："每一次走向写字台，就好像被绑赴刑场；每一部作品的完成都像害了一场大病。"在这种自我描述中，路遥俨然已是文学圣徒，那种宗教般的献身跃然纸上，也令人动容。玩文学的人哪里会有这种体会？他说："虽然现实主义一直号称是我们当代文学的主流，但和新近兴起的现代主义一样处于发展阶段，根本没有成熟到可以不再需要的地步。"非常正确的说法！伪现实主义曾经在中国耀武扬威，真现实主义便被逼退到墙角。时至今日，又有哪个作家敢说他把现实主义写到了一个登峰造极的地步？他说："有些生活是过去熟悉的，但为了更确切体察，再一次深入进去——我将此总结为'重新到位'。"多么漂亮的总结！生活如果不能"重新到位"，作家肯定会心里没底，下笔踟蹰。不仅仅是写作，即便像我平时备课，倘若材料、文本的阅读不能"重新到位"，讲课都会觉得底气不足。他说："抄写第二稿某种意义上是一种'享受'，……每一个字落在新稿纸上，就应该像钉子钉在铁板上。"这里的描述激活了我的"抄写"记忆，那是电脑写作时代再也不可能有的特殊经历。而"钉子钉在铁板上"的意象也让我把玩良久，它让我想到了"字字千钧、力透纸背"，甚至让我想起了法国哲学家阿兰的论述："我的笔总是试图穿透纸，我的写作就像木雕，而不得不用这把凿刀尽力刻写。这样一来，我怎么还能修改它呢？当一个人埋头于自己的灵感之中，即意味着他专注于自己的本性，在我看来，只是因为有了书写工具的阻力，才把人们从空洞的即兴创作和精神的不稳定性中解救出来。"

他把十年间四种报纸合订本一页页翻看的细节也让我震惊，这简直就是教我们如何做博士论文的教科书。如果博士生们能像路遥那样舍得去下些笨功夫，又何尝会发愁写不出像样的论文呢？

我甚至对他抽的四盒装的"恭贺新禧"牌香烟也产生了兴趣。作为一个资深烟民，我很能理解路遥所谓的好烟才有好心情。想想路遥抽"恭贺新禧"的年代，我抽的是花块把钱就能买五六十根的散装"大鸡"，距离一下子便拉开了五百公里。

就这样，因为反复读《早晨从中午开始》，我从里面读出了灵魂的呻吟、心灵的歌哭，读出了疼痛和抚摸，读出了荡气回肠，也读出了一种壮美和崇高。那是路遥的自白书，也是他为理想、事业、主义和文学写下的辩护词。在他的娓娓道来中，作家的自我情感终于有了一次痛快淋漓的释放，作家的自我形象也终于有了一次肆无忌惮的描摹。它是镜子，照出了我们的脆弱和渺小；它又像旗帜，孤傲地飘扬在1992年春天的上空。而那个时候，理想主义已轰然坍塌，实用主义正蠢蠢欲动。

《早晨从中午开始》已让我获得了极大的满足，我还有必要再去读《平凡的世界》吗？有一段时间，我似乎犹豫过，但随即就把读路遥的事情丢到一边了。需要读的书已经太多，而且，年齿渐长，我对读小说已有了几分厌倦。即便要读，也挑剔了许多。我已不再是年轻时那种饿虎扑食般的状态了。

2004年5月，我终于买回一套《平凡的世界》，放到了自己的书架上，那似乎是准备一读的前奏。此前我已读过邵燕君的《倾斜的文学场》，尤其对书中的一节内容——《"现实主义长销书"模式特点及其演变——以〈平凡的世界〉为个案》印象颇深。现在想来，或许正是她的描述和论述勾起了我的阅读欲，我决定读一读这本传说中的作品了。

我在《一个人的阅读史》中记录下了阅读此作的情景：

2004年6月的某一天，我从书架上抽出《平凡的世界》第一部。……孙少平上学的情景让我想起当年自己读补习班的岁月，我很快就读进去了。感觉还不错，没有我想象的那么沉闷，看来它会吸引我读下去。不久，我开始学车了，学车得考交规，考交规得听一周的课，听课还要点名，《平凡的世界》就成了我听课时的读物。上课的老师唐山口音，在讲台上一摇三晃，晃得人眼晕，我就把头埋在路遥的世界里，读得津津有味。我仿佛又回到了大学时代，老师正在讲课，我却在课桌下搂着一本小说。

三大本的《平凡的世界》就是在那几天读完的，我似乎又找回了当一名纯粹读者的感觉。这部小说开篇不久即写到孙少平读《钢铁是怎样炼成的》，起初，他以为是一本炼钢的书，但开读之后，他一下子就被迷住了。"记得第二天是星期天，本来往常他要出山给家里砍一捆柴；可是这天他哪里也没去，一个人躲在村子打麦场的麦秸垛后面，贪婪地赶天黑前看完了这本书。保尔·柯察金，这个普通外国人的故事，强烈地震撼了他幼小的心灵。……在那一瞬间，生活的诗情充满了他 16 岁的胸膛。"

兴许我正是从这部小说中读到了生活的诗情，我有点被感动了。这种感动尽管已不是我当年读《人生》时的那种感动，但它确实也是感动。

现在我想补充的是：一、我在 6 月 22 日凌晨 3 时读完了第二部，第三部读毕于 25 日。交代出这个细节，是想说明这本小说确实吸引了我，我必须通宵达旦、马不停蹄，只有把它读完才能安心。二、我买的是华夏出版社 1998 年出版的那个版本，开读之后，正好遇到了李建军兄。他听说我正在读路遥，立刻送我一套他编辑的新书。于是，从第二部开始，我启用了人民文学出版社的新版本（2004年5月版）。新版本字号稍大，印刷考究，读起来更舒服。三、兴许是我当时就意识到这部小说的激励价值，随后便把华夏版寄回了老家，送给了我的外甥。外甥正在中学读书，我觉得他需要孙少平的故事。

但是，《平凡的世界》对我已构不成多少激励。我差不多是在路遥去世的年龄才读到这部小说的，那时我虽六根不净，但三观已定，已不可能受到它的影响了。它之于我，也许更多是一种唤醒和缅怀。它让我回望与反思，让我看到了来时的路蜿蜒曲折，路的尽头是一片黄土地，那里有我的兄弟姐妹，有我的父亲母亲，还有我活蹦乱跳的青春。年少的我正准备出发，而未来则深不可测，仿佛是我在1991年夏天的晋城古书院矿下走过的那条黑漆漆的巷道。

就是从那时起，我开始真正关注路遥了。我读过大部分亲朋好友回忆路遥的文章，我搜集了一大堆研究路遥的资料，我写过两三篇有关路遥的短文，我在课堂上讲开了《路遥与他的〈平凡的世界〉》，我计划重读一遍《平凡的世界》，既让姚斯所谓的"三级阅读"落到实处，也想破解那么多人喜欢读路遥之谜。但时至今日，我似乎还没有准备就绪。

2007年12月，"批评与文艺·2007·北京文艺论坛"在京郊举行。李敬泽先生发言时，我听得尤其仔细。他说："这两年我和年轻学子们接触较多，从他们那里我学到很多东西。但是有一次，终于忍不住好奇，我问一位年轻才俊，关于文学，我们谈了那么多，现在能不能告诉我，古今中外的小说里，你认为最好的是哪一本，或者哪几本？他说，路遥的《平凡的世界》。"

"噢——"李敬泽先生徐徐吐出了一个象声词。

这一声"噢"，余音绕梁，三日不绝。多年之后，一提到《平凡的世界》，依然会有"噢"的一声在我耳边滑过。我终于意识到，这个象声词已成幽灵，徘徊在我与《平凡的世界》之间，化作了一个不和谐音符。

对我来说，也许这正是起点，是我重新打量和思考路遥与他的《平凡的世界》的逻辑起点。

2015 年 4 月 6 日写

2015 年 4 月 16 日改

奶奶的记忆

一

应该是 1988 年的那个春节，我回老家过年，看到奶奶的身体状况又不如从前，心里难受，返校之后写《奶奶》一文，聊表心情。好像也是那个时候，我恰好读了史铁生的《奶奶的星星》，很是感慨。于是我给妹妹写信，谈阅读感受，让她一定协助父母照顾好奶奶。

奶奶后来的身体虽每况愈下，但并无大病。此后她又活了 4 年，卒于 1992 年 8 月 19 日，享年 89 岁。

但我并没有见上奶奶最后一面。

那一年的 7 月下旬，妻子临产，我没经历过这种事情，自然是得让母亲或岳母前来帮忙的。母亲先到，那时奶奶已不思

妹妹与奶奶，摄于1989年5月

茶饭，凶多吉少。母亲担心父亲与姑姑忙不过来，只好在她的孙子出生几天后匆匆离去。前来换岗的岳母刚来没几天，也接到了我妻子的奶奶病危的消息，急忙打道回府。我不得不亲自披挂上阵侍候妻子坐月子了。不久，妻子的奶奶撒手人寰；九天之后，我的奶奶也驾鹤西去。岳母烧完"复三"纸后火速赶来，我才能够抽身而出，回去奔丧。而那时奶奶已经入殓，棺材已移到赵家圪洞顶端的阁楼附近了。

　　据过世的姑姑讲，奶奶临终前两天跟她说："闺女啊，我实在是支不住了啊。"那时奶奶还在小屋。姑姑闻听此言，不敢怠慢，就把奶奶抱到了堂屋——老在堂屋似乎是我家乡的一个习俗。姑姑说，那时的奶奶已瘦得皮包骨头，轻飘飘的。父亲那天恰好不在家，67岁的姑姑一个人就把奶奶抱过去了。

儿子出生时，两个奶奶都还清醒。她们听说重孙或重外孙来到人世，心生欢喜，但死神已在招手，她们已等不及见上重孙子一面了。新生与死亡擦肩而过，我总觉得有些意味，却不明就里。岳母为此也专门算过一卦，算卦者云：都听说了都没见着，这样挺好。但为什么这样就好呢？算卦先生没往下说，他只是点到为止，这件事情也就越发显得高深莫测了。

办丧事时，父亲跟人念叨起那些流年往事，说："当年孩儿他爷爷去世时，孩儿们都还没长大，我一个人忙前跑后。想不到养活大了三个儿子，如今还是我一个人跑，连个帮手都没有。老大吧，回不来；老二呢，出不来；老三躺着下不来。"说着这些话时，父亲只是叹气。

确实也是祸不单行。大弟弟那时正蹲着监狱，出狱还得半年多；小弟弟突然得了肾炎，躺在床上打点滴，浑身肿胀无力气。而我那点得子的喜事也就淹没在这些糟心事中，变得无足轻重了。奶奶去世的头几年，我曾梦见过她两次。一次奶奶穿着红袄红裤向我走来，我猛然惊醒，心里怦怦直跳。后来与父母说起这个梦境，母亲说那是奶奶在吓唬你吧。

可是，为什么奶奶要吓唬我呢？奶奶临终时我顾不上回家，莫非是因为这个？

但我马上就否定了这个念头。奶奶心里亮堂，很开通，她怎么会埋怨我呢？

或许，那是我自责的一种心理反应吧。

二

奶奶的身体一向不错，但大约是 1986 年，她生了一场病，病愈之后听力严重下降，视力也变得模糊不清了。有时候她会说："兴许是莲焕她妈老了之后把那双聋耳瞎眼都传给我了？"莲焕她妈是东根儿圪洞的一位老太太，去世之前那几年，她不时会来我家走动。但她耳聋眼花，来我家时，总是一手拄着拐杖，一手扶着我家屋背后的墙壁蜗行。20 米的路程需要走上很长时间。而每当她们坐在一起聊天时，仿佛那就是奶奶的节日。我在《奶奶》一文中说："她们坐在那里挨得很近，两双手互相摩挲着。那个老太太每次都以这样的话作为开场白：'怎么还不死？活得人家都不耐烦你了。'奶奶说：'可就是，你看——'她指指我们：'人家都这么大了，得给人家腾地方啊。'"邻居老太太听不清，奶奶就得对准她的耳朵喊着说，重复多次，然后是两位老太太开心的笑声。

但自从那位老太太去世之后，奶奶的世界就变得寂静了。

她静静地坐在火炉旁，偶尔会有一声叹息，伴着一句自责："唉，她怎么还不死？"奶奶总是以第三人称完成这句表达，仿佛是对生命成为累赘的感喟。有时候她移步出屋，扶着墙慢慢挪到大门外边，然后便是久久地倚墙眺望。但实际上，奶奶已看不出究竟了，她目光空洞，外面的世界也许都已成雾中风景。

我不知道奶奶最后几年的心境是怎样的，或许她在孤独与寂静中回忆着往事？假期我回家探望，总是要与奶奶说说话，但奶奶已看不清我的模样，我在她面前只是一个模糊的暗影。"肚里没病啊。"奶奶有时也会跟我抱怨，那分明是她那声叹息的延续。奶奶这样叹息时，我常常无言以对。那时候我还年轻，奶奶活得想死的境界是我无论如何都无法参透的。我只是觉得有些伤感，那一刻心里会抽得很紧。

1988年夏，我把女朋友带回家中，奶奶握握她的手，摸摸她的脸，用触觉感觉着她的存在，然后是一脸的慈祥和欣慰。通过那双粗糙的手，奶奶很可能已"看"到了她未来的孙媳妇的模样。

1990年的那个夏天我也回去了，但全副心思都用在了大弟弟的事情上。弟弟与其友人酒后肇事，原本情节不重，但赶上严打，很可能面临重判。那个暑假，我与父亲各骑一辆自行车，三天两头往城里跑，托关系，找律师，希望能有些效果。但多方努力之后，依然给了三年刑期。弟弟出事的消息一直没敢告诉奶奶，时间一长，奶奶发现有些异样，就问父亲："以前二孙回来总要来我面前站一站，说两句，怎么他总也不回来了？"父亲只好说："他去外面学习了，你不要管他。"奶奶追问："就是学习，过年也该回来呀。"父亲就只得继续编瞎话哄她了。后来奶奶可能意识到了什么，就再也没有过问弟弟的去处。奶奶不是哲学家，但她似乎早已懂得了维特根斯坦式的道理——凡不可言说者，皆应沉默。

姑姑知道奶奶的心病，终于在她临终前几天讲述了弟弟出事的前因后果。姑姑轻描淡写地说："娘啊，你不要再为他操心了，再过几个月他就回来了。"奶奶听后一声长叹，说："唉，他怎么弄出了这么个事情？"

那是奶奶对弟弟唯一的一句评论。终于得到弟弟的实情之后，奶奶才安然离开了这个世界。

三

现在想来，我上大学那几年，很可能是奶奶心情最为愉快的时光。那时候土地下了户，母亲再也不需要为挣几个工分去生产队里忙活，家务活儿自然也就能分担许多，奶奶可以有点闲心了。但实际上奶奶是闲不住的，她踮着小脚，进进出出，有时参与操持一家人的饭食，有时翻晒新获的粮食。父母觉得奶奶年事已高，让她歇着别动弹，但奶奶闲着时心慌，总是主动请缨，做些力所能及的事情。我至今还保留着一张黑白照片，那是抓拍奶奶干活儿时的场景。照片中，奶奶坐在窗台下，守着满满一斗玉米棒子，正在那里剥玉米。剥出几百斤的玉米粒显然是一项枯燥的劳动，但奶奶却乐此不疲。她说，闲着也是闲着，手里有点活儿心里才会踏实。

奶奶剥玉米粒的情景，摄于1984年前后

我上大学对于奶奶来说也是喜事一桩。奶奶是文盲，她大概弄不清楚大学为何物，但她知道这个家里祖上出过秀才，上大学堪比当秀才，总归是人生的一件大好事。本来，1980年的那次高考我好赖也是能上一所大学的，但我却心高意大，差一点的学校根本不放在眼里，志愿表上留白很多。当我不得不把落榜的消息告诉家人时，父亲暴怒，母亲流泪，奶奶更是边哭边念叨："俺孩儿是不是没有上学的命？"奶奶一生遭遇的苦难太多，她是信命的，但我不认这个命。我决定背水一战，"不蒸馒头争口气"，考出个名堂给人看看。许多年之后再来遥想当年的场景，我得承认奶奶的哭诉对我也是一种刺激。她情动于中形于言，没想到歪打正着，成了对孙子的莫大激励。

　　后来我才知道，上大学前后那几年，家里穷得叮当响，大概是最贫困的一段时期。那时父亲还在公社做事，却领不到工资。母亲只好在家里发些豆芽，让父亲用自行车把她驮到矿务局的家属楼前，卖几斤豆芽，换几个零花钱。我上大学时轻装简行，布衣布裤，整个行李还没填满一个木头箱子，那都跟穷有关。第一学期结束后放假回家，想起城里人的穿戴，就觉得自己布衣加身太寒酸，想跟父母要钱买身好衣服，又觉得张不开嘴。奶奶得知我的心思之后自告奋勇，要去跟她的儿子儿媳妇好好谈谈。奶奶怎么谈的我并不知晓，但她确实谈出了效果。于是我有了平生第一件夹克衫和一条料子裤。裤子好像是涤纶的，买回来之后才发现裤缝不直，懊悔了很长时间。

那一年我18岁，上了半年大学，成效之一是激活了我的爱美之心。

四

六七十年代大概是奶奶一生中最为忙碌的时期。那时父亲主要以公社为家，母亲则天天起早贪黑，给生产队干活儿。弟弟妹妹相继出生后，做饭、看孩子、缝缝补补就全成了奶奶的事情。奶奶有架纺车，我见过她盘腿而坐、轻摇慢拽的情景。后来一听到有人唱《想起周总理纺线线》，奶奶的形象便扑面而来。奶奶也经常做针线活儿，但她眼睛已花，便时常唤我："勇——，快过来给我纫纫针。"我见缝补好玩，就不时套上顶针学几招，后来居然也能把整条被子缝到一起了。那个时候我的"耐克鞋"是一双实纳帮的"踢倒山"，底硬帮结实，确实经久耐穿，大概那也是奶奶的手艺吧。

在用布票购物的年代，衣服是能够"新三年，旧三年，缝缝补补又三年"的，但饭却顿顿得吃，这可难为坏了奶奶。因为生产队里分下的粮食大都是高粱、玉米，谷子不多，小麦更少——每人每年的口粮只有十几斤。如此光景，奶奶即便有天大的本事，也很难把一锅饭做得像模像样。家乡有句俗话，说"头一个宠，末一个娇，苦孩儿生在半当腰"。我是长孙，奶奶自然对我更是关爱，但她实在拿不出好吃的给我。

如今，浆水菜黑圪条已是晋城名吃，求之不得，那是小麦面包着高粱面擀成的面条。小麦面粉七八成，高粱面粉三两成，那才好吃。但在当年，纯黑圪条几乎是我常年的主食。没有小麦面可包，高粱面就和不成团，奶奶只好掺点豆面，甚至掺点榆皮面，以增加面的黏性。那些黑圪条吃得我总是胃酸烧心，一胃酸就上头，一上头我就要给老师写请假条，说："我今天头痛难忍，需请假半天。"待我回到家中，奶奶说："又是灼了吧？"灼是晋城话，火烧火燎之意，确实形象。奶奶想要给我改善伙食，但她只能把黑圪条换成黄圪条——玉米面做成的面条。

但奶奶似乎不以为苦，她是经历过灾荒年的，那自然是在万恶的旧社会。她给我讲过许多遍过贱年吃糠咽菜的故事，仿佛是说新社会能吃上黑圪条就已经很知足了。奶奶不经意间采用了忆苦思甜的叙事套路，非常符合那个年代的教育模式，但我的胃却不答应，它一如既往地灼着，似乎是在跟奶奶唱对台戏。

我上小学那个阶段是跟奶奶睡在一个炕上的。过完冬天，炉火停了，炉台上铺上褥子，就成了一个小横炕，有时我就睡在那里。有一次睡觉不老实，连人带被子栽到地上，奶奶大惊，从此不敢让我单独睡觉，而要把我挡在身后。上学要早起，家里没闹钟，奶奶就成了喊我起床的铃声。冬天的早上，睡得正香时被人喊醒，非常痛苦，但奶奶照喊不误。偶尔她也会失误，那时窗户通常已经发白，她猛然惊醒后说："勇，快起来，要误了。"我边穿衣服边埋怨，她就很自责，说："鸡叫头遍就醒了啊，本来是等着叫你的，不知怎么就又迷糊着了。"在按时上学的问题上，我和奶奶观点非常一致，大概那是一件天大的事情。

奶奶也会喊我母亲的名字，那通常是家里出了急事。有一次我见她站在屋背后，高声呼喊："晚花——晚花——你快回来。"那时母亲正在不远的庄稼地里劳作。奶奶为什么要喊母亲？那天家里究竟发生了什么事情？母亲听见奶奶的呼唤了吗？所有这些我现在记忆全无。我只记得奶奶喊叫时中气十足，声音高亢响亮，母亲的名字在秋风中荡漾，经久不息。

五

许多年之后，我才弄清楚爷爷去世的确切日期，那是1970年1月26日。爷爷讳名赵西鲁，兄弟四人中排行老三。他过世后邻居本家来我家看望，见到奶奶，通常把她唤作鲁嫂或三婶。他们鲁嫂长三婶短地唤着奶奶，说着宽心话。奶奶也忙前跑后跟着张罗丧事，并不觉得如何悲伤。棺材起初停放在堂屋里，移材之前，奶奶坐到棺材前，大哭一场。

村里女人的哭丧是很有讲究的，那不光是干哭，而是要在哭泣中加进诉说、数落、感叹、寄托等词句。哭与念白交织在一起，断断续续，此伏彼起，既宛转悠扬，像《如歌的行板》，又内容丰富，如同一首叙事诗。奶奶是不是这么个哭法，如今我已淡忘了，但奶奶哭出来的第一句却永远留在我年幼的心中："我那人呀——，你走了我可怎么过呀。"后来每每想起奶奶那句荡气回肠的哭词，我就暗自惊异。我觉得后一句可能是衬句，而前一句的呼唤虽朴素浅白，却令人动容。奶奶的婚姻与爱情，她与爷爷半个世纪悲欢离合的故事，似乎已全部融入那四个字当中了。

爷爷的丧事给父亲留下了许多创伤体验，因为他毫无准备，只得匆忙去弄棺材、买白布。为了买到不要布票的布匹，他甚至骑自行车去了趟50公里开外的高平，当天打了个来回。有了这个教训，父亲早早就给奶奶准备后事了。大约是1979年，父亲托朋友买了半方东北榆，找来村里村外的四个能工巧匠，拉锯扯成板，镂刻制图案，为奶奶精心打造了一副寿材。寿材既成，停放于南院的房屋里。看到那个白森森的物件，我便毛骨悚然，但奶奶却不时会去那里瞅一瞅、摸一摸。打量着那个未来的去处时，奶奶通常一言不发。但寿材的材质不错，厚度可观，看得出来她已经很是满意了。

六

我出生那年，奶奶整整60岁。奶奶60岁以前的人生存活在姑姑与父亲的记忆里。姑姑年长父亲13岁，她记住的东西更多。有些事情连父亲也说不出个所以然时，我便只好去问姑姑了。2009年春节，我两次去看望姑姑，与她聊天，全程录音，就是想把奶奶的那些陈年往事挖出来，存个念想。那些往事我已写过，散见在我的《过年回家》和《姑姑老了》等文章中，这里就不再重复了。

在姑姑与父亲的讲述中，我能断定的是奶奶吃苦受罪大半辈子，没过过几天好日子。她从村东头嫁给我爷爷后，爷爷那个大家庭便开始破落。此后爷爷远走河南西华县，帮人做生意，常年在外，奶奶则与那个大家庭厮守，时常要受一些窝囊气。因为贫病交加，奶奶的三个儿女幼年夭亡。生下父亲之后她再也不敢大意，求神拜菩萨，磕头如捣蒜。因为爷爷返回故里后不擅稼穑，奶奶只能独当一面，以瘦弱的身躯撑起全家老小的一片天空。或许就是这些坎坷与困顿，成就了奶奶心软又刚毅的两面性格。那个年代，经常有河南人逃荒进村，挨家挨户乞食要饭。奶奶受过苦，是断然不会让他们空手而归的。她把熟食拿出来，还要去盛面的缸里掬上两碗，倒进他们的布袋子里。在我的记忆中，奶奶与街坊邻居相处融洽，但她又是凛然不可侵犯的。若有好事者找碴儿，奶奶定会与他论战一番，以此捍卫一家人的尊严。我幼时好哭，被人欺负后往往回家哭诉，奶奶就"哀其不幸，怒其不争"。她指着我说："怎么跟你爷爷一样？没出息！"我想那既是对我的警示，也是对她一辈子伤心之处的变相言说。

但奶奶毕竟是妇道人家，胆子很小。"文革"时闹武斗，有一天父亲背着一杆步枪回到家中，奶奶大惊失色，她不知道外面发生了怎样的事情，居然还要舞枪弄棒。而那杆枪和奶奶的一脸惊恐，如今已成为我对"文革"为数不多的私人记忆之一。

2010 年冬，姑姑也去世了，那两次录音也就越发显得珍贵。听着姑姑的讲述时，奶奶的音容笑貌就开始浮现，或者是晚年的姑姑已很像奶奶，我在她的音容笑貌中找到了奶奶的影子。

其实，上大学期间的某个假期，我也是给奶奶录过音的。奶奶与东根儿圪洞的老太太聊天时，我悄悄摁下录音键，录了满满一磁带。那盒磁带存放老家好几年，后来据说不慎被洗掉了，很可惜。

这个世界从此没有了奶奶的声音。

七

关于奶奶的最早记忆我现在已无从查考，但它分明是与几首童谣连在一起的。夏天的夜晚，奶奶通常会坐在大门边的一块青石上乘凉，青石倚靠着门框处的马台石，年代久远，石面已被磨得光滑如镜。奶奶坐在青石上，左一眼右一眼就都是赵家圪洞了。那个年代，圪洞里人丁兴旺，纳凉聊天者不在少数。奶奶就与他们有一句没一句聊着，东家长西家短，陈芝麻烂谷子。我则坐在奶奶的身后，听他们闲扯。听着听着我已睡意蒙眬，蚊子由远及近，嘤嘤而来，它们的鸣唱把我从遥远的梦中拉回，仿佛"魂兮归来"。我胡乱拍打一下，又要沉沉睡去时，奶奶就会说："给你念个顺口溜吧？"

奶奶念起来了："月明光光，里头有个和尚；和尚念经，念到观音；观音打靶，打到蛤蟆；蛤蟆赴水，赴见小鬼；小鬼推车，一步一跌，跌得鼻嘴都是血；跟奶奶要套，没套，捂了顶毡帽就往回跑。"

这个顺口溜我已听过无数遍了，就央求奶奶讲个笑话，奶奶张嘴就来："笑话儿笑，一骨乱套，纸袄媳妇会抬轿；抬一抬，撂一撂，撂到圪针窝，扒住圪针吃酸枣；吃了酸枣不吐核，就叫他变成个小老鼠！"

这个笑话有点意思，我清醒了，便让奶奶再来一个。奶奶开始滔滔不绝了："圪层儿里，圪层儿外，圪层儿里头有根黄丫菜，也能吃，也能卖。——卖成钱了。钱了？割成肉了。肉了？猫吃了。猫了？上了树了。树了？水淹了。水了？牛喝了。牛了？上了山了。山了？哗里哗啦塌了。""骑马马，不蹬蹬。瞧姐姐，拿着甚？拿了十五个脚后跟。吃一吃，硬噔噔。""拉大锯，扯大锯，姥姥门口唱大戏。唱的甚？《红灯记》，好不好？也可以。"

唱完《红灯记》，奶奶的讲述通常也就告一段落了。这时月亮已升起来，明晃晃地照在地上。那里面真有念经的和尚吗？山塌了之后一切就结束了吗？堂屋的窗户上边挂着个有线喇叭，天天播着样板戏，这时已悄无声息。李玉和"临行喝妈一碗酒"后，是不是也回家睡觉去了？

如今，当我把那些顺口溜转换成文字时，它们的韵味已流失了许多。大概只有被奶奶的晋城老土话滋润过、儿话过、轻重缓急地调理过之后，它们才会变成原汁原味的晋城童谣。许多年之后回忆，我仿佛还能听到奶奶的声音。在奶奶的嘴里，它们各就各位，妥帖有序，抑扬顿挫，摇曳生姿，乡野之趣与民俗之美就那样活灵活现地丰满起来了。

我现在得承认，那便是我幼年时最早接触到的诗歌，奶奶的念白则为它们谱上了乐音。在奶奶的反复念叨中，我烂熟于心了，我也开蒙了。

2013年4月5日写

2014年4月4日改

姑姑老了

　　拿到《书里书外的流年碎影》的第二天，我接到老家弟媳妇打来的电话。电话里说，姑姑老了。

　　"老了"是家乡人的一种说法。我特意查了查《现代汉语词典》，见"老"字的第三义项写道：婉辞，指人死（多指老人，必带"了"）。

　　我在电话里跟父亲说："如果我的书早出来些日子，或者姑姑能晚走几天，姑姑就能见到我这本书了。我在书里写到了姑姑，还放了一张她和奶奶在一起的照片。"父亲说："你姑姑不会在意这些事情的。"

　　是啊，我当然也是知道姑姑不会在意的。很可能姑姑在民国时期读完那几年书后，她就远离了书的世界。及至后来嫁人成家，每天关心的都是柴米油盐酱醋茶，书对于她来说就变得越发陌生。但我还是想着，如果姑姑能见到我的这本书，如果我的书能够让她在临终之前有几分欢喜，她在天国与奶奶畅谈时就会多一份内容。然而，我这个小小的心愿却怎么也无法实现了。

我的这本书里收有一篇长长的《过年回家》，那一年我能把年过到家里，便与姑姑有关。我在书中写道："我是突然决定回家过年的。去年冬天，父亲来我这里闲住，一日他偶然说起姑姑已经85岁了，身体也不太好。我忽然就觉得自己该回去了，不仅要去看望风烛残年的姑姑，还有染病在身的姨姨和舅舅。"那次看望之后，我又有一年多没顾上回家。今年1月，家里人告诉我舅舅老了。6月，家里人又告诉我姨姨走了。如今是12月，姑姑也驾鹤西去，他们选择在同一年终止自己的生命，莫非有什么讲究？

我本来是能再见一次姑姑的，却终于没能成行。今年7月底，我慌里慌张回了趟老家，是因为一件不大不小的家事。7月中旬，邻居家父子酒后滋事，一前一后去我父母家叫骂，父亲便与他们理论。母亲想到今年是父亲的本命年，害怕出事，就插到他们中间劝阻。没想到的是，那位与母亲同龄且长得人高马大的邻居居然攥住母亲的左手，狠狠把她摔倒在地。母亲的手指骨折了，当晚住进了骨科医院，准备做手术。弟弟从城里赶回来时报了警，片警倒是过来瞧了瞧。但随后传唤肇事者时，老的谎称有伤有病，坚决不去派出所；小的则说发生的事情他不知道。再后来，老者说母亲手指骨折乃自己所为，父母是在诬陷他。为了洗清自己的"冤屈"，他逢人便磕头，见人就起誓。父母算是遇到了不折不扣的无赖。我的两个弟弟见派出所无能为力，他们甚至想着要自己解决。

就是在那个时候，我回了趟老家，既安慰父母，又劝说弟弟，同时还去找了找朋友、同学，看事情能否在派出所尽快解决。其时母亲刚刚出院，整个手臂打着石膏，她与父亲便向前来看望的邻居一遍遍陈述着事情的前因后果，我则在城里与乡下来回穿梭。因为还要赶赴杭州开会，我在老家只待了三天。又因为母亲的受伤成为当时的主要事情，姑姑在我的视野中就暂时淡出了。我没来得及去看望姑姑。

我在书中写到姑姑时说："离开姑姑家时，我有些伤感。我承认是姑姑的哪句话击中了我，让我常年处于板结中的情感一下子变得松软起来。她把攒在木头箱子里的一袋苹果拎出来，一定要送给豆豆吃。她也坚持要把我们送到大门外。送出第一道门，她没有停下来。送出第二道门，她依然摇摇晃晃往前走。直到拐过圪洞那个弯儿，她才站住不动了。姑姑挥着手，目送着我们远去，那时候，我真不知道这是不是永诀。"也许，那年过年回家见到姑姑时我就有了某种预感，但没想到的是，我所谓的"永诀"居然一语成谶。

姑姑（前排右一）与姑父（后排右二）与我们全家的合影，摄于20世纪80年代中后期

那我就在这篇文字里写上几笔，以祭奠姑姑渐行渐远的魂灵吧。

姑姑生于1925年，属牛。她出生之后不久，奶奶所在的那个大家庭开始破落，爷爷又在河南帮人做生意，常年不在家，姑姑也就开始了与奶奶相依为命的日子。姑姑之后，奶奶还生养过三个孩子，却全部在幼年患同一种疾病，不治而亡。奶奶很迷信，认为是自己住着的那间小屋不吉利，就逼着爷爷攒钱买房子。姑姑出生13年之后，奶奶在买下的房子里生下父亲，果然保住了他的性命。

在姑姑的讲述中，她的童年、少年时代应该是极为贫寒的，因为姑姑正好赶上了家道中落、闹日本和灾荒年。姑姑说爷爷偶尔会从河南捎一匹印花布回来。那应该是姑姑做衣裳的布料吧。姑姑还说，日本人像电影里演的那样，戴着钢盔，穿着皮鞋，说话叽里咕噜，走路踢里塔拉。他们一来，她就躲到家里的阁楼上，吓得瑟瑟发抖。有一次日本人突然闯进家，姑姑吓了一跳，因为她事先并没有得到鬼子进村的消息。"听说日本人走了啊，不知道怎么就又来了。"那年过年回家时，姑姑就用这样一种漫不经心的语调给我讲述着她幼年时的故事。在我看来，那些故事沉重而忧伤，但从姑姑嘴里说出，它们却显得无足轻重。

1943 年是晋城有名的灾荒年，也就是奶奶话语系统中的"过贱年"。奶奶在世时，曾无数次向我描述过过贱年时的情景——天上蝗虫黑压压一片，庄稼颗粒无收，灰蒿长得一人多高。成群结队的狼饿极了，就闯进村里，叼起小孩就跑。奶奶告诉我，有一家的孩子眼看着被狼叼走了，大人在后面追，饿得却跑不动路，只好呼天抢地，大放悲声。狼饿极了吃人，人饿极了吃什么？大概我们今天已难以想象。我的幼年时代也是在饥肠辘辘之中度过的，父母为了能把高粱面和成一团，常常在里面掺杂一点榆皮面。所谓榆皮面，是把榆树皮剥下来，去掉外层包裹，置里层于石碾之下，反复碾磨而成的粉。记得莫言说过，那种杂种高粱，母鸡吃了不下蛋，公鸡吃了不打鸣。而我吃了那种高粱榆皮面做成的面条之后，常常是胃酸头疼听不成课。我在想象姑姑、奶奶过贱年时，只能想到高粱榆皮面那里，但她们当时肯定是吃不上这种东西的。

就是在那个时候，奶奶因为姑姑，与姑姑的婆婆吵了一架。1941年，姑姑嫁到5里开外的崔庄。那个年代，姑姑的婆家算是殷实之家，良田30亩，雇着长短工，前后两进院，房子几十间。姑姑的丈夫小姑姑3岁，心软面善，但婆婆却颇厉害。在我童年、少年时代频繁去姑姑家趸亲戚的日子里，我是见过这位婆婆许多次的。那时生活都还困顿，但这位婆婆却依然讲究，而且言谈话语中流露着一种说不清、道不明的威严，像是一个地主婆。直到前两年，我才弄清楚土改时姑姑家的成分被划成富农，那离地主只有一箭之遥了。

1943年，姑姑生下一个女儿，却也迎来了灾荒年。婆婆家里屯着粮食，却舍不得给姑姑吃。姑姑饿得难受，只好带着吃奶的女儿回了娘家。姑姑饿得没奶水，闺女饿得哇哇哭。奶奶一气之下，抱着外孙女去了崔庄。奶奶跟亲家母说："我的闺女我来养活，这是给你家生的闺女，你们总得管一管吧。"依稀记得奶奶当年就给我讲起过这件事情，姑姑去世后，父亲首先想到的也是这件事情，可见那是灾荒年留在他们心上最大的伤痛。而在姑姑那里，这种伤痛肯定更是撕心裂肺，因为不久之后，她的女儿就饿出了毛病，旋即离世。

但那一次姑姑只是跟我说："那个闺女要是在世的话，就有你妈这么大年纪了。"说着这些话时，年迈的姑姑已没有任何悲伤。

大女儿死了之后，姑姑还生养过三男二女，他们全部存活于世，至今健在。

在姑姑粗枝大叶的讲述中，我能够感觉到她那个婆家破落的过程。过贱年之后，姑姑的公公被土匪暗害，尸首被扔在村子附近的野地里，家里的东西也被抢得一干二净。再后来，姑父参了军，一年多之后挂了彩，退伍回家。从此姑姑与姑父挑起生活重担，开始了养儿育女的艰辛生活。在我的印象中，姑父话不多，老实巴交，烟酒不沾，只知道在地里埋头干活。姑姑除了在生产队劳动外，还要忙家里的事。姑姑心灵手巧会裁缝，我小时候去姑姑家，时不时会遇到挟着布料找姑姑的邻居，她们给姑姑描摹一番衣服的样子，姑姑就把她们心中所想变成了身上之物。过年的时候，姑姑会剪出一对对窗花，贴在新糊的窗户纸上。那时候，姑姑家的前院早已坍圮，后院也满目萧然，唯有那几个窗户白里透红，显示出一种明丽之色，也装扮出一种过年的气氛。

那是姑姑的作品，在姑姑的剪刀下，鱼儿戏水、金鸡报晓、喜鹊寻花、兄妹开荒等全部变得活灵活现。那些作品让我看到了一个"民间艺人"的高超技法。90年代初，我在老家寻得一本《阳城民间剪纸》的小册子，视为宝物，保存至今。那上面自然是没有姑姑的作品的，但在我看来，姑姑就是那些民间艺人中的一员。

如今，我更倾向于把那些窗花看作是姑姑的一种言说方式。姑姑总是处在困顿之中，很可能她是在用一把剪刀、几张红纸为自己也为整个家庭提气。她剪掉了晦气，也剪出了生气和喜气。而那些各种各样的窗花也就成了委婉的诉说、殷殷的期盼。她期盼什么我自然是不知道的，但我想不可能会有多么富丽堂皇的内容，无非是日子过得好一些，烦心的事情少一些而已。

姑姑的烦心事似乎不少。我记事时，姑姑已人到中年。那时候，姑姑时不时会来娘家走一走，看望奶奶。姑姑胳膊上挎着个篮子，那里装着姑姑新做的食物，或者是闺女孝敬她的点心，她舍不得吃，转手就装到了篮子里。姑姑与奶奶坐在院里的石桌上，娘儿俩开始说话，东家长来西家短，提起笆笭斗动弹。那个年代，姑姑的婆婆依然健在，她的大儿子已结婚成家，二儿子成了别人家的招女婿。但多年的媳妇熬成婆后，姑姑并没有感到轻松，而是受开了夹板气。于是她讲一讲婆婆，说一说儿媳，然后再把几个儿子女儿挨个评点一番。奶奶则在一边附和着，给她说着宽心话。现在我想到的是，姑姑频繁去看望奶奶，自然是亲情使然，但似乎也是诉说的需要。因为许多话在家里是说不出口的，只有在老娘这里，她才能毫无遮拦地释放一番。积累的那些负面情绪宣泄之后，或许她的心情就能爽快几天。

但 1992 年之后，姑姑就基本上不回娘家了。那一年奶奶去世了，姑姑从此失去了倾诉的对象。姑姑年龄也大了，于是她跟父亲说："以后我就不来了啊，我也快走不动路了。路上车又多，也怕出事。"

姑姑说的是实情。连接着父母家与姑姑家的那条公路处在不断改造的过程中，起初它只是一条仅能错开车的普通公路，车马稀疏；后来就变成了二级路，车水马龙。姑姑上了年纪之后，腿脚不灵便，眼睛不好使，走在那条路上确实会让她感到惊恐。而她从来又是拒绝坐车的——不坐汽车，甚至不坐自行车。这样，那五里左右的路程就成了她大半辈子反复用脚步丈量的距离。因为姑姑常回娘家，我至今依然记得她走来的样子。姑姑离开公路就进了村，一截土路之后便走到了进入赵家圪洞的那个不知名的阁里。姑姑从阁里出来，风尘仆仆，款款而行。这时候门口的邻居可能已发现她的到来，便大声打着招呼："这不是小蜜吗？又回娘家来了？"姑姑应答着，欢声笑语在圪洞里回响。而那时候，奶奶通常已听到闺女的声音，迎到大门之外了。

小蜜是姑姑的小名。姑姑名叫赵蜜荣，听父亲说，姑姑还叫过赵玉珍。

姑姑不来我家了，父亲就逢年过节去看望一下他的这个老姐姐，但看望姑姑带什么东西却颇让父亲为难。因为姑姑是斋公，不仅不沾任何荤腥，而且不吃鸡蛋，炒菜都不用葱和蒜，只放两片生姜。其实姑姑当斋公也是被逼出来的。姑姑的婆婆当年是斋公，就不许姑姑吃肉，久而久之，姑姑也成了不折不扣的斋公。姑姑什么也不能吃，父亲便总是大发其愁。有时候为了带点姑姑还能吃的东西，父亲只好去买上一捆油条。今年姑姑不怎么想吃饭了，她的儿子们见姑姑的饭难做，没营养，便商量着在她的饭菜里加了鸡蛋。问姑姑，姑姑说饭里有了鸡蛋后果然好吃了许多。而姑姑应该是大半辈子没吃过鸡蛋了。

但姑姑去世后有人怀疑，是不是因为吃鸡蛋犯了忌讳，才加速了姑姑的离世？

姑姑常年偏头疼，实在忍不住时，她就吃一粒止疼片。那次过年回家我又问起姑姑，姑姑说还是疼，但没有以前厉害了。姑姑说，兴许是现在的药比以前好了吧。

今年10月份，我听到了姑姑病危的消息，但不久就听说姑姑挺过来了，又能吃一些东西了。我就想着姑姑也许能再活几年吧。后来我为这本新书做开了图注，面对姑姑那张挥手向我们告别的照片，我唯有祝愿。于是我在图注中说："如今，她的身体状况已经很差，但依然顽强地活着。我希望她能活过奶奶的年龄。"奶奶活到89岁，无疾而终，但姑姑终于也没有活到奶奶的年纪。

小时候，姑姑曾一句句地教过我一首儿歌，我至今记忆犹新。姑姑说：

董存瑞，十八岁，

参加革命游击队；

炸碉堡，牺牲了，

他的任务完成了。

这种新词配上姑姑的晋城老土话，其实是颇有一些喜剧效果的，那是我多年之后回想起它时得出的结论。这首歌谣很可能是姑姑年轻时听来的，但经过姑姑的表述，却也变成了她的作品。姑姑说"牺牲了，他的任务完成了"时，"了"发"聊"音，但前一个"了"音向下缩，后一个"了"音往上扬，一下子让土眉土眼的晋城话变得丰满、生动起来。

我现在想说的是，姑姑的任务也完成了。

姑姑晚年多梦，常常梦见与奶奶对谈。如今，在奶奶去世18年后，姑姑也走完了她那个艰难困顿、平淡如水的人生。她终于可以和奶奶团聚在一起，昼夜长谈了。

想到这里，我感到一丝欣慰，死亡变得不再是一件沉重的事情了。

2010年12月18日写

2018年2月26日改

故乡一望一心酸

——过年散记

儿子不回家

今年依然决定回老家过年。

本来也是可以不回去的，因为元旦前岳父病故，我与妻子已回老家跑过一趟。办完丧事后，我又在父母家待了两天，"回家看看"的目的似已达到。

不过，常识告诉我，亲人故去，就更应该把年过到老家了。于是回家过年似乎成了一件没商量的事情。

但儿子却犹豫着，他不大情愿回去，他想一个人留守京城。

这种想法似乎也在我的意料之中，但我还是有些意外。去年过年回家，儿子就对老屋的冷有了刻骨铭心的感受。父母的家里自然是没有城里的暖气的，虽然炉火烧得很旺，电暖气也开着，晚上睡觉时还要插上电热毯，但那个三间堂屋依然冷得拿不出手来。老实说，这种居家环境连我也得适应两天，何况没受过苦的儿子？

但是我想，这种困难是可以克服的。或者说，这简直不是什么困难，当然不能成为不回去的理由。

于是，我与妻子开始轮番说服他。

我说，你爷爷奶奶和姥姥可是想见到你啊，你也应该回去看看他们。我还说，他们年事已高，现在是看一次少一次了。你去年还见到了姥爷，今年却再也无法见到。我甚至说，如果在老家待不住，我们只住五六天，快去快回。

儿子不置可否，他只是答应再考虑考虑。

回家的日期一天天临近，儿子终于给我答复了。他说他还是不想回去，理由是他想在寒假里多读几本书。眼下中文书正读着罗素的《西方哲学史》，法文书读着加缪的《局外人》，英文书读着奥威尔的《1984》。他觉得他渐渐调理出了读书的心境，回家一折腾，书就读不成了。

这确实是一个冠冕堂皇的理由。儿子在北大念法语，升至大二后开始辅修中文，一学期的课就选得很满，真正读书的时间自然是少得可怜的。学期末时，他给我提供书单，让我为他买法文书《恶之花》与《追忆似水年华》，购中文书《巴黎高师史》《剑桥艺术史》《西方美术史十五讲》《红与黑》《包法利夫人》《苦炼》《法国概况》等，他似乎制订了一个庞大的读书计划。

儿子终于知道正正经经读书了，这让我欣喜，但读书又岂是一朝一夕之事？于是我说："可以带着书回家读嘛，我们过我们的年，你读你的书。"

妻子也在敲边鼓："就是，读书读得连亲情都不要了，读书还有什么用？"

在我们的攻势下，儿子沉默了。但他看来并不想屈服。

又僵持了两天，我发话了。我说："过年本来是件高兴的事情，你要是回去不高兴，这年也过不好。若是实在不想回，就算了。"

妻子开始给他置办年货，但也只是买了几包速冻饺子。楼下有食堂，那里应该不休息。饿是饿不着的，但吃得怎样就很难说了。我甚至还给他想好了退路，若是嫌小区的食堂不好吃，可以回学校吃住。

但妻子还是暗暗期待着，期待临到最后儿子能给我们一个惊喜。但我们并没有等来这个惊喜，便只好把他撂下，驱车七百多公里，回了老家。

两个弟弟两家人，再加上我们半家，全都汇聚到父母那里，年还算过得热闹。但少了儿子，总觉得哪里出了点问题。而我们临回北京时，母亲还在念叨："唉，豆豆今年没回来。"看得出来，父母心里还是有些失落和遗憾的。

而这个年，我也过得有些伤感。当然不全是因为儿子，但也不能说与他完全没有关系。

其实，回家不久，我就意识到了自己的失误或失策。在一些原则性的问题上，显然是没有什么商量余地的。儿子年少时，我实行的是"集权制"，这种事情不可能与他商量。当我觉得有必要实行"民主制"时，却没想到遇上了麻烦。或许这就是民主的代价？

关于家庭民主，我想我与儿子很可能都需要一个学习的过程。按照我的理解，民主中不光有自由选择，而且还应该有责任伦理。争自由当然是重要的，但只想争自由，没想担责任，可能就会变成钱理群所谓的"精致的利己主义者"。

于是我想告诉儿子，他这次不回家，结果可能是他一个人高兴了，好多人不高兴。

我还想提醒他，在萨特的存在主义哲学中，"自由选择"与"承担责任"始终亲如手足。

家书失踪记

还是不死心，正月初一快晌午，我又一次去到那院新房子里，翻箱倒柜找家书。

新房其实已是旧房，那几间房屋修盖于1988年。在农村，修房盖屋是大事。父亲那时攒了点钱，便去找村干部划地基，决心在他手中盖一院房子。但省吃俭用攒俩钱不容易，也不富裕，他便只好包工不包料，把我们弟兄三个、女儿和未来的女婿都发动起来，仿佛当年的"农业学大寨"。后来父亲每每提起那院房子，总会说："满打满算 7000 块，连窗帘都置办下来了。"说这话时，父亲显然流露着某种自豪。

而那年暑假，我大部分时间也在工地张罗，晒得黑不溜秋。那时我正在处对象，工地甚至也成了谈恋爱的场所。对象的父母不放心，派人找到施工现场，我只好送她回家。后来我才知道，未来的岳父岳母第一次见我是相当失望的，他们心里嘀咕："这是哪里来的民工？"

一年之后，我结婚办喜事，新房也就成了洞房，但我只是寒暑假回家小住。

父母原本是想让大弟弟成家后成为这院房子的主人的，但又一年之后，弟弟犯事入狱，一去三年，新房也就闲置起来。而父母似乎也更愿意在老房里住着。老房的破败，与父母焦灼、无奈、压抑乃至荒凉的心境似完全吻合。

老房是我爷爷奶奶置办下的。据父亲说，当年买那几间房子用了 180 块大洋，合 50 石小米。那是 1938 年春天的事情。

1993 年，弟弟出狱后成婚，父母也乔迁新居。但五年之后，他们又重回老房。父亲说，就是那次搬家，我的书信也跟着挪了地方。

那些信是从 1981 年写起的，那一年我考上大学，远离了父母，写信便成为我报平安、说事情的主要方法。这种状况一直延续到我读博士时。后来，打电话越来越方便了，我也就不再写信。2007 年，我写了《书信的终结与短信的蔓延》，那自然是一篇论文，但其中或许已融入了我自己的一些切身感受。我大概写过 20 年的家书，它们有多少我并未确切统计，但少说也有上百封吧。

今年元旦回家，忽然心血来潮，我想翻翻那些旧书信，但父亲说："可能已经找不到了。"

原来父亲搬家之后，把我的书信逐一整理，按时间顺序排列到一起，装订成册。他把这册书信放在一个木匣子里，时不时会拿出来翻阅一下。但重回老房，他却没有把那个匣子带回来。待后来重又想起，那册书信已不见踪影，只有那个空匣子至今健在。

家书岂能不明不白地失踪？我将信将疑，于是与父亲去新房里翻腾一遍，结果一无所获。但那次翻得草率，那时我似乎已寄希望于下一次更彻底的搜寻。

大年初一，我把媳妇和弟媳妇也发动起来，开始了寻找家书的重大行动。新房近年其实已重新闲置，原因是弟弟为女儿上学方便，已在城里租一间房子，一家人也就进了城。没有烟火气，新房已是冷清，而那间堆放杂物的房间更是布满了灰尘。房间里摞着三个木头箱子，还有三四个纸箱倚墙而立，里面装满了旧衣物、旧书、旧杂志。那里最有可能成为家书的藏身之处，也就成为我们重点搜寻的地方。我把箱子里的东西一一取出，又一件件翻看，希望能眼前一亮。但找了一圈，依然没发现蛛丝马迹，甚至没见到老鼠咬啮的纸屑。

弟媳妇说，她从来没扔过卖过旧书、旧报、旧杂志。

而父亲说，他记得那册书信确实是放在木匣子里的。

然而，翻箱倒柜寻之遍，新房老屋皆不见。那册家书或许永远也找不到了。

我有些怅然，却也只好作罢。

我至今依然无法解释为什么我有了寻找家书的冲动。可能的原因是，几十年之后，一个人的记忆已漫漶不清，遥远的过去被风干，变得日渐抽象起来。我想回望一下来时的路，这时已需要路标提醒。否则，路就空空荡荡，既没有风景，也没有沟沟坎坎的细节了。

这么说，我是在寻找生命的细节？

元旦那次搜寻，母亲见我找信心切，忽然想起老屋里还有一些书信，便找出来让我翻看。但那只是二十多个空信封，其中十几个是我寄信时所写。我打量着信封上的笔迹，辨认着邮戳上的日期，又一封封地捏开检查，居然发现还有五封家书留存。那应该是没被父亲装订起来的"漏网之鱼"吧。它们大都写于90年代中后期，其中一封已非手书，而是把文字敲进电脑打印出来的。那封信写于2001年9月6日，很可能从此往后，我就不写家书了。在我个人的写信史上，它或许已标志着家书时代的终结。

正是从那几封书信中，我找到了一些细节，甚至还找到了一些早已遗忘的心情。

于是，我决定把那二十多个信封和五封家书带回北京，扫描进电脑，把它们当成一种岁月留痕，妥善保存。

同时，我还决定，以后要继续把家书写起来，使毛笔，用宣纸，把电话里无法呈现的东西诉诸文字。我知道，在这个越来越快的电信时代，这种做法已是迂阔和奢侈，但兴许这也是我赠予父母的一件礼物吧。

村庄在迁徙

父母的老房子位于赵家圪洞的最北端，紧挨着那个不知名的阁楼。过了阁楼，就走进了赵家圪洞。圪洞延伸约百米，又是一个阁楼。这个阁楼是有名字的，叫"大王阁"。父亲至今还保留着爷爷的父亲亲笔写于宣统二年（1910年）的《补修大王阁碑》字据，那是对募化情况的详细记载。字是楷书，端庄隽秀，前有小引，起句云："大王神阁创于万历四十二年，原无碑记可考，赖有石匾存焉。"由此可见此阁的年头。然而，"文革"时，大王阁被毁，如今只剩下一个预制板搭建的轮廓了。

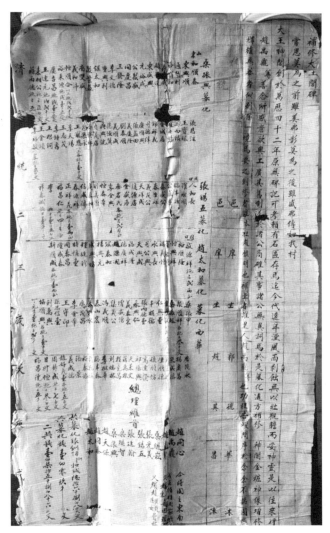

《补修大王阁碑》字据（1910年），摄于2013年

出了大王阁便是村里的正街。正街长约千米，把整个村庄连成一片。

赵家圪洞似乎也是整个村庄的中心。它的东边是东根儿圪洞。东根儿圪洞的东边就成了真正的村东头。村东头曾被几小块农田和一个巨大的蓄水池切割开来，像是游离于大陆之外的一座孤岛。孤岛上自然也是有几条圪洞的，但我却叫不出它们的名字。村里人把那里泛称为"司疙瘩"，因为姓司的人多。

赵家圪洞的西边依次是庙圪洞、衡圪洞、当铺圪洞，然后便成了村西头。村西头的圪洞我也叫不出名字。

顾名思义，赵家圪洞是姓赵人家的聚集地。但据过世的姑姑讲，她小时候赵家圪洞就有了两种杂姓：张与桑。衡圪洞大部分人姓衡，但实际上也有一些杂姓的院落镶嵌其中。庙圪洞当然不是整个圪洞的人都姓庙，而是圪洞的尽头有一座大庙。大庙里的每一间房舍我似乎都了如指掌，那是我上小学、读初中的地方。那条当铺圪洞，应该是许多年前开过当铺的缘故吧。但东边的圪洞为什么叫东根儿圪洞，我却始终没弄清楚，莫非许多年前它已是村子的最东端？

我的童年、少年时代就是在这几条圪洞里穿梭游荡过来的，它们构成了我幼小生命活动的全部范围。

从我家门口的一条小圪洞横穿而过，就进入了庙圪洞。走到庙圪洞的中部，也就走到了学校操场的中部。操场只有篮球场般大小，许多年前它是被一道院墙围起来的，如今院墙已不知去向，剩下一片裸露的场院。场院被散乱的树枝、木头棍子圈成几块小小的地盘，开春的时候，那里大概会种下一些蔬菜，如今却只有豆角秧架子在风中颤动。

操场的中部正对着的一户人家，当年住着一个疯老婆子。她一年四季着黑衣黑裤，常常站在自家门口，旁若无人，念念有词，表情丰富生动并迅速切换。有时她会独自狞笑，那种无声的、恨恨的、有时又夹杂着咒语的笑让那条圪洞充满了阴森、恐怖与诡异。然而那又是我上学的必经之地，我必须贴着操场的墙根偷偷而过，唯恐惊动了疯老婆子的例行功课。每当通过那个危险地带，我都会撒开脚丫一路狂奔，惊恐之后感到一阵狂喜。

那个院落早已破败，疯老婆子自然也早就去世了。

破败的院落自然不止这一处。过年期间，我又在那几条圪洞里闲逛，如同本雅明笔下的游手好闲者。圪洞依旧，但许多院落荒芜，许多房子坍圮，那些断墙残垣立在风中，仿佛诉说着历史的沧桑。赵家圪洞的中央有一处老院，那是我爷爷的父亲居住的地方。爷爷的二哥——我称作二爷爷，住在南院，那个小院子逼仄狭窄，但院墙旁边有两棵香椿树。香椿长出嫩芽，院子里就有了幽幽的清香，春天也才算真正到来了。我年幼时，是有些惧怕二爷爷的。奶奶做出好吃的让我送过去，我只敢怯生生地打开门，放下东西就走。二爷爷去世后，我可以放心大胆地去摘香椿了，而香椿配鸡蛋，通常意味着一顿美食。

但是，南院的房子如今已塌得没了顶。

紧靠南院还有一处院落，里面原来住着两户人家，如今也搬迁出去了。那处院落的门口有盘石碾，那是许多年前我帮母亲推碾磨面的地方。碾盘至今完好，只是上面已堆满了枯枝败叶。大概自从有了面粉加工厂后，碾盘、磨盘就退到了二线，逐渐成了历史文物。

圪洞里、正街上的房屋自然也并非全是破败之物，间或有新院、新房矗立，那必定是对旧院老屋的翻新再造。但在破落的村里，那种新却更像是旧衣服上打了新补丁，更显出整个村庄的荒凉凋敝，甚至会让人生出几分狐疑，仿佛那些房屋是偷来、抢来的。

当那些老房、老屋破败下去时，一院院的新房、新屋却在村北盖起来了。小时候，我家屋背后就是农田，那已是村的尽头。经过二十多年的修盖之后，那些农田已变成房屋，它们参差有序，连成一片，仿佛诞生了一个新的村落。最近几年，宅基地不批不划了，村干部便开始为村民起楼。前任村主任盖了两栋，现任村主任也将修盖三栋。据说，渴望住楼的村民彻夜排队交订金，为的是能为自己抢上一套。

近年每次回老家，我便会在那几栋楼前瞩望徘徊。那是与城里一样的六层板楼，它们在村里自然高大挺拔，但也越发显得突兀。这是城镇化的信号吗？或者住楼之后，村民就觉得过上了城里人的生活吗？他们是真想住楼还是无奈之举？所有这些问题常常让我困惑。我想问问一些人的感受，但至今还没有一户人家入住。

我能够确定的是，自从我当年离家远行之后，我生活过的这个村庄就开始了缓慢的迁徙。在迁徙或漂移中，新与旧的界线逐渐分明，它似乎也圈出了青年人与老年人的活动范围。如今，与旧村"厮守"的大都是老年人。老人、老屋、老圪洞，他（它）们组成了衰败的风景。

每次回家，父亲就会跟我说，谁谁谁不在了，那或许意味着谁谁谁的老房子又将加入坍圮之列。

今年回家，父亲主要在跟我讲如意他妈的事情。她自然也老了，却据说是喝药自尽。如意小时候也住在赵家圪洞，是我的同龄玩伴，后来随母亲搬至村东头。大约是1979年，他当了飞行员，从此离开家乡，飞得越来越远，直至在上海落脚定居。他的母亲姓谷，那是村里以前从来没有过的姓氏。父亲说，她是从河北嫁过来的。如意的父亲当年是铁路工人。

当父亲讲完那个自尽的故事之后，我有些吃惊了。一个七十多岁的乡下老人做出如此选择，显然是在捍卫生命的尊严，但那里似乎也隐含着一种城乡冲突，甚至隐含着另一种意义上的迁徙，只是，这种迁徙涉及大都市上海，自然也远比村庄的迁徙更为复杂了。

外甥多仿舅？

1990 年的那个春节我肯定是在老家度过的。过年前几天，小外甥来到这个世界。妹妹让我起名字，我想了想，说："姓韩，又生在寒冬腊月，就叫韩冬吧。"从此，外甥就被家人唤作冬冬，一直叫到现在。

但我常年在外，与外甥见面的机会是少之又少的。有很长一段时间，我脑子里总保留着他八九岁时的模样，不知何故。但去年过年见面却让我吃惊不小，他站在我面前，活脱脱已蹿成一个大小伙子了，我记忆中的影像顿时碎了一地。只是去年阴差阳错，我们似乎没说上几句话。或者也可能是，一见到他，那种淡淡的失望就重新弥漫开来，我已提不起说话的兴致了。

正月初四，大弟弟已举家返城，小弟弟也即将回煤矿上班。小弟弟说，把外甥叫过来喝喝酒吧。一通电话之后，外甥风风火火地跑来了。过年期间他仍在上班，而这天傍晚下班之后，他有了两天的休息时间。

外甥在矿务局一家超市干活的事情我早已听说，于是我问："还是给人家上货？"

弟弟抢过了话头："冬冬现在可厉害了，当上了主管。"

"那也没你挣得多。"外甥马上与他打起了嘴官司。

"你跟我比干什么？我是下井的。"

"能挣多少？"看他们一见面就争得起劲，我直接向外甥发问了。

"一个月给 3000 块。年底还可以，评了个先进主管，多给了 3200 块的奖金。"外甥毫无保留地说出了他的工资，又兴致勃勃地讲起评上先进主管的故事。看来那点奖金给他带来了意外之喜，让他这个年过得像模像样了。

我想起我与外甥的第一次通信似乎也是从钱和挣钱说起的。

那是 2006 年年底，一封有点神秘的信飘然而至。看邮戳，此信来自晋城老家，但信封落款只有"from：（内详）"的字样。打开瞧，信眉处先是一句提示语："信纸比较特别，凑合着看吧。"而正文第一句话则是："舅：展信巧克力，工作无压力。"这种开头方式我还是第一次遇

外甥来信，2006年12月26日

到，外甥的顽皮跃然纸上。我大喜，接着往下读，却怎么也高兴不起来了。

"来，喝酒，喝酒。"弟弟已把老白汾打开，那是他特意到供销社买来的酒。

那三页信纸确实特别。信纸的正反面是一些 NBA 球星突破、投篮的彩照，保罗·皮尔斯、克里斯·韦伯……页底印着"考考你：1994 年，创造'黑八奇迹'的球队是？（答案在本册内找）"之类的文字。但它们的一侧或一面则有些空白，甚至像信纸那样划出了一条条虚线。外甥就在这些册页的一面、一侧或犄角旮旯里顽强地挤进文字，好似 NBA 球员的见缝插针，一封花花绿绿的书信就这样诞生了。

"不错呀，俺家冬冬都可以跟我碰酒喝了。高中毕业后寻上了这个活儿，干得也是兢兢业业的。"父亲在一旁评点着。

"高中毕业后就去了超市？"我问。

"先是去城里的一家企业干了一个月，"外甥开始滔滔不绝了，"可能是那个老板有洁癖？天天让我扫地，有一天扫了五遍，还让我扫，我一扔扫把不干了。那个老板是个石结蛋啊，有一回来了个外国人谈生意，人家'How much'开头，问那个东西多少钱，连我这种英语只考 30 分的都听出来了，老板听不懂，说快去找翻译。临走时老外说拜拜，老板点头哈腰像个日本人一样说'三克油'。'三克油'，真石结啊，笑死我了。"

外甥已经可以用他高中学的那点本事嘲笑老板了，但他当年那封来信，却满篇都是退学的念头，原因是他父亲挣钱不容易，也挣不来多少钱。他说，高中入学时，"如果不是您寄的钱，恐怕您外甥就与高中无缘了"。他还说："舅，说实话，有时我真有种不想上学的感觉，想走出校园，到社会上闯荡，为家里减轻一些负担。可我又知道，当今社会，没有一点知识，是混不下去的。所以，我的心里一直很矛盾。"

唧唧唧唧，外甥的手机响起来了。"你的 QQ 一直在线？"我问。

"主要是用它说业务。我去把它关掉，太心烦。"

"不是光说业务吧，还要用它谈恋爱，对吧冬冬？"弟弟半开玩笑半认真地说。

"村里像我这么大的年轻人都开始娶媳妇成家了。有一回，俺爸爸喝高了后跟我说：'冬冬咱也结婚吧？'"

"你是不是正谈着一个？"我问。

"是啊，谈了两年了，人家还在犹豫，一会儿说：'冬冬你买车吧？'我心想，有房有车了我还要你？"

外甥很轻松地谈论着他处的这个对象，好像是在谈论着别人的事情。父亲说，人家还是嫌家境不好吧。去年冬冬修起了院墙，也拾掇了房子，但没钱装修了。

因为谈到了钱和挣钱，又因为辍学的念头时刻在外甥心中徘徊，那封来信让我心里很不是滋味。于是我回信道："舅舅觉得，家里的一些事情，钱的事情，你现在不必老是去考虑，因为再考虑也是没用处的，毕竟你现在是花钱而不是挣钱。挣钱的事情交给大人考虑，而你则要一门心思用在学习上。"其实，当外甥升至晋城二中时，我就跟父亲说过，冬冬上学的花费我包了。说出这句话时，那不光是指他读高中的开销，还包括他念大学的费用。我暗暗期待着外甥将来能考上一所大学。

"人家还跟我说：'冬冬你戒烟吧？'你又不跟我，让我戒什么烟？这个人可真有意思，像小孩一样，一会儿一个主意。"

"你抽哪种牌子的烟？一天抽多少？"我问。

"十块钱的'紫云'，或者是七块五的'红塔山'。主要是每天给别人散烟散得比较多。"

外甥抽烟的事情可能我知道得最早，因为那封来信突然插进了这么两句："舅，告诉你个秘密，我会抽烟了，不过不经常抽的，一星期顶多抽两三支（可不能告诉我爸妈啊，我也是烦的时候学会的）。"这个秘密让我吃惊，于是我说："抽烟一事我不告诉你爸爸妈妈，但我得跟你说，我是坚决反对的！我现在就深受抽烟之苦，但想不抽却已变得非常困难。要记住，有些事情坚决不能做，因为它会给你带来终生的后悔。这件事情我不再跟你讲大道理了，我建议你从现在起，绝不再去抽烟。你能答应我吗？"

外甥当然没有答应我。而我现在过年时也要预留出几包好烟，送给外甥了。

"冬冬，喝……喝酒。"弟弟在喝这场酒之前已喝过一场，他的舌头已不太好使了，"你以后的事情……可不能让你妈给你操心了。"

"不让俺妈操心，俺爸爸我也不敢指望他。"

"你爸爸——我就理解不了他，太深奥。你大舅舅也理解不了他。"

"不是深奥，以前是胡干、瞎干。"

外甥这么评价他父亲我并不感到吃惊，也许上学期间那次不大不小的事件已给他留下了永远的创伤。

外甥来信整整一年之后，我又收到来自妹妹的一封信件。简单的寒暄之后，妹妹说俩孩子上学都在花钱，就想着买辆二手的"上海50"农用车，让她丈夫给人犁地挣钱，开春后就能用上。但买车需要一万多块钱，她想请我帮个忙。信的末尾，她特意加了一句："不管怎样，这件事暂时不要跟爸说，免得他担心。"

妹妹自从偏瘫之后，右手就无法写字了。这封来信一定是由上初中的外甥女按她的口述写下的。我刚收到来信，妹妹与妹夫也打来电话，心急火燎地问钱是否寄出。看来他们是急于想把那辆车买下。其实即便没有电话，这笔钱我也是要寄的，我犹豫的是究竟寄到哪里。因为自从供外甥上开学后，钱我一直是寄给父亲的。父亲说，千万不要寄到黄头村，那个人敢瞎花钱，他可不管孩子们是不是上学。经历了许多事情之后，父亲对他这个女婿早已失去了信任。

不得已，我还是与父亲商量起寄钱的事情来了。父亲说："10000块钱不是个小数字，我去问问他们究竟是否买车。"打探回来，父亲说车确实想买，但还没有看好。他建议我先别寄钱，即使寄，也不能寄到黄头村，因为那人拆东墙补西墙，欠了别人一屁股债，汇钱进村，等于广而告之，要账的就要找上门来了。母亲则在电话里唉声叹气，说："霞生病后，脑子也不好使了，一旦没钱花了，人家就支使她来这里要。有时候不愿意来，人家就打她呀。有两次挨打之后没办法，只好半夜三更回娘家。"

但妹夫又在电话那头追钱了。我问："买车的事定下来了？"他说定了。我说好，明天我就寄。

第二天，我把10000块钱寄到黄头村，汇款单上写着外甥的名字。

也许是妹妹的来信起了作用，也许是母亲从未说起的那个秘密让我揪心，总之，这一次我没有听从父亲的劝告。而出事之后，父亲埋怨我最多的就是钱寄错了地方。

"冬冬，有仨舅舅管着你呢，你的事情不要怕。"弟弟又开始说话了。

"什么事？"

"你说什么事？"

"嗯，结婚娶媳妇吧，那还早着呢。"

"可以说，你三舅舅现在也有点能力了。三舅舅没多少钱，结婚的时候，给你个五千一万还是拿得出来的，行不行？你说。"

"给我这么多我怎么还你呢？"

"谁让你还了？我就不让你还！"

"要还，不还心里不得劲。我跟你说说我的想法，我吧，这种事情就不想麻烦你们。"

"错误……相当错误。"

"你听我说，你有你的原则，我也有我的原则。我现在的原则是有甚钱，办甚事；亲兄弟，明算账……"

"我不管你是什么原则，我就是要给你。外甥是个好外甥，不给你给谁？"

弟弟显然在说醉话了，但也并非酒后虚言。自从转成合同工后，他在井下的工资一下子高出了许多，似乎有点财大气粗的样子了。若是搁在五年前，他这番话是万万说不出来的。

五年前三月的一天，我突然接到父亲的电话。父亲说："车没买，那 10000 块钱也被人家花得没影了。"我大惊，问其故。父亲说钱寄回去之后他们先存至银行，既办存折也办了卡。妹妹拿着存折，但她并不懂得银行卡也是可以取钱的。过年时需要花钱，就先取出 2000 块钱，年后再去查看存折，那上面已是空空如也，而银行卡是掌握在妹夫手中的。

妹妹就在旁边，她与我通话时，已是泣不成声，仿佛天塌地陷，只是反复念叨着："人家把那笔钱都给你挑了啊……"

父亲还对我说，冬冬得知此事后与他爸爸大吵一架，甚至还动了手。临走时他扬言，念完高二就退学，学不好还学不坏！退学后就去打工挣钱，养活他妈。

我心情大坏，先是安慰父母与妹妹，随后立刻给外甥发一简短邮件。我说："我已与你姥爷通过电话，详情已知。这件事情不要再去想它了，不要影响到情绪。希望你努力学习，舅将继续资助你读书，不要气馁。"但第二天，我就听说外甥已给邻居家孩子打过电话，说要马上退学云云，于是我从妹妹那里要来班主任的电话，希望他能找到韩冬，以便我能与他直接通话。傍晚，我终于找到了外甥。电话里的外甥显然还在情绪冲动之中，他说反正也考不上大学，不如一退了之。而且他所在的那个班也一派乱象，一些学生与英语、化学老师专门作对，根本学不成。我说无论如何，要把高三念完，能否考上大学不是现在考虑的事情，先把功夫下到再说。聊到最后，外甥情绪稍好，他答应我把书继续念下去。

我不放心，又给城里的弟弟打电话，让他去找外甥安抚安抚。

"冬冬，给你二舅舅打个电话，让他回来喝酒。"弟弟确实已经喝大，因为喝酒之前他已给回城的弟弟打过一通电话了。

我开始转移话题："冬冬，给我说说你主管的事情吧。"

"我管的是卖生肉这块，手下 7 个人，都比我年龄大，最小的也快 30 岁了。"一说到业务，外甥便如数家珍，全是我不熟悉的专业行话——毛利点，损耗点，每月盘点，查销售，二级销售，精后腿，整后座，脊骨，肉排，肋排，精肋，摆不到台面上的碎肉……外甥讲述着猪肉与排骨的故事，其间夹杂各种各样的价钱。说到猪身上的部位，他唯恐我听不明白，就比画着自己的肋骨、大腿、脖子，做一手拿肉一手切、割、剁状。我哈哈大笑。

"你们进的是哪里的肉？"

"以前进河南肉，后来进'雨润'肉。'雨润'你不知道吧？就是跟'双汇'齐名的那个。后来搞地方保护，只让进'竞成'肉。竞赛的竞，成功的成，实际上谐音，就是晋城肉。"

"那些肉怎样？有没有问题？"

"舅舅，这么跟你说吧，要是严格一点，好多肉都有问题，但都通过了检疫。检疫的时候在前腿那儿拉一刀，那是猪的淋巴，要看看那里有没有脓。"说着这些时，外甥以手作刀，在自己的脖颈处拉了一下，仿佛他就是检疫员。

"有人固定来我这儿买后腿肉，但我知道他回去就会掺上槽头肉，做成馅卖，一斤净赚 4 块钱。"

自从读过《屠夫看世界》后，我对那些馅类的食物就不放心了。作者陆步轩说，他是从来不吃饭店里的包子、饺子的。卖肉多年，他对这个行当的蝇营狗苟已洞若观火。莫非外甥已练就了陆步轩的本事？但陆步轩当年可是北大的高才生啊。大约10年前，"昔日北大生，今日卖肉郎"的新闻铺天盖地，陆步轩顿时成了街谈巷议里的人物。

外甥当然不是陆步轩，因为他没有考上大学。2009年7月的一天，我收到了外甥的短信，他详细告诉了我高考发榜后的各科成绩，但总分只有263分。

他败得很惨，让我很是失望，但这失望中又夹杂着一丝欣慰。我想到的是，外甥终于把这个高中念下来了。

"去年我们几个人去了一趟泰山，见了见世面。"外甥讲开了他的泰山之行。

"我们约了10个人，每人准备1000块钱，还想去北京耍一趟，后来在网上查，这点钱根本不够用。"外甥又讲开了那趟流了产的北京之行。

在7年前的那封来信里，外甥就有了来北京看看的想法，那时他也是NBA球迷，既看球也打球。他现在每天忙于卖肉，还有时间打球吗？我没问。

那时候我还给他寄过一套《平凡的世界》，那分明是让他励志的。但他读过这部小说吗？我也没问。

我只是问到了他眼前的近况，那些并不遥远的往事我们似乎都不愿意再去提它了。而每起一个新话头，外甥总能洋洋洒洒、张牙舞爪说半天，就像他当年那封伸胳膊撂腿以喜写悲的来信。他讲述着，比画着，手之舞之，神采飞扬，不时有种种新词夹裹在晋城话中呼啸而出，让我略感怪异。我马上意识到，晋城话也在缓慢地迁徙着，就像我曾经生活过的村庄一样。

外甥多仿舅？望着眼前的外甥，家乡的这句俗话忽然蹿跳出来，但它的可信度究竟有多大，我却依然不得而知。也许从他上高中开始，我就给外甥想象出了一条人生轨迹，这种想象不经意间落入了那句俗话的圈套。而当外甥从那个圈套中挣扎出来时，他已伤痕累累，于是他开始去闯荡自己的人生了。而在那个超市，在卖肉的柜台旁，或许他已找到了属于自己的位置。很可能，那就是他人生的起点。

是的，那就是他人生的起点。我觉得我不应该再纠结下去了，我应该长出一口气，感到一丝欣慰。

同桌的你

突然就有了一次同学聚会。

聚会是一位远走西宁的衡姓女同学召集的。她过年也回了老家，临走之前就把17位同学约到了村西头的"农家乐"饭店。

我也常常参加同学聚会，但那大都是大学、研究生时代的同学聚会。大学之前我还在城里上过两年的复习班，近年回老家，与几位久未谋面的同学也会聚聚。然而这次聚会却有些不同寻常。大约是 1970 年，我们都在村里的那座庙院里开始了识字生涯，1979 年之后，大家星散而去。其中也有少数同学离开了村庄，远行到外面那些陌生的城市，但大部分同学却永远留在了乡村世界，尤其是女同学。

　　大概因为召集者是女生，这次聚会女同学有十位之多。

　　我们围坐在那张巨大的圆桌前，包间里反复播放着老狼那首《同桌的你》。记得大学毕业十周年的同学聚会上，我曾唱过这首歌，那时它才刚刚流行一年多。许多年之后再听，它似乎也有了一种沧桑。把它选作背景音乐，大概是衡同学的有意安排吧。

　　衡同学对我说："若是迎面碰上，我可是认不出你来了。"

　　其实，我又何尝不是如此？当大家坐定之后，一位女同学让我挨个叫出她们的名字，不才我基本抓瞎。她不再难为我了，说："这是春萍，这是春菊，那是紫莲，那是瑞先……"这时候，我必须马上闪回到三十多年前，把眼前的广场舞大妈与记忆中存留的影像小样迅速对接，才能恍然大悟。

　　"我们都老了啊，你看看，好多人都当奶奶、当姥姥了。"说这话的是春菊同学，仿佛是为了证明此说不虚，她指着身边的一个两三岁的孩子。那是她的孙子。

我也感叹着，不知不觉间，我们居然已活到了知天命之年。

推杯换盏之间，春菊来到我的旁边，说："你还记得不记得咱俩是甚关系？"

我脑子短路了，有点懵。她笑了："同桌啊，你忘了吧？那时候我们在操场后面的那排教室里。你好哭，我一欺负你你就哭了。"

她揭了我的老底，我大笑。我也仿佛想起我们曾同桌而坐，那时我大概十三四岁，长得瘦小，而她则人高马大，泼辣霸道。她欺负我之说显然是可以成立的，但欺负的细节我却记忆全无，这么说，这种欺负并没有给我留下什么创伤性体验？

"你得给我签个字。"说着她就把我的那本书递了过来。

这次回家，我带了几本去年出版的《抵抗遗忘》送人，待同学聚会时，却已只剩下三本。我把这三本带到聚会现场，让他们翻翻，喜欢者拿走。说实在话，我的这些同学自从高中毕业后，大都远离了书的世界，他们对书或许早已生疏，也不大可能在意我写的东西。但我的这位"同桌的你"却急着把其中一本收为己有，反而让我有些惊奇。

"你别写我的名字了，写上我闺女的名字吧，让她好好读一读。"她继续发布着命令。

她解释了原因。原来她的女儿在我曾工作过的那所高校读完大学后，考上了另一所大学的研究生，读的是历史专业。

"以后我要让她跟你联系，你给她说说怎么写论文。你可别不搭理俺闺女啊。"

虽然隔行如隔山，我还是爽快地答应下了。我想到的是，她肯定早就不读书了，但自从女儿上大学、读研之后，也许她对书就生发出另一种感情。"书中自有黄金屋"的时代固然早已不复存在，但读书却能让人远行。我知道，在乡下，许多人心中还藏着一个念想——让自己的子女走出去，去见识一下外面的世界。而只要孩子是块读书的料，父母是舍得下本钱的。

只是，与我们的那个年代相比，农村孩子的读书之路如今也变得更加艰难了。我没敢谈论这种艰难，只是一股劲地夸着她的孩子，表达着一个读书人对另一个读书人的期许。

聚会结束了。我拿出相机，在饭店门前给大家轮番拍照。临告辞时，"同桌的你"又特意走到我跟前，说："你可不敢跟我记仇啊。"

我哈哈大笑。欺负我的事情她记了大半辈子，而我却早已把它们忘到爪哇国去了。

因为在家里找到一张老照片，回到北京后我把它扫描到电脑里，连同新照片打包发送给了老家的李同学和西宁的衡同学，让他们转发给大家。老照片是集体照，上面有男同学七位，女同学五位。女同学全部穿着花布衣裳，有两位裤子的膝盖处还打着补丁，她们显然已到了含苞待放的年龄。男同学也个个新衣加身，愣小子的本色初露端倪。只有我小脸瘦腮，黑眉斗眼，"骨出缭峦"（山西晋城方言，皱皱巴巴的意思），没长开便已长残。我的棉袄上套着一件破旧的帆布外衣，饭圪疤还隐约可见。外衣也有补丁，补丁位于左上角的口袋处。口袋上斜插着两管钢笔，似乎要技压群雄群芳。或许这就是那个年代的时髦？或者用晋城话说，这是在拽大蛋吧。

照片上有一行字：水北五七学校中八班班干部毕业留念76.12。如果不是这行文字，我已无法确认它的准确时间了。

初中毕业时班干部同学与班主任衡义功（二排左二）等老师合影留念，二排右一是我，摄于1976年12月

"同桌的你"并不在这张照片里，那是因为她在甲班。而甲班与我所在的乙班虽年级相同，但他们的年龄却普遍比乙班同学年长一岁。初中毕业后，两个班合二为一，我们也从大庙的前院移入后院，高中生活正式拉开帷幕。

大概就是从那时起，"同桌的你"也才迎来了"欺负"我的黄金时代。

父亲还喝酒

父亲今年75岁了，他抽烟喝酒一辈子，如今烟照抽着，酒常喝着。以前我对他的抽烟喝酒是不大过问的，因为到了这个年龄，烟与酒早已成为身体的生理需要，想戒也难。但最近半年多，我却屡屡劝他少喝些酒了，原因是去年秋天他喝酒出事，把家里所有人都吓了一跳。

去年9月的一天，父亲下地干活，淋雨而归。村里两位好朋友叫他喝酒，他欣然前往。喝至傍晚回家，未吃饭倒头便睡。第二天5点多，父亲难受，在床上折腾，却说不出话来。母亲对父亲的醉酒早以见惯不惊，初不以为意，后觉得不妙时，已无法腾出手来去打电话。她一直在床边护着，唯恐父亲滚下床来。7点多，头天喝酒的那两位朋友过来看他，才意识到了问题严重，连忙叫村里的医生。医生看后连连摇头，觉得很可能

184

是脑出血。住在城里的弟弟接到电话后，立刻打 120 叫急救车。当弟弟赶回家时，救护车也到了。救护车上的医生毕竟见多识广，他们望闻问切后，初步诊断为"酒精性低血糖"。他们说，马上打一针葡萄糖，一般几分钟之后就能过来，若还是不省人事，那就麻烦了。

葡萄糖推进去之后不久，父亲醒过来了。为保险起见，大家还是把他抬到了救护车上，去最近的医院做了做检查。

那是我第一次听说还有"酒精性低血糖"之症，急忙去网上了解此症的前因后果。而过年期间，弟弟、母亲又详细描述当时的情景，父亲甚至也参与其中。但实际上他的描述已是二手转述，因为当时他已昏迷，没有任何记忆了。

就是那次出事，我意识到酒的杀伤力。我在电话里反复叮嘱父亲，别喝酒了。

父亲似乎接受了我的建议，有一两个月的时间，他果然不喝了。而村里的朋友也不敢叫他喝了。

但后来他又喝开了，他的朋友们也蠢蠢欲动，不断把他诱惑到酒场上。我只好降低标准，劝他千万少喝。这时候，父亲通常会用两种方式答复我。

"我又不打麻将不耍牌，不喝酒做甚？"或者是，"俺们仨老架儿，喝一瓶，一个人也就是三两酒，不多。"

"老架儿"是晋城话，"老头儿"的意思。所谓仨老架儿，我大概都知道是谁。其中的一个老架儿会经常来我家转转，与父亲聊天。但他聋得厉害，虽戴着助听器，依然常常听不清对方在说什么。

父亲的耳朵也聋了。两年多前，他敬神放爆竹，一声脆响之后听力一下子减弱了许多。去年过年回家，我陪他去医院配了个助听器，但他时常戴不习惯。他说还是原装的好，但原装的耳朵显然已无法复原了。

于是俩老架儿聊天就都得高八度。来访的老架儿跟我说："勇啊，我跟你爸爸经常说，俩们现在是过一天算一天，不知道哪天就圪挤了眼了。你不要担心，俩们现在喝酒也不多喝，就是高兴高兴。"这时候，父亲通常附和着。他们乐呵呵地谈论着生死问题，在他们的语气中，死已变成一件稀松平常的事情。

这种谈论方式我并不陌生。许多年前，前来串门的东根儿圪洞的老太太与我奶奶聊天，她们就是这么谈论的。而转眼之间，我的父辈已接过了她们的那套话语系统。

"勇啊，我再跟你说件事。你拿回来的那些好酒，可是都让俩们喝了。你爸爸有两瓶好酒，就把俩们叫过来了。他一个人舍不得喝。"

这种情况我大约是知道的。一人不喝酒，俩人不耍牌，父亲似乎一直遵循着这种古训。所以，喝酒于他总是一件呼朋唤友的事情——或者他被别人呼走，或者他把别人唤来。而最近一些年，我的生活也有了点起色，把一些好烟好酒带给父亲，也就成了我的惯常之举。父亲本来就好客，拿出儿子孝敬的好酒待客或许也就有了别样的意义。我想那不光是喝上了好酒，其中显然也是有着一些炫耀的成分的。我不在意他的炫耀，却越来越在意他喝多少，怎么喝了。所以我既要把那些好酒送给他，又要告诉他喝酒时悠着点。汪曾祺晚年曾被迫戒烟停酒，儿女们对他也多有看管，但据邓友梅说，戒烟停酒后的汪曾祺"脸黑发肤暗，反应迟钝，舌头不灵，两眼发呆。整个人有点傻了"。我想我是无法像汪曾祺的儿女那样把父亲看管起来的，那样他的生活将了无趣味。我所能做的大概也就是一面送酒一面劝，"东边日出西边雨"了。

过年期间，父亲没怎么喝酒。我们兄弟三个与父亲喝过两次，那也只是雨过地皮湿，浅尝辄止。

返京之前的头天晚上，他更是没敢喝酒，而是早早打发我们睡下，以便让我有充足的睡眠，应付第二天的车马劳顿。但第二天起床后我才知道，他一宿未睡，唯恐我那辆即将出远门的车被人祸害。他耳朵不好，只好半夜三更五次三番走到大门外去。而我的车就停在大门外赵家圪洞的邻居家门口。

也是事出有因。我弟弟的那辆二手车停在新房子的大门口，大年初四一起床，他发现车被人划了。那显然是故意为之，因为不光车门上有长长的划痕，甚至机顶盖上也被划出了图案。

我在京城听说过多次的划车事件终于也在这个乡村世界里遇到了。大概从那时起，父亲就提高了警惕。

上午 8 点整，我开车上路了。我想今天父亲也不可能喝酒了，因为他的首要任务是补觉。

但回到北京打电话，才知道他启动的程序是先喝酒，后睡觉。

摊馍炉馎

开车回家的好处是来回能多带点东西。

从老家返京时，家人给我准备了一堆东西，计有面粉一袋 50 斤，小米一大袋两小袋，约 30 斤，秃玉茭一小袋，扁豆子一小包，鸡蛋 20 多个，摊馍 30 个，白菜 3 颗，萝卜 3 个⋯⋯

都是粮食和蔬菜。

父母衡量面粉好赖的标准是看能否做成拉面，而我则在意里面是否放了增白剂。母亲说，为提高产量，好多人种开了"白疙瘩"小麦，但这种小麦面粉劲道不够，一拉就断，很难做成拉面。为了让我带上好面粉，父母从面粉厂换回面来要打开袋子试一试。他们甚至准备亲自去加工厂磨面，带上自家种的"红疙瘩"小麦。

去年我曾带一袋面粉返京，第一次用它做拉面时，闻到了久违的麦香，不由得大喜过望。那顿拉面对我打击很大，从此，我便对商店里出售的面粉失去了信心。

小米来自大兴。大兴是弟媳妇的娘家，据说是晋城最好的小米产地之一。把大兴小米装进包装袋里，就变成了"泽州黄"。

玉米粒去皮之后便是所谓的"秃玉茭"。母亲说，熬秃玉茭要搭配玉米地里的豆子，味道才好。母亲解释后，我才明白了这种豆子的来历。深秋时分，玉米地里套种的豆角越长越多。鲜豆角吃不了，就任其长老长干，去皮之后就有了这种豆子。它们扁圆肚子，粉底黑纹，肯定不是豌豆，却总让我想起关汉卿所说的那颗铜豌豆。

母亲还喂着几只鸡，也就有了绝对正宗的土鸡蛋。但千里迢迢，怎么把它们带回北京呢？最终的解决办法是找一硬纸盒，先放一层米糠，置鸡蛋于其上；再以米糠埋之，缝隙遂被填实。于是，鸡蛋进京，完好无损。

临走时，母亲把萝卜、白菜都拎出来了，说："用家里的白菜做炉馍，好吃。北京肯定没有这种白菜了。"在母亲的想象中，北京仿佛是在闹饥荒。

在带回来的所有东西中，摊馍是需要最先吃掉的，因为那已是熟食；即便搁到冰箱里，也不能存放太久。而吃掉它的方式便是做炉馍。

摊馍似乎应该算是晋城的特产，可能是小时候见得太多的缘故，我至今依然记得加工摊馍的全部程序。做摊馍的原料是小米，小米以水浸泡之后，便可去邻居家找一盘拐磨拐米了。磨是石磨，脸盆般大小。磨上有磨眼，磨边有磨把，舀一勺汤汤水水的小米放进磨眼，手握磨把转圈轻摇，小米就磨成了糊状的糖，缓缓流进下面的桶里。磨眼里通常会放一两根细木棍儿，名曰"筹"，那是为了延缓小米沉降的速度。否则，磨出的糖就粗粗拉拉的，会影响摊馍的品质。

做摊馍的季节往往是在冬天，那时候天冷，摊馍糖拎回家来，能存放好长时间。做摊馍前，先用小缸、小罐盛糖，置炉火边，待其发酵之后放入适当碱面。待调理停当，在炉火上支起摊馍鏊子，便可摊摊馍了。鏊子三只脚，碗口大小，周边深陷中间鼓，凹凸分明。鏊子烧热后，通常会用一根短筷缠着纱布蘸油抹油，油过烟起，舀一勺摊馍糖入鏊，滋啦有声。盖盖儿焖捂三五分钟，摊馍便可成形，熟透。出鏊后的摊馍，中间薄如厚纸，转圈却是肉乎乎的，很肥实。若碱面放得合适，通常呈金黄色。

"给你做个花摊馍吃吧？"小时候，奶奶总是用这种口吻诱我，好让我先吃为快。所谓花摊馍，其实便是用糖在中间浇出一个"十"字形状，转圈放的糖也少些，出来的摊馍就成了一个玩具。而父亲有时也会趁热吃两个，那多半是有点咸味的葱花摊馍。这种摊馍的做法也简单——第一勺糖进鏊时要适可而止，留有余地。等糖稍稍固定，开盖儿搁葱花，撒花椒盐，再来半勺浇其上，焖熟之后便是葱花摊馍了。

不过，摊馍通常不是现吃之物，而是为了存放起来做炉煿。

炉煿？卤煿？这种吃食被老家人这么称呼年代久矣，但我依然不知道落到纸上的写法是否正确。做炉煿前，先取几个摊馍，一分为二切成半个月亮，再一刀一刀切成片状。摊馍成色好，往往很瓷实，每一刀下去都是一面小旗帜。菜也要准备停当。大白菜是主菜，此外还要切点胡萝卜片，准备些黄豆芽。炒菜时，添加进的东西就多了：粉条、木耳、丸子、海带丝、油煮豆腐片、事先炒出来的五花肉。菜有七分熟，摊馍片便可摊放其上，然后盖盖儿焖之，等菜收完汤，一锅炉煿便算是大功告成了。开盖儿后，通常还要在炉煿上滴香油，撒蒜苗丝，再把菜与摊馍片搅拌均匀，方可出锅。

吃一碗炉煿，就半碗秃玉荽汤，那通常是过年期间早上这顿饭的食物。母亲想给我换换口味，就问："明天早上还吃炉煿？"我说："吃。"

我已吃过许多年的炉煿了，却依然百吃不厌。我在以前的文章里曾写过城里的郑允河，那里没有提到的是，每到冬天，他都会跟父亲说："进城来给我送点儿摊馍吧。拐米时不要掺大米，就要纯小米摊馍。"

允河大伯也喜欢吃炉煿。他是北京人，在我的老家生活了大半个世纪后，他的胃口似乎已彻底晋城化了。

把摊馍带回北京后，我大约又吃了十天的炉馍。有时一天一顿，有时一天两顿，最高纪录是连吃三顿——早上吃剩的，中午做新的，晚上再吃剩的。做炉馍时，我要亲自下厨掌勺，以求晋城风味的纯正。懒得去采购东西时，我不得不一再"减配"，有时的原材料甚至只有摊馍与白菜了，但我依然觉得好吃。

多年的熏陶之后，妻子也早已能吃炉馍了。但儿子一见我鼓捣这种吃食，便大皱其眉："又是炉馍！我要绝食抗议了。"

我吃着被儿子抗议的炉馍，心想，人们对家乡肯定有许多记忆，而味觉记忆很可能是其中最顽强的一种。只要我还能吃上摊馍炉馍，我就还在享受这种记忆，家乡便也通过我的舌尖延伸，弥漫成一种懒洋洋的幸福了。

2013年3月1日—30日写

附记：此文中的《外甥多仿舅？》，原本我只是写写而已，并没打算让其面世，但2016年1月3日发生的事情改变了我的想法。那天，我从老家得到惊人消息，我这个外甥因不慎煤烟中毒，不治而亡。我在沉痛中想起这篇旧文，同时也决定把它拿出来，权且当作我对他的一种怀念吧。真正的怀念文章或许还要假以时日。

2016年1月19日写

下编
秋叶静美

生如夏花之绚烂

——忆念业师程继田先生

我的大学老师程继田先生走了，走得安安静静，走得无声无息。我在山西大学的官网上搜，那里没有他去世的任何报道；我又在百度上查，那上面还是他以前的一点基本信息：程继田，1934 年生，笔名程文、程思，安徽歙县人。1959 年毕业于南京大学中文系汉语言文学专业，1961 年结业于北京大学中文系文艺理论进修班。山西大学中文系教授……

也许，这正是他辞别人世的意愿吧。他生前低调、谦逊，死后更是不愿惊扰众人。泰戈尔说："生如夏花之绚烂，死如秋叶之静美。"用到他这里应该是合适的。

然而，我还是决计打破这静默，把我认识和交往的程继田老师写出来，以寄托我的哀思。

现在推算，程老师是在五十岁上下时走进我们的课堂的。他给我们开设过两门选修课，先是讲美学，后来又讲马列文论。那时候，山大中文系名气大的老先生是姚奠中、靳极苍和半老不老的马作楫等，年轻一些的则是姚先生的几位高足康金声、梁归智、刘毓庆。程老师夹在这些人中间，讲的又是理论课，他在学生中似乎就没什么名气。

何况，他讲课也会吓到一些学生。现在通过网络，我已查出歙县方言是安徽最难懂的十大方言之一，但在那个时候，我们并不知道程老师是安徽人，只是觉得他的南方口音不是一般的重。他自然也在努力把方言转换成普通话，但转换之后我们依然不知所云，有时甚至会出现"唧唧复唧唧"的声音，像是花木兰织布。许多年之后，我的一位舍友提到程老师，就会"介个介个介个"一番，那是他在模仿程老师把"这个"说成了"介个"。

可以想见，当如此浓的乡音充斥于课堂中时会是什么效果。几次课下来，许多同学依然云里雾里，叫苦不迭，直陈"呕哑嘲哳难为听"。程老师也知道自己的地方普通话不入耳，便只好不停地板书。他的字写得好，又常常是竖排、草书，一节课就是一黑板。从远处瞧，不经意间就有了布局，仿佛一件书法作品。

我大概是比较早地进入他的语言系统之中的，这倒不是因为我有什么语言天赋，而是被他讲的那些内容吸引过去了。那个年代，正是美学热的高潮期，我在抄写《美的历程》的同时，也想弄清楚美学的基本原理是怎么回事。程老师给我们提供了两本教材，其一是王朝闻主编的《美学概论》，其二是杨辛、甘霖的《美学原理》。我读着这两本书，再听他用安徽普通话捋着自然美和艺术美，二者很快就融为一体了。

但是，马列文论似乎没用什么教材。不过因有美学课这碗酒垫底，再听他讲济金根、拉萨尔、莎士比亚化、席勒式，我已能毫不费力地"随物以宛转"了。大学毕业的第二年，我买到一本北京大学中文系文艺理论教研室编的《马克思、恩格斯、列宁、斯大林论文艺》，这本书被我读得烂熟。那固然是为了准备考研，却也是在向程老师的这门课致敬。因为认真听过他的讲授，我在理解马恩的说法时已不再吃力。

在大学阶段，我与程老师的接触可能比别的同学多一些，因为我是他这两门课的课代表。印象中，程老师那时候烟瘾不小。课间，他在楼道里吞云吐雾，就像我现在的这副模样。上课时，他喜欢穿一件半新不旧的米黄色风衣，这风衣一下子让他风度大增。但忽然有一天，我们发现风衣的下摆处开了个三角口子。又上课时，那个口子已被缝上，但粗针大麻线的，估计是程老师亲力而为。一些神通广大的同学已打听出程老师正在落单，而时常手托一块豆腐在校园中穿行的程老师，似也成为山大的一道风景，那豆腐是他中餐或晚餐的主打用料。因为这一风景，他也被戏称为"豆腐教授"。

于是我想到了恩格斯的那句名言："每个人都是典型，但同时又是一定的单个人，正如老黑格尔所说的，是一个'这个'，而且应当是如此。"看来，程老师是走进恩格斯的"埋伏"中了，他不正是山大教授的"这一个"吗？

对于许多人来说，大学毕业往往也是师生关系的结束。从此之后，那些老师可能还会被谈论、被怀想，却不大可能再是学生交往的对象了。

但是，我与程老师的真正交往却是从大学毕业之后开始的。因受毕业分配的刺激，我落脚到晋东南师专后，随即便生出考研之心，也开始了考研前的疯狂准备。但究竟选什么专业，报考哪里的导师，我却是两眼一抹黑。大概是因为找不着北，报名前我给程老师写信请教了。1986年12月初，我收到了他的回信。他说："信中提到的指导教师，有一些在会议上见过面。据我看，李衍柱、奕昌大、叶纪彬三位导师可以报考。他们均研究文艺理论。根据你的情况，以报考文艺理论为重。美学需要外语水平较高。南开也可以考虑。"

是不是因为他在信中把李衍柱老师排在最前面，我才报考了山东师范大学？而当考试结束我给程老师汇报过情况后，他在来年3月的信中又说:"我已去信山东师大,将你的情况向李、夏二位先生作了介绍。在信中我向他们说,如果成绩达到他们的要求,请考虑录取。"究竟是我请程老师介绍还是他主动帮我介绍的,我现在已彻底忘了。我觉得后者的可能性更大一些,因为我并不清楚程老师与李老师有多少交道。我被录取后,李老师也提到过程老师,但我能感觉到,他们似交往不多,只有开会时的见面之情。我这个人很笨,考大学、考博士都颇不顺畅,而那年能一考即中,其中的原因其实更复杂一些。但现在想来,程老师的引荐是不是也起了一定作用?他是把我推送到文艺理论专业的"始作俑者",而我最终能选择这一专业,显然是因为他的课而喜欢上了理论的结果。

就这样,我与程老师开始了书信交往。如今检点读研时的信件,程老师给我回过四次,大概那都是我向他汇报学习情况之后他的即刻反应。每次回信,他都在提醒我先打好基础,再去写有分量的文章,成为一个名副其实的学者。他的信时而钢笔写,时而毛笔书,通常都不长,也往往是大面上的话。但因为字写得漂亮,每次我都要欣赏半天,玩味一番,心里也会热乎一阵子。读研三年,我也定期收读着董大中与蔡润田二先生寄给我的《批评家》刊物,有时会看到程老师有文章或译作发表于此。程老师通俄语,翻译的大都是苏联的美学文章。而他的论文也常被纳入当年文学、美学原理的讨论之中,显出了深厚的马列文论功底。那个时期，我也有三四篇文章在《批评家》发表，这个刊物似乎也就成了我们师生同场亮相的舞台。他在1988年春天的信中写道："先告诉你一个好消息，你的那篇谈悲剧文章，已被《批评家》评为'新人奖'。那次会议我去参加了。老董、老蔡对你印象都很好，我也讲了你的基础较好。望你继续努力，写出有分量的文章。"1989年春，他又在信中说："得知你又在写东西，很高兴，望取得新的成果。"许多年之后，我才理解他的"很高兴"绝非客套话，那是作为老师的高兴，是老师看到学生成长时的真心喜悦。

1990年，我研究生毕业。因为代培，我又回到了晋东南师专。我给程老师写信，言明处境，亦给他寄去了我的硕士学位论文。他回信夸我写得好，并希望我扩写成专著。同时，他也提醒我："在治学上除了阅读现当代文论外，对马恩著作要读一些，这是基础。"最后，他还来了一句："总之，希望你好好工作，待有机会调到太原来。"

所谓"调到太原"，我当时并未在意，但没想到他后来却动了真格的。

整个90年代，我与程老师通信极少。究其因，大概是我不时会去太原，或开会，或公干，能够见到程老师的次数也多了起来。如果是作协的会议，他也常常在被邀请之列，这样，我们就有了聊天的机会。记得有一次散会后一起逛书店，他指着《陀思妥耶夫斯基论艺术》说这本书值得买。我立刻就把它拿下了。回来读，果然受益。陀氏关于艺术思维与艺术形式相适应的论述，还成了我后来写文章时的一条重要论据。

可能就是其中一次开会的间隙，程老师与我谈起了他的一个想法。他说："山大中文系文艺理论这块严重缺人，你在师专主讲写作课，用非所学。你要是愿意来，趁我还在这个岗位上，能说得上话，把你调过来应该问题不大。我一两年就退休了，退休之后就不好再跟人家提你调动的事情了，所以这是个机会。"

程老师给了我一个惊喜！那时候我已在长治窝了两年，深感那里风调雨顺、气候宜人，更适合养老却不适合做学问。他对我施以援手，显然是要把我救出来，就像拯救大兵瑞恩那样。若能因此回母校工作，于我也有了一个更好的发展平台。既如此，还愣着干啥？赶快答应下来啊。

我答应下来了，也从心底感谢着他的提携。程老师则立刻行动起来。1993年7月初，他给我写来一封短信，信中说："我将你的情况已向孟主任谈了，他要你写一申请调动报告寄来，内容要详细：个人阅历、教学情况、发表文章、能讲什么课、主攻方向。同时亦将你妻子情况介绍一下。此事我当尽力。"

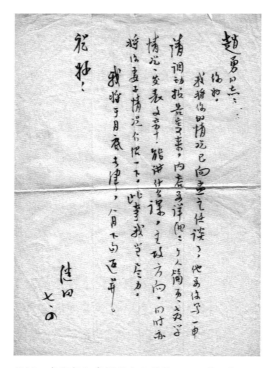

程继田老师想把我调至山大的信，1993年7月

我兴冲冲地写开了调动申请："山大中文系暨孟维智先生：我叫赵勇，愿调入山大中文系从事教学、科研工作，现将我及我妻子的情况介绍如下……"孟维智先生也是我的大学老师，给我们讲过汉字学的课程。记得我毕业时他就当着系主任，如今还没退下来，莫非是等着我归队？我把我的情况写了几页纸，只要把它寄出去，我就迈开了调动的第一步。

然而，实际情况是，事到临头，我却开始动摇了。

世界上大概由三种人组成，其一是先知先觉者，其二是后知后觉者，其三是不知不觉者。我比第三种人稍好些，属于后知后觉那种类型。我在上大学时从没想过考研，读研究生时也从没想过考博，每次考，似乎都比别人慢半拍。重回师专后，我考博的念头也随之而起。为此，我在1991年就忙活过大半个学期，却在年底被校长拦住，连名都没有报上。考博未遂后，儿子来到人世，日子也过得红火起来，我只好暂时封存这个念头，但实际上却是"贼心不死"，准备伺机而动。现在的问题是，如果折腾开调动，我还考不考博了？如果调动成功，我混到了省城太原，是不是就会小富即安，因此松懈了考博的斗志？这样，走出娘子关的计划是否就会泡汤？但反过来想，虽然我对考博念念不忘，但校方究竟何时才会松口？即便松口让你亮本事，万一考不上怎么办？看这样子，过了这个村可就没这个店了，如果不抓住这次机会，是不是会落个鸡飞蛋打一场空？

在1993年的暑假，我开始认真思考何去何从的问题了，它固然不是"生存还是毁灭"的大命题，但对于我这个小人物来说，做出如此抉择却也异常艰难。我现在已无法确定我是考虑了十天半月还是整整一个假期，最终我给程老师写了一封信，细说原委，却把调动申请留了下来。

程老师没有给我回信，或者是，我现在并未找到他的回信。

一年之后，他离休了。

90 年代中期或后期的某一天，我去看望程老师，他请我在校园里的小饭馆吃饭，相谈甚欢。说起调动那件事情，他并未在意。他说退下来之后，就不再操心系里的工作了。他鼓励我按既定方针办，向着自己预想的目标努力。

"人们自己创造自己的历史。"——他是不是引用过马克思的这句名言？也许他没有说过，但我觉得这句话在熟读马恩的程老师那里就要呼之欲出了。夕阳照在他的脸上，泛着红光，却也显出了一丝苍凉。但我能感觉到，他的内心是欢喜的。他的欢喜、他的笑容、他的叽叽喳喳的普通话，定格在 90 年代的山大校园里，成为我私人记忆中的珍贵画面。

考博成功后，我把这个消息告诉了程老师。但攻博三年，因忙于学业，我与他联系渐少，只是临近毕业时才修书一封，向他汇报一番。而他给我的回信则在半年之后，原因是我把信寄到了中文系，他离休之后，则几乎不去系里了。程老师见到我来信的当天写道："得知您已博士毕业，并以优异成绩留在享有盛名的北师大文艺学研究中心工作，我从心里为您高兴。您为母校争了光，也为自己找到了施展才华的宝地和机遇。"他还说："说实在的，很想念您，经常在报刊上读到您的文章，觉得您已成熟了。"

这封信程老师写了满满两页纸，可以看出，他收到我的信是多么兴奋。于是我就有些自责，为什么不经常给程老师写写信呢？但这封信他通篇都用"您"，却又让我感到不安。老师就是老师，学生就是学生，老师跟学生说话，是不必在"你"之下再加上"心"的。

因为程老师提供了他的电话号码，我可以与他通话了，又因为他希望我告诉他一些新的研究动态，我也开始给他寄书了——我们中心的刊物、我自己的书、我们编写的教材。而每收到书，他或写信，或打电话，总要说一说读书体会。虽然他早已处在休息状态，但实际上脑子并未休息下来，他还密切关注着文艺理论界的动静。

2005年，我的博士论文并两本小书得以出版，我便寄去请他指教。让我有些意外的是，程老师不仅读了我的书，而且还写出了书评：先是为我的博士论文写一篇，不久，第二篇关于《透视大众文化》的书评也翩然而至。第一篇名为《当代西方文化理论研究的力作》，他工工整整地把文章誊写在300字的稿纸上，达8页之多。他在信中与我商量着题目是否合适，选取的评述角度是否妥当，发表到何处，语极谦逊。读着程老师的书评和来信，我很感慨，心中也涌出一种久违的感动。我给他寄书，本意是向他汇报学习成绩的。他若有精力，翻翻即可，完全不必劳神写作，没想到他却如此认真。

2010年，他又给我寄来了关于拙书《大众媒介与文化变迁：中国当代媒介文化的散点透视》的书评。我打电话感谢着他，却也委婉表示，老师年事已高，就不必写东西了，否则我心里会感到不安的。程老师则说，他身体尚可，还想接触点新东西，读过之后便想把所思所想写出来。他让我放心，说："我不只是给你写书评，其他亲朋好友的书，读出了心得，也会下笔成章的。"

就是在那次电话中，程老师提醒我该戒烟了。我问："记得您当年抽烟很多，现在还抽吗？"他说："我十多年前就戒了。"

2016年9月初，我接到了程老师电话。他说："赵勇啊，你那本新书我收到了，也翻看了，我觉得解决了好多问题。只是我现在身体不大好，不能给你的书写东西了。"我说："早就跟您讲过，给您寄书是向您汇报的，您千万别惦记写东西的事情了。"随后我询问他身体近况，他笑呵呵地打趣道："浑身上下都是病，就是还没要了命。我血糖高，现在得经常走动走动，但已经84岁了，腿脚不利索，走路得拄拐杖了。"他问我血糖如何，我说血糖没事，但今年查出血脂有点高。他说："那你也得多走走路，身体是第一位的，别老坐在那里读书写作，烟要少抽点，最好把它戒掉。"说完身体，他又转到学术上。他建议我多关注一下当下文艺的通俗化和庸俗化问题，电视剧里的低级趣味问题。我唯唯。

这个电话之后我有些伤感，也才忽然意识到我已有许多年没见到程老师了。自从来到京城之后，我去太原的机会已是极少，有数的三四次也是速去速回，并未留出多余的时间。2015年大学同学毕业30年聚会，因活动安排得太满，当时只是与几位同学一道，匆匆拜访了93岁的马作楫先生。马老思维敏捷，状态颇佳，就觉得他活到姚奠中先生的百岁也是不成问题的。与马老相比，程老师还年轻着，我就把探望程老师的日子推到了以后。但聚会结束刚过半年，就传来了马老师仙逝的消息。

我忽然意识到，我必须得赶快找机会去看望一下程老师了。

这个机会不期而至。今年3月，我的大学同学与我商量回母校做讲座一事，最终敲定在4月中旬。4月6日，我准备安排太原之行的日程，便给另一位同学打电话。他开口便道："你是不是来了太原？"我说："准备去。"他说："程老师去世了，我以为你在太原。"我立刻追问过去："你说什么？哪个程老师？"他说："程继田老师啊，我也是清明从老家回来才看到了外面贴出的讣告。"

我一时愕然，呆坐在椅子上良久，一半是悲伤，一半是自责、内疚和深深的遗憾。

4月15日清晨，我在山西大学主楼后面的花园里行走。丁香花开得正旺，淡雅的清香扑鼻而来，入心入肺，我忽然想起大学时代背过的那首唐诗了："……今年花落颜色改，明年花开复谁在？已见松柏摧为薪，更闻桑田变成海。古人无复洛城东，今人还对落花风。年年岁岁花相似，岁岁年年人不同……"。或许这就是程老师拄着拐杖散步的地方吧，然而，我却来晚了。头天晚上同学说，程老师是4月2日去世的，4日清明节那天就办理了丧事。同学还说，咱们上学时，程老师是"豆腐教授"，他后来的老伴把他照顾得可真是无微不至，否则，老是豆腐白菜，饥一顿饱一顿的，他哪能活到现在？

听着同学的絮叨，我走神了。在这个校园里，我是被程老师这样的老师们启蒙的，是他们让我走出了懵懂无知的状态。如今，我们听课时的主楼依然健在，而他们却一个个不在了。姚奠中不在了，靳极苍不在了，马作楫不在了，孟维智不在了，康金声不在了……他们不在了，我们也老了。

"我已向孟主任谈了……你该戒烟了……我真为你高兴！"仿佛有安徽普通话从花园的一角飘来。我停下脚步，点燃一支香烟，静静回味着这来自天堂的声音。

2017年5月4日写
2017年5月7日改

蓝田日暖玉生烟

——忆念导师童庆炳先生

一

1994年10月上旬，"世纪之交：中国当代文学的处境和选择"研讨会在北京西山空军招待所举行，我应邀参加。会议期间，有人提议去拜访王富仁老师，附和者众。我现在还记得，拜访者中有陕西师大的李继凯、北岳文艺出版社的李建华、《太原日报》的安裴智、吕梁师专的郝亦民等。于是，六七人浩浩荡荡，直奔北师大而去。

我也夹在这些人中间，想一睹王老师的风采。只是与他们相比，我还多了一层私心杂念：请王老师帮忙打招呼，然后去拜访童庆炳老师，在考博之前先去他那里报个到。心里是这么想的，但王老师会不会引荐，童老师能不能接见，我却完全没谱。因为王老师不认识我，童老师也不了解我（此前我并没有联系过童老师，既没写过信，也没打过电话），他们完全有理由把我的请求拒之门外。我把我这个担心说给同行的朋友，与王老师相熟者说："王老师乐于助人，肯定没问题。"拿不准的人说："那就试试呗。"

我们走进了王老师家客厅。

见来者众，王老师大喜过望。他给我们倒茶水，散香烟，然后就笑哈哈地与我们聊起来。聊的内容如今早已忘得精光，但那个场景却永远留在我的记忆里——几杆烟枪同时点火，不一会儿屋里就烟雾腾腾了。王老师似乎还觉得不过瘾，他又从沙发后边摸出一包"万宝路"，炫富般地嚷嚷："我这儿还有外国烟，来，尝尝这个，这个有劲。"

终于，我向王老师提出了我的请求。为了得到王老师的理解，我在前面还铺垫了一番。王老师很爽快，说这个好办，我马上给童老师打电话。

电话拨通了，王老师说："我家里来了个考生，想去见见你，你能不能给他一个机会？"童老师在那边回应着什么，王老师连说好，好。

放下电话，王老师给我发布命令："小赵你赶快去。童老师说前一拨客人刚走，后一拨客人要来，现在正好有个空，就20分钟左右的时间。你赶快下楼，我告诉你楼门号。"

那是我第一次走进北师大的家属区，一下楼就找不着北了。问二三人，始才瞄准方向，遂大步流星。终于找到丽泽九楼，想想时间已所剩不多，干脆小跑着上六层。当敲开童老师家门时，我已是呼哧呼哧大喘气了。

那一年我 31 岁。那时候我就那么莽撞、冒失和"二"。

童老师说……

童老师说了些什么，许多年之后我其实已经忘记了，幸亏前年我与安裴智有过一场争论，才让我想起了一些细节。

2013 年 3 月 25 日晚，裴智兄见我转了一条有关童老师的微博，便跟帖留言，感慨一番。他说 19 年前的一天，开完那次学术会议之后，"与 @北师大赵勇相随看望童先生"。我说打住打住，那次明明是我一个人去的嘛。他不悦，说我贵人多忘事。又提醒我："童老师当时聊起了格非，说他也来考过，因为外语没过线，无法录取，很是遗憾。童老师觉得外语是个关口，便由格非说到你，让你好好准备外语，难道这些你都忘了不成？"

他这么一说，我倒是想起了一些，但我依然无法确定他是否与我同行，何况他干脆把去王老师家的事情忘得一干二净。结果那天晚上，我们在微博上抬开了杠——争辩、启发、调侃乃至生气，达 20 个回合之多。如此你来我往之后，一些情景或细节倒也逐渐丰满起来。最后我说："这样吧，明天我要见童老师，正好可以向他求证一番。"

第二天下午，我与李春青老师去北医三院看望童老师，那是他患心脏病之后的又一次住院。我们走进病房时，他刚洗完头，稀疏的头发还湿着、凌乱着，输液软管粘在手上，病号服似乎有些晃荡。他平时说话本来语速就慢，声音不高，那天更是低了八度，嗓音也略显嘶哑。那种虚弱不堪的样子我虽不是第一次见到，但看着依然揪心，便想着不能待得时间太长，应该让他好好休息。没想到聊开之后，他却谈兴颇浓——叙病情，谈生死，讲遗嘱，说莫言，夸罗钢，滔滔不绝俩钟头。待他提到王富仁老师时，我见缝插针，开始讲述我第一次见他的故事。讲到我的狼狈处，童老师笑出了声，精神头儿似乎也好了一些。但对于我的那次"突然袭击"，他已印象全无。他只是告诉我，格非就考过那么一次，具体是哪年，他已记不清了。他还告诉我，他家离王富仁家大概也就二三十米的距离。

为了给自己留个念想，那一次见童老师我多了个心眼：一走进病房，我就打开了录音笔。

二

1999 年，我终于考到童老师门下，用上了吃奶的力气。

那一年，我 36 岁，童老师 63 岁。

第一学期，童老师为我们开讲《文心雕龙》专题。头一次上课，他挨个儿介绍每一位学生，让大家相互认识。介绍到自己的几位学生时，他话就稠了，说："这位是王珂，福建师大的副教授，文章写得很多。这位叫吴子林，他也是福建连城人，我们两个人的村子挨得很近，是我的一个小老乡。""这位嘛——"童老师把手指向了我这里，"他叫赵勇，是从山西的一所师专考过来的。他往我这里考了三次，最终把我考感动了。"

众笑，我亦笑，但我笑得显然不是滋味。

有一阵子，我对童老师的这个说法耿耿于怀。考了三次确实不假，但考感动云云却会让人浮想联翩，这让同学们怎么看我？您老就不能换种表达？可是，童老师已经把那句话撂到那儿了，你能让他收回去吗？既然覆水难收，何不阿Q一把，将计就计？因为，在童老师的学生中，能把他考感动的似也不多，甚至我在这方面还拔了头筹。想到这里，我多云转晴。后来，每遇别人问起我与童老师的关系，我就"夸而有节，饰而不诬"，说："童老师本来是不想要我啊，我是死皮赖脸地考，接二连三地考，活活把他老人家考感动了啊。"

许多年之后，记不清是在一个什么样的场合了，我在童老师面前比画模仿，把他当年如何介绍我们的故事讲述一番，那似乎是为了说明童老师的率真。在座的人都笑了，童老师笑得尤其开心，眼睛眯成了一条缝。但他只是笑，没评论，不解释。笑着笑着，我忽然就意识到童老师当年的那番说辞并不像我最

我与童庆炳老师的第一张合影，1999年5月摄于南京

初想象的那么简单。当年童老师招收了我们四人，考分我排名第一。而我进入北师大之前，已经发表过七十多篇文章，还出版过一本小书。这些成绩不能说有多大，却也说不上有多寒碜。童老师对这些自然心知肚明，可他不提别的，只说感动，这既应该是真实想法，但又何尝不是一种话语策略？他要给我一个下马威，压一压我的傲气。这样，我以后的路才能走得稳健、踏实。

　　我倒吸一口凉气。果真如此，童老师的弦外之音，许多年之后我才算听出点意思。

　　但我当时却没去认真琢磨。我的思维方式是"小胡同赶猪——直来直去",童老师心直口快那么说,我就直眉楞眼那么听,一点都不打折地全盘接受,以至于当年都有了点小小的心理创伤。

因为没琢磨透,也因为重当学生,回炉再造,一切都有点不太适应,更因为毕业论文等已给我带来一种无形的压力,那个学期还没到中途,我就开始失眠了。连续两三个月,我晚上睡不好觉,白天做不成事,脑袋如糨糊,四肢无力气。不得已,我吃开了"安定",但安定片在我这里也失去了效用。经常出现的情景是,我晚上12点多被安住定住了,但凌晨四五点钟却在惊悸中醒来,再也无法入睡。

大概是元旦前后,我们四人去童老师家汇报学习情况。我把我的这种苦恼说给童老师听,听得他满脸都是忧虑。他说:"那可怎么办呢?主要是你得调整调整,把心态放平稳一些。"我便给童老师打预防针,说:"童老师,天天这么迷里八糊的,我都担心期末的英语考试通不过。"童老师说:"通不过也不要紧,不是还可以补考吗?"临告别时,他找出一颗药,说:"这是美国的安眠药,我吃得效果不错,你回去也可以尝尝。要是有效果的话,你可以把这种药吃起来。不过,这个药可不便宜。"

至今我依然记得,那是一种黑色的药片。

似乎也是从那时起,我才知道童老师是资深失眠者,他应该尝试过各种安眠药。

我并没有马上把童老师送我的那颗药吃掉，而是把它放到了英语考试的前夜。

美国药并没有奇效，那天晚上我依然睡得很少，第二天昏头昏脑地走上了考场。所幸我还算发挥正常，没给童老师丢脸。

自从吃过那颗美国安定之后，我就彻底戒了安眠药，再也不去想它了。来年三四月间，我差不多已从失眠的困扰中走出，渐渐变得没心没肺，能吃能睡。童老师见我焕然一新，不再像是霜打的茄子（这是他喜欢使用的一个比喻），他也终于放心了。

三

从 2001 年暑假开始，我便把全副身心投入博士论文的写作之中，但进行得颇不顺畅。我英文不好，又不得不大量阅读英文资料，这对我来说是一个巨大的挑战。此前，当我觉得困难无边时，我曾找童老师长谈，核心意思是希望他开恩，让我退回中国做点学问。

这涉及换题，不是闹着玩的。于是去找他之前，我做了精心准备。我在他面前急迫地陈述着关于中国大众文化研究的想法和方案，一心想着怎么才能说服他。他专注地听着，没插话，但脸上却渐渐布满阴云。见他神色凝重，我心想坏事了，今天看来是凶多吉少。

果然，他开始敲打我了，依然是那种不紧不慢的语调，却暗含着一种威严，让人心里不由得发怵："你要是还想做点学问，就不能怕吃苦，你得给自己打点基础。法兰克福学派可能比较难，但你现在都不敢去碰它，将来还有碰它的勇气和机会吗？大众文化在咱们这里还是个新东西，但阿多诺他们早就经历过了。经历过也思考过之后他们就有了理论，你现在需要走进去，进到他们所处的历史语境中，看看他们的理论有无道理，我们能不能把它拿过来，拿过来时会不会出问题。你还没进去，就想着逃之夭夭，这怎么行呢？"

我羞惭而退，顿时觉得"压力山大"。本来，阿多诺、本雅明、洛文塔尔和马尔库塞已是压在我头顶上的四座大山，现在看来还得加上童老师一座，而且，最后这座更令人生畏。说实在话，那时候我们都很怕他。尤其是因为论文，他把学生"修理"得涕泗滂沱的故事广为流传，于是大家仿佛得了传染病：一提导师和论文，手心就出汗，心里就发紧。而我敢找上门去，与他讨价还价，也算是吃了豹子胆。

置之死地而后生，我不得不又一次使出吃奶的力气。

进入九十月间，找工作的压力也扑面而来。身手快的同学已在到处投简历了，我却不敢轻举妄动，生怕乱了阵脚，让论文变得"上气不接下气"。我告诫着自己：要沉住气，再往后推一推。毛主席不是说过"乱了敌人，锻炼了群众"吗？那就让他们先乱起来吧。我不停地给自己打气，但心里忍不住又一阵阵发虚。

10月底，童老师又一次带我们爬香山，他也在提醒我们该找工作了。他甚至向我们建议，有位学生叫王文宏，在北邮工作，可以问问她那里是否需要人手。于是我向童老师要来王师姐电话，准备与吴子林一起跟她联系；我也向一位博士刚毕业的大学同学要来她的简历，照猫画虎，弄出一份自己的东西。一切准备就绪，我决定论文完成一个章节后就把简历撒出去，有枣没枣打一杆。

11月5日上午，童老师突然给我打来电话。电话里他三言两语，只是让我下午去办公室找他，他想跟我聊聊。

聊什么呢？好像不大可能聊论文。那么会不会是聊工作？莫非他那里有了什么去处，要把我推荐过去？要不就是……北师大这里有了什么动静？

这种猜测刚冒头，我就把它摁下去了，因为我觉得不可能。我知道自己还算努力，但并不认为自己有多出色。更重要的是，此前童老师从未跟我透露过他这方面的任何想法，就连含含糊糊的暗示也没有。既如此，怎么可能会突然来这么一下呢？

就像第一次去童老师家那样，我又一次找不着北了。

下午，我在童老师约定的时间去了他的办公室。入座之后，他开门见山："赵勇，我决定把你留下来。"

我有点"晕菜"，好像是在梦中。我能够清晰地意识到的是，折磨了我一中午的那块石头终于落地了。

随后，他说出了留下我的理由：一、科研能力比较强；二、人实诚，且比较成熟；三、机会好，正好有名额。

童老师还说："把你留下来，也与教研室的老师商量过。有老师说'赵勇各方面都还不错，就是年龄有些大了'。我就答复他说'这一次我就是想留个年龄大的'。"

说到最后，童老师叮嘱我："这个事呢咱们就这么说定了，你的名字随后要以人才招聘的名义在北师大网站公布出来。所以，你不能去别的地方投简历找工作了，接下来要安心写论文，把你的论文做好。"

事到如今，我必须承认，在留校这件事情上，童老师并没有征求过我的意见。但他仿佛摸透了我的心思：除此之外，还能有什么更好的选择呢？说实在话，在童老师找我谈话之前，我并非没有其他想法。但多少年来，我不是一直在寻找着自己的归宿吗？不是一直把读书、教书、写书看作是自己孜孜以求的生活方式吗？既如此，童老师命令我安营扎寨、起火生灶，我还有什么可纠结的？为什么不把母校当成自己后半辈子的安身立命之所呢？

几天之后，我终于平静下来，一门心思投入到博士论文的写作之中。对于童老师的信任，我无以为报，只能恶狠狠地与博士论文较劲了。

2014年三四月间，我们这里又准备进人了。童老师有次在电话里跟我说："进人是件很麻烦的事情，需要考察的东西很多。现在的进人方式其实已经退步了。只是通过半小时左右的试讲，哪能看出什么东西呢？当年之所以把你留下来，那是我观察了你两年多，然后才发现你是老老实实做事情的，有什么是什么，不加掩饰……"

不加掩饰——这是童老师对我的评价。这个评价实实在在的，让我觉得温馨。那一刻，我的心里涌出一种久违的感动。

四

直到童老师去世之后，我们才精确统计出童门弟子的人数。仅童老师带出来和未毕业的博士，便有近80人。

有时候我会想，对于大部分的童门弟子来说，能够聆听老师教诲的时间不过三年，即便加上攻读硕士学位，顶多也就五六年。其后，他们渐行渐远，老师的声音形象也就定格在那段时光里，成为一种珍贵的记忆。这种记忆当然会有所添加，那是因为后来的相遇、造访或电话，但终究来去匆匆，不可能那么稠密了。

但是对于我来说，却不是 3 年，也不是 6 年，而是整整 16 年。如果从我第一次见他、第一次考博算起，已有 20 年的时光倏忽而逝。岁月如此漫长，记忆便流成了河，开成了满山遍野的花朵。

"锦瑟无端五十弦，一弦一柱思华年。"

现在想来，能够有幸被童老师相中，这应该是我这辈子最大的福气。否则，我哪里还有机会不断地让他耳提面命？哪里还能零距离地看到他的喜怒哀乐？

说一件让童老师震怒的事情吧。

那是 2006 年，那一年我又一次申报教授职称，科研成果名列前茅，但在院一级的评审会中却被投成第四。当年学校只给了文学院三个名额，这意味着我将出局。听说结果后，童老师出离愤怒了。他认为这种评法，评的都是年龄和资历，与学术无关，已无任何公正可言。他告诉我他要站出来，把他的另一副面孔露出来，向不公与不义宣战，向这种评审的潜规则开火。

果然，他站出来了，像一头威风凛凛的狮子，但他又是一位战略家，讲究的是"塔里点灯，层层孔明诸阁亮"的美学效果。他给我分析，这个事情得从何处入手——何处建厅、何处开户、栋需何木、梁用何材。俟布局了然，他开始挥斥运斧了。结果，校方怕事情搞大，便在常委会上专门讨论我的问题，最终决定增加一个名额息事宁人。我心里很清楚，增加名额并不是童老师斗争的最终目标，但为顾全大局，他不得不妥协了。即便如此，他已开创了北师大的记录，因为有史以来，还没有谁为了别人的职称如此抗争过；即便抗争，还没有谁能把这一仗打得如此漂亮，以一己之力让这个傲慢的体制晃动起来。

但是，我却从来没有在公开场合讲过这件事情，甚至时过境迁之后，我在私下场合也不愿再说了。因为说得越多，招惹的人就越多。在复杂的人际关系网络中，不同的人会对童老师的做法有不同解读。我不希望童老师因为我而被别人窃窃私语。

童老师却并非如此。我知道，这么多年来，我的职称成了他常讲不衰的一个话题。

2010年9月11日，我陪童老师去华东师大开会，坐动车，10小时，家长里短聊一路。那一年我47岁，童老师74岁。

第二天中午吃饭时，我与师兄陶东风坐在一起，童老师不在那桌。

陶老师说："教师节时我们与童老师聚会，他可是讲了你上职称的故事啊，没想到那么惊心动魄！"

我开玩笑："是不是像美国大片……《拯救大兵瑞恩》？童老师以前应该跟你们讲过吧？"

"讲过，"陶老师说，"但以前都是泛泛而谈，这一次讲得特别详细。讲完之后童老师还总结了一下，认为这是他这辈子办成的三件事之一。"

"另两件呢？"我赶紧问。

"一是建成了文艺学研究中心，第二嘛……让我想想，好像是当年在研究生院工作时做过一件什么事情。我记不太清了。"

我陷入深思。我知道童老师把我上职称的事情看得很重，但万没想到会重到如此地步。那一刻，我忽然明白了一个道理：我上职称，上的结果是我的，但上的过程却是他的。那是他心目中的一件作品。

2014年10月17日，我去北师大出版社开一小会，学术著作分社社长谭徐锋先生在场。一见我他就说："您就是赵勇老师啊，我是从童老师那里知道您的名字的。最近我去童老师家聊选题，他给我讲起了你上职称的故事。他还说，他要写个小说，题目就叫作《赵勇评职称》。"

"赵勇……评职称？这题目？哈哈哈哈。"

笑过之后忽然就想起9月份童老师曾打电话于我，说别的事情，说着说着就又扯到了我的职称，他给我讲了当年的一个细节之后说："我要以你上职称这个事为题材，写成小说。你也可以再去调查调查，搜集一些素材，把它写出来。"

我说："童老师您放心，这件事情我肯定是要写的，但不是现在。"

五

是的，我要把这件事情写出来。

不仅仅是这件事情，在童老师那里，可写的东西实在是太多。比如，童老师与诸弟子的故事？可以写。童老师与两位诺贝尔奖得主的故事？也可以写。童老师带领我们冒着生命危险编写高中语文教材的故事？还可以写。童老师狠狠批评或者说是骂我的故事？更可以写。童老师去世前后发生的故事？太可以写了……能写散文的写散文，写不成散文的写小说。童老师不是说过小说是越写越多，散文却越写越少吗？童老师不是很喜欢汪曾祺吗？汪曾祺不是年届花甲才重操旧业写开小说了吗？小说，说复杂很复杂，说简单也简单。实际上，小说是一种无奈的文体、忧伤的文体，是写不成散文之后的变形。当现实精彩得连小说都自愧弗如时，哪里还需要什么虚构？虚晃一枪就足以解决问题了。

在童老师的启发下，我仿佛破译了小说的写作密码。这应该是他最后教给我的一招。

但是，我现在还不敢轻易下笔，生怕把这些好素材写坏了。

我需要距离，因为距离不仅产生美，而且还能沉淀出真。

我也需要寻找写作的契机，因为，重要的不是故事讲述的年代，而是讲述故事的年代。

也许，只有在讲述故事的年代里，那些故事才能被我从容讲述。而现在，我还没有找到心情和笔法。我只能写出局部的真实，其实那只是冰山一角。

但真实往往又是比较残酷的，有时候它更适合珍藏，却不适宜讲述。

比如，在许多人眼中，童老师是强者，也是我们这个时代的骄子。但是，我却看到了他晚年的孤独，他像是《老人与海》中的那个圣地亚哥。因为孤独，所以他要言说乃至倾诉。他见面的时候说，不见面时就打电话说。他慢条斯理地说，他童言无忌地说，他高兴地说，他伤心地说，他详说，他略说，他说呀说，说说说，谈人生，评人物，叹人事，讲故事，故事里面套故事，提起簸箩斗动弹……

童老师是有故事的人，也是讲故事的人。许多时候，我只要竖起耳朵就可以了。

学会倾听，其实也是一门学问。

六

年头岁尾，文艺学研究中心总是要开一次会的。这样的会议在 2014 年 12 月 12 日下午 3 时又一次召开了。

谈到来年的课题申报时，李春青老师对大家说："赵勇现在手头已没有课题了，明年都招不成学生了。"然后他转向我："明年你是不是申报一个？"我很消极，说："我无所谓，申不申报都可以吧。"李老师就急了，嗓音也提高了好几度："赵勇我跟你说，这个事情可不是求你。你要是不申报，我这里还有备选的。"

李老师说的是重点研究基地的课题，归教育部管。

童老师插话了。他听说我已招不成学生，有些吃惊，便问我是怎么回事。

我无法招生的事情一直没跟童老师说过，不是不敢说，而是不想说，以免让他老人家忧虑（事实上，从9月初开始，童老师的身体便又一次成为大家担忧的事情）。但我跟我已毕业和未毕业的学生说过，并让他们广而告之，以便有意投考者另择高枝。事情是这样的：几年前，北师大开始试行博士生导师招生经费配套制度，招第一个学生时，人文学科的导师必须从自己的课题经费中拿出3000块，名曰助研津贴（学校出大头，给学生每人每年9000块；导师出小头，须给学生配套1000块）。导师没课题，就交不出这笔钱（其他途径出钱一律无效，必须从学校备案的课题经费中扣除）；交不出这笔钱，就取消你的招生资格。

我对申报课题一直兴趣不大，只是因为童老师的推动，才在2007年弄下个教育部的课题。因为拉着几位朋友入伙，分到每人手中的课题经费只有20000块。到2011年前后，我这笔经费中已无钱可扣。但当时制度刚在试行，还可以打擦边球，于是我就向有课题的老师借钱招生。2012年年初，一位副校长到文学院调研，说起导师交钱招生一事，大家意见很大。副校长便承诺说，以后导师招第一个学生可以不收钱。但副校长的话只管了一年，后来就又照收不误了。

童老师并不知道其中的这些曲折，于是我简单解释几句后，说："童老师，我已经借钱招了两次学生了。头一次跟爱斌借，第二次跟老方借。今年我不想再借了，也不让再借了……"话还没说完，童老师便打断我："这个事情你怎么不跟我说？你可以跟我借啊。"说着这些时，他正半靠在沙发上，仰面怔怔地盯着站起来的我，目光中一半是关切，一半是责备，仿佛我没跟他张嘴是一个重大错误。

我心里一热。显然，我是被童老师的这句话击中了。但我的犟劲也上来了，并没有借坡下驴，而是延续着自己的思路："事不过三啊童老师，我哪能老是觍着个脸跟别人借钱呢？所以就干脆退出这种游戏，大家都省事。"

童老师见我情绪冲动，又开始犯愣了，便劝我："赵勇，我跟你说，你这样下去是不行的。回去后你还是得考虑个题目，去申报一下。博士生招生不能断了，断了不好。"

我不置可否。此前，我与童老师不止一次讨论过拿项目做课题的弊端，他对我不去申请课题的真实想法应该是知道一二的。但有无课题又事关能否招生，性质似乎也就发生了变化。胳膊扭不过大腿，我想，当童老师劝说我时，他应该也充满了无奈。

年底，收到了社科规划办《关于做好 2015 年度国家社科基金项目申报工作的通知》，起初，我并没有当回事。过年从老家回来，忽然想起童老师的那番话，便又开始犹豫了。申还是不申，在别人那里也许非常简单，但我仿佛遇到了哈姆雷特式的命题。

离交表的截止日期只有两天了，这时候，我才打起精神，开始填表。想出的题目并不陌生，进展便也顺利，但毕竟弄得匆忙，也就对这次申报没抱什么希望。

5 月中旬，有消息灵通人士告我，我的课题已经通过。

6 月 11 日上午，接连收到三个短信或邮件，都是向我道喜。这时候我才意识到课题开始了公示，便去国家社科基金的网站瞧了瞧。果然。

我没什么好兴奋的，但心里却动了一下：应该把这个消息告诉童老师，让他不要再为我的事情操心了。是打电话说还是写一个简短的邮件呢？犹豫了一会儿，又想到过几天我要外出，那时候肯定是要给他打个电话的，何不届时捎带说起？想到这里，就忙着备课去了。第二天我有两门课，那也是我这学期的最后两次课。

三天之后，童老师在金山岭长城溘然长逝，我再也跟他说不上话。

2015 年 8 月 6 日写
2015 年 8 月 18 日改

落花无言　人淡如菊
——忆念陈传才老师

一

很可能我是从李勇那里知道陈传才老师的名字的，那是
1989 年。

1985 年，我与曾经一起复习过的同学李勇一并被分配到
晋东南师专中文系。到那里不久，我们就立下了考研究生的宏
愿。两年之后，我们一起走进考场，但我性子急，当年便选择
"代培"去了山东师范大学。而李勇则稳扎稳打，深谋远虑，于
1989 年考到了中国人民大学陈传才老师门下。从此，陈老师的
名字就挂在他嘴边。那时候，我并不知道我后来会与陈老师越
走越近，以至结下二十多年的师生情谊。

1995 年，当我第一次考博失败后，我想一鼓作气，接着再

来，却被时任校长王守义先生拦住了。他说："刚破格给你升了副教授，你就想拍屁股走人，那哪儿行啊。你得给我干两年。"我说："王校长，那咱们一言为定。这两年我绝口不提考博的事情，两年之后你还得放我一马。"王校长说："好好干，到时候再说。"

两年之后，我拎着"君子协定"找王校长了。他舍不得放我走，自然是左规劝右挽留。我说："考博士又不是一考就中，你先让我报名试试嘛。"在我的软磨硬泡下，王校长终于松口了。——直到现在，我对王校长依然心存感激。他既有校长的威严，又有学者的情怀。因为这情怀，他才意识到考博对于个人发展的重要性，也才会为我网开一面。如果他是个官僚，仅凭我这张笨嘴是无法掀动他那颗恻隐之心的。

因报名来之不易，这一次我决定同时报考两处了。北师大童庆炳老师那里依然是主攻目标，但另一处选谁好呢？想来想去，想到了李勇的导师陈老师。于是我让李勇向陈老师引荐，又让陈老师的老学生、师专的崔月恒老师向陈老师推荐。双管齐下后陈老师很重视，他给我提供了博士生李建军的地址，要我向他咨询外语情况。我给李建军写信，他很热情，回了我满满两页稿纸，详细罗列和解释一番英语的题型及考法。那是我与建军兄友谊的开始，虽然后来有三年我们未通音问，直到在"'季节'系列长篇小说作者王蒙与研究生讨论交流会"上才再次见面。

复试的时候，我见到了陈老师。他个子不高，身板却很硬朗，说话时中气十足，声若洪钟，但又透着一种亲和力，让人一下子就消除了距离感。因为陈老师的亲切随和，我在复试小组的老师们面前也放松起来。有老师问："你最近在读什么书啊？"我说了几本，然后便提到了王德胜。我说："王德胜的《扩张与危机：当代审美文化理论及其批评话题》我一直想找来读读，但我们那个小地方买不到。昨天笔试完之后我跑了一趟北师大，终于在出版社的读者服务部买到了。"大概是我描述买这本书时喜形于色，伸胳膊撂腿，立刻就引起了另一位老师的不快。他说："你读这种书干什么？年轻人写的东西是不靠谱的。"这时候我才意识到擦枪走火，说错话了。幸亏陈老师发言打了个圆场，才让我下了台阶。

那一年我并未考中，不是因为我复试时满嘴跑火车，而是因为外语考得太差。半个多月后我又到北师大考了一场，依然颗粒未收，依然败在外语上——英语以4分之差不达60分的分数线。于是我只好厉兵秣马，苦练英语，准备迎接来年的考试，目标还是北师大和人大。那个时候我已考过童老师那里两次，给他留下的印象不错，但我拿不准他是否真想要我，这样，陈老师这边也就不敢含糊。1998年暑假期间，我给陈老师写信，大概表达了一番考博的决心，也顺便给他寄去一篇发表的近作。10月中旬，我收到陈老师的回信。他在开头和结尾写道：

赵勇同志：

　　近好！大概你的好友（在人大攻博的）已把明年人大招考博士生的目录寄给你了吧！我对他说："很希望赵勇再考一次，只要外语过得去，凭他的专业成绩是有希望录取的。"不知外语准备开始否？别忘记报名时间是10月15日—30日。

　　…………

　　总之，我期望你努力再搏，不必有过多的思想负担，身心放松一些，认真应对就是。外语细水长流，专业考试仍像今年初那样准备。待有机会，再畅叙一场。

　　匆此

　　大安！

　　　　　　　　　　　　　　　　　　　　　陈传才

　　　　　　　　　　　　　　　10月10日匆匆于人大家中

考博期间，我也给童老师写过信，他的回复言简意赅，通常半页多纸。但陈老师却写了整整两页稿纸。除了鼓励我努力拼搏、轻装上阵之外，他在信间还讲述了他迟复的原因：一是对博士生要求严格，他们的论文或选题要反复修改和讨论，于是赖大仁、李建军、邢建昌、刘登阁、范方俊的名字便出现在他笔下；二是他正在主编一本《文艺学百年》，已经写就的《新时期文艺思潮》一书也正在推敲之中。陈老师的鼓励让我温暖和感动，而他中间的那番言辞，其语气与口吻不像是与考生说话，却更像是与他亲近的学生聊天。陈老师没把我当作外人，成为他的学生也大有可能，这是我从信中读解出来的信息。于是我像打了鸡血，考博的劲头更足了。

二

应该是准备第二次考试时，我才认真阅读了陈老师和周文柏教授合著的《文学理论新编》（中国人民大学出版社1994年版）。人民大学的文艺学专业是马克思主义文艺理论的重镇，这本书自然也贯穿着马克思主义这条红线，但它并不"左"，也不是唯"马"是从，而是能融百家之长，对文学活动论、本质论、规律论和批评论进行实事求是的解读。书中有节"批评的科学主义与人文主义"的内容，那时我也读了陈老师《科学主义与人文主义的悖立与互补》（《文艺研究》1996年第1期）的论文，这节内容和这篇论文给我留下了极深印象。我觉得陈老师高屋建瓴，把这两种批评样式或文艺思潮说透了。

来年3月、4月，我又跑了两趟北京，信心满满地参加了两轮考试。5月上旬，我先是与童老师通话，得知我专业成绩排名第一，外语也正好过线，录取已无任何问题。随后我又接到人民大学（似乎是金元浦老师）打来的电话，说我已被录取，但因为外语稍差，需要自费上学。在公费与自费之间，我当然要选择前者，但在童老师与陈老师之间，我却有些纠结。那个时候，我与两位老师虽只有几面之交，但凭直感，觉得童老师既高冷，又严厉，在他手下读书，日子不一定好过。相比之下，陈老师则显得和蔼可亲，坐在他面前聊天，觉得身心舒展，有一种如沐春风的感觉。——后来我跟随童老师读书，果然听到了许多八卦掌故：谁谁谁被童老师训斥得涕泗滂沱，某某某被童老师收拾得浑身哆嗦。而我那三年也是"压力山大"，眉头紧锁，仿佛过着巴赫金笔下的"第一种生活"。直到后来与他处的时间长了，才意识到他就是明代画家顾凝远所谓的"深情冷眼"：他对学生用情很深，却不一定会给你个好脸。

我的这种纠结一直延续到"1999世纪之交：全国文论、文化与社会学术研讨会"上。那年5月中旬，我赴南京师范大学参加这次会议，恰好童老师和陈老师也双双与会。记得刚见到陈老师，他就兴奋地对我说："祝贺你啊赵勇，你已经被我们录取了。"这时候我才无限歉疚地对他说："我还考了童老师那里，那里也被录取了，而且是公费上学，所以琢磨来琢磨去，我还是决定去童老师那里读书。"听我说完，陈老师的表情僵了一下，但马上就又笑逐颜开了，说："去童老师那里也挺好，我跟老童很熟悉。"我说："陈老师，看来我只能做您的编外学生了。"

现在想来，我当初的选择可能让陈老师有些失望，因为我后来在他的回忆录中读到："我们招生是很严格的，严进严出。要求学生要有艺术感受力、理论分析能力，写作的基本功也要扎实。我很重视面试，面试时主要看的就是这三项。不过当时人民大学非常重视外语，而很多人专业知识很好，只是外语不及格。于是，我向学校尽力争取，'外语不及格，可以慢慢学，可是文艺的感受力、理论的分析能力、写作的基本功就不是慢慢学就能学得好的'。最后学校同意了，破格录取了他们。"[1] 很显然，我那年能被人大录取，应该就是陈老师极力争取的结果。但当时陈老师却没跟我说这些，他是怕我内疚吗？

实际上，我那时已经开始内疚了。如今我答复学生考博时，总会主动提出让他们多报几所学校，多选几位导师，但在当时，我自己报了两所却觉得是不忠不信。尤其在陈老师面前，我好像成了个骗子。因为内疚，也因为会议期间我向童老师执弟子礼但他却依然高冷，我心里就纠结成一疙瘩蛋。我把这种纠结讲给吴炫、沈立岩等几位新认识的朋友，他们开导了我一番，我才稍稍心安了些。

几年之后，我才知道了童老师不冷不热的原因。那次会议

---

[1] 陈传才：《追寻历史的痕迹——陈传才回忆录》，北京：回忆久久出品（非正式出版物），2015年，第145-146页。

他随身携带着一位博士生的毕业论文，白天忙开会，晚上看论文。而博士生则跟到了开会现场，等候发落。陈老师后来跟我说："他怕童老师怕到什么程度呢，他是先找到了我，然后央求我说'陈老师啊，您能不能找找童老师，帮我和他通融通融，他对我的论文可是不太满意啊'。然后我就去找老童了。"——原来如此！童老师正与"博文博主"生气、撮火，他哪有心情给我好脸？

读博三年，我与陈老师联系不多，只是偶尔打打电话，向他汇报一下学习进展。当他得知我要与法兰克福学派较劲时，便反复提醒我要读读杰姆逊，于是杰氏之书便被我一网打尽。那一阶段，陈老师也忙碌着，不停地撰写着著作文章。一转眼，就到我博士论文答辩的时候了。

因为我这个选题难度不小，也因为我这只笨鸟没有先飞，我的论文迟迟无法提交，为此，我又领教了一番童老师的冷眼和甩脸。最终，童老师只好单独给我安排了一场答辩，时间是2002年6月14日下午3时，那已是要求完成答辩的最后日子。事先拟定答辩委员会名单时，童老师问我意见。我说："请陈传才老师当答辩委员主席如何？"童老师说："好啊！就这么定了。你把论文送他一本。"

去陈老师家取评议书时，他先是狠狠夸我一番，接着又指出了论文存在的问题，让我出版时注意修改。接过评议书，我见他用蝇头行楷写了满满两页纸，最后的定评是："这是一篇学术质量很高、讲究学术规范的优秀博士学位论文。"更让我没想到的是，另附的那张评分表有六个评审项目，其中四项他各打98分，另两项一项97分，一项99分。

——天呐！

学生总是很在意分数的，虽然那时我已是一名老学生，但看到陈老师出手如此大方，还是隐隐有些激动。当然我也知道，如此高分，一半可能是因为论文，另一半应该是陈老师对我关爱有加。

答辩结束后不久，我就被童老师留在了身边，随后是举家来京的事情。儿子上学好说，因为北师大有政策，这样，他就顺利插班至北师大实验小学，那是许多人打破脑袋都想进去的学校。但是，妻子的工作却成了问题。有一阵子，童老师帮我问过两个单位，我也发动朋友出主意、想办法，但都无果而终。年头岁尾，我们全家去给陈老师拜年，自然也就说起了找工作的种种麻烦，陈老师便问我妻子："想不想去中学教书？如果愿意，我给你问问李建军的爱人小陈。她在一所中学工作，我让她来推荐一下。"妻子原在师专任教，"下嫁"中学一直有些犹豫。那时我与李建军也仅有两三面之交，麻烦他爱人似也不好。但既然陈老师出面张罗，我说那就问问吧，有枣没枣打一杆。

大概是因为陈老师布置的任务，小陈老师很上心。不久，妻子就接到了那所中学的面试通知。面试完毕，妻子还在路上溜达，电话就打到了家里，说已被录用，准备办手续吧。我把这个消息告诉陈老师，他很高兴，说："这样你就没有后顾之忧了，好好做事情吧。"

三

我做起了事情，但刚留下来那几年，事情比肩接踵，成群结队。童老师让我担任文艺学研究中心的秘书，那里有一摊事情。"非典"期间，童老师带领我们编写开高中语文教材，我被封为编写小组秘书，达三五年之久，又是一堆事情。除此之外，还有作为副主编跟着童老师编写《文学理论新编》的事情，担任本科生班主任的事情，当着博士生辅导员的事情，上课的事情，修改毕业论文的事情，做课题的事情，买房子的事情，上职称的事情……事情一多，便既有喜事临门，也有糟心事"才下眉头，却上心头"。这时候，我就会想到陈老师。于是我或电话请教，或当面倾诉，他也总能给我想出办法。尤其是在童老师的事情上，我更是要找他拿主意了。

2006年4月14日，文学院一位教授主持的国家社科基金重大攻关项目开题会在北师大举行，童老师、陈老师和程正民老师作为专家出席。承蒙课题主持人厚爱，我与季广茂也共同负责其中的一个子课题，而子课题的大致构想则是由我执笔撰写的。专家发言时，陈老师只是从大处着眼，并没有对各个子课题提出具体意见，但程老师却发现了问题。他说："这个课题是以马克思主义为指导，却又要突破主流意识形态的控制，这怎么行？这是自相矛盾啊。"我心想坏事了，程老师是在说我们的子课题政治不正确。设计这个课题时，我正好读了一本特殊的书，便借助其观点，对延安《讲话》以来的毛泽东文论提出了质疑。我和季广茂都觉得，这样设计，形成问题意识，才有助于问题的展开和深入。但程老师却目光如炬，点到了这个子课题的死穴。

程老师发言期间，我便扫了几眼童老师，发现他脸上乌云密布，那是刮风下雨的前奏。果不其然，轮到他发言时，他一板一眼地说："你们这些说法问题很大，这是不符合马克思主义的！"接着他又举了他的一个老学生的例子，说："这个学生当时跟着我做课题，本来这就是体制内写作，但他却写了一大堆反体制的东西。他就是听香港台听得太多了！"或许是碍于陈老师和其他外人在场，童老师并没有大发雷霆，但我已意识到这番言辞的分量。童老师刚说完，课题主持人便立即自我批评："是我把关不严，没有注意到这段文字。"

会议一结束，季广茂就跳起来了，他跟我说："用马克思主义作为指导思想来研究马克思主义，这怎么研究？只能是拍马屁！"他拽着我就找主持人，马上表达了没法研究的想法，甚至说要退出课题组。

当天晚上，童老师把电话打到我家，首先问我那段文字是谁写的。我说是我写的。一听是我写的，他声音立马提高八度，劈头盖脸就把我臭骂一顿。我试图解释，他却不让我说话。大约收拾了我十分钟后，他说："我不跟你说了，否则我越说越生气。"说完这句，他就把电话撂了。

我还算比较坚强，在童老师的猛烈炮火轰击下，我既没"滂沱"，也没"哆嗦"，但我确实被这顿炮火炸晕了。我没想到因为这件事情童老师会发这么大的火。这可如何是好？

第二天上午，我就把电话打到陈老师家里。我说："陈老师您也看过那段文字，果然问题很大吗？"陈老师说："我觉得没有太大问题，只是一些表述不大合适。"于是我把童老师电话中发火的事情描述一番，然后说道："我这回可是把童老师惹毛了，不做这个子课题行不行？"陈老师说："你们要是不做，老童会更不高兴。你呀，先给老童认个错，他的脾气我清楚。等你们做开这个课题后，我来帮你出主意。我写《文艺学百年》时涉及过这一问题。"我说："这本书我没见过啊。"陈老师说："我这儿还有书，等你闲时过来拿。"

给陈老师打完电话，我就开始打腹稿整词，然后把电话打给童老师，"灵魂深处闹革命，狠斗私字一闪念"。这一招果然有效，童老师听我认错态度诚恳，语气便缓和了许多，又语重心长地开导我一番，然后多云转晴了。

"打是亲，骂是爱，爱到深处用脚踹。"这一次我算是理解了这句话的深意。不久，童老师为了在我评职称的事情上讨个公道，让我感念不已。当我把这件事情讲给陈老师时，他评论道："没想到老童为了你的职称这么拼命。这就是老童的性格，关键时刻他敢于亮剑，不怕得罪人！看来，他那时批评你是有道理的。你马上要评职称了，他不想让你授人以柄。老童是下棋看五步啊。"

所以，童老师收拾完我之后，我很快就释然了，但他发火的原因却一直萦绕于心，久久不能释怀。文艺理论这个圈子里有几位著名的左派人士，与他们相比，童老师显然不左，但为什么一涉及毛泽东文论他就大动肝火呢？这个问题我断断续续想了几年，也有了朦朦胧胧的答案，但我依然有些疑惑，于是十年之后，有了我对陈老师的那次访谈。

童老师去世后，我曾有过一个庞大的访谈计划。我想访谈他的朋友、对手、学生、亲戚、儿子、保姆，以便"横看成岭侧成峰"，尽可能呈现出他老人家的不同面貌。然而，我只是访谈了一下陈老师和童老师的弟弟童庆炎老人，这个计划就搁浅了。搁浅的原因：一是忙，我分身无术；二是我发现，即便我访谈成功，由于种种禁忌，童老师的故事也无法完全公之于众。

我读过《童庆炳口述历史》的电子版，觉得他讲得真实可信。这本书三年前就说要出版，但后来却没了下文，大概就是这一原因吧。

为了访谈陈老师，我做了一番功课。就是在读他的书时，我发现了一个小秘密：陈老师出生于1936年12月27日，与童老师是同年同月同日生。

2016年4月的一个上午，我与妻子走进陈老师家中，访谈就是从他们两位的生日开始的。陈老师说："我跟老童大概是在1984年的一次会议上相识的，当时的话题是丁子霖。他问我：'你对丁子霖印象如何啊？'我说：'丁子霖是我同学，印象很好啊。'从那个时候开始，我们两人就有了交往，然后就越走越近，很能谈得来，原因是我们俩的做派比较相近，就是不左。"谈到南京会议的那场争论，陈老师说："老童毕竟有点跟我不一样，我还有基层工作经验，老童他缺乏基层工作经验，所以他有时候在处理人际关系方面，就缺少一种回旋，他是比较直来直去的。我呢还是比较强调知识分子之间应该含蓄，应该面子上过得去。"所以从那次以后，那人就与童老师结下了梁子……

那次访谈收获很大，我弄清了童老师与左派学者争论的起因，也坚定了我对童老师的判断：他应该是一个不左的"左派"，不右的"右派"。而在陈老师绘声绘色的讲述和客观评论中，童老师的个性仿佛也更加鲜活了。

四

访谈陈老师时，我特意带去《文学理论新编》一书，请他签名留念。因为这本书勾勾画画甚多，批注不断，那上面的每一页都浸透着我的考博记忆。而陈老师则大笔一挥，特意把落款时间写成了"九八年"。他仿佛是在提醒我，那是一个值得珍藏的时间节点。

我在前面说过，当年我读这本书时，其中的感受之一是它"不左"，而这个"不左"又在我访谈陈老师时得到了明确印证。那是他与童老师越走越近的重要理由，也该是他为人处世做学问的突出特点吧。

那么，陈老师琢磨了一辈子文论，什么又是"不左"的马克思主义文艺理论呢？记得那年访谈他时，"不左"曾在我心中盘桓数日，但我当时并没有认真思考。如今，当我再一次面对这一问题，特别是也把童老师的学术人生代入其中时，答案渐渐浮出水面了。

我在《陈传才自选集》的"自序"中看到，陈老师是非常认同马克思主义哲学世界观、方法论的指导作用的，但是他并没有把马克思主义当作教条，而是强调了它的"与时俱进"："它不断地从人类文明的新创造（包括各种不同的理论、思路、方法）中获得丰富和发展自身的思想资源和实践经验。"紧接着他举例道，当代中国的文艺发展，存在着如何认识个人化写作与宏大历史叙事的关系问题，也存在着如何评价文学在雅俗互动中形成的"化大众"与"大众化"的话语并置问题。"论者若能以马克思主义的辩证思维为基础，结合运用和而不同的传统思维或当代多元共生的思想，就会形成亦此亦彼、双向逆反的阐释机制。""所以，文艺理论批评应以两极兼容的思维方式引导作家形成个人化与社会化悖立、互动的创作机制，避免因彼此失重而造成艺术之缺失。"[①]

"两极兼容，亦此亦彼"——这就是我找到的答案。而这个答案在我琢磨童老师的思维方法时就已现身。童老师曾经回忆，"文革"期间他曾反复读过恩格斯的《自然辩证法》，虽然因缺乏专门知识读不大懂，"但因为看的遍数多了，其中一些具有启发性的思想，后来对我的学术研究起了很大的作用。如恩格斯在书中提出对于某些问题的理解，不一定非此即彼，可以'亦此亦彼'。这是一种思考问题的重要方法，我不但记住了它，而且后来看问题，就往往采用'亦此亦彼'的方法"[②]。陈老师肯定是熟读过马恩经典的，当他看重"亦此亦彼"时，是否也是

---

① 陈传才：《当代文艺理论探寻录：陈传才自选集》，北京：中国广播电视出版社，2008年，第4页。
② 童庆炳：《又见远山 又见远山：童庆炳散文集》，北京：高等教育出版社，2016年，第157页。

从恩格斯那里受到了启发？如此看来，他能与童老师一拍即合，除了同声相应、同气相求之外，其思维深处还同频共振着"亦此亦彼"的旋律。虽然这种旋律在两位老师那里，一者更柔和，一者较刚烈，但它们都拒绝"非此即彼"的不协和音符。而在我看来，"左"固然有种种表现，但非此即彼，唯我独尊，形而上学，"西马非马"，显然应该是其主要的思维路径。

　　实际上，在陈老师对文艺理论问题的相关思考中，便回响着"两极兼容"和"亦此亦彼"的妙音。他说："对于告别盲目崇拜权威的思潮和非理性的狂热心态，王朔的解构话语具有重要意义，然而，那些调侃因缺少清醒的现代意识和明确的价值构建目标，又只能沦为某种情绪宣泄。"他说："张承志与张炜的'抗战文学'具有神圣而痛苦的忧思，令人敬佩，但是，他们却忽略了文学对人生的终极关怀必须以对人生的现实关怀为基础。"如此这般之后，其终极关怀就只能成为审美乌托邦和信仰神话。他还说："文学并非只具有审美本质，它还内含某些非审美的成分，如作家的现实忧患意识、社会责任感与历史使命感等，因此形成了文学审美的动态、开放系统，非审美也理应成为文学审美的复杂方程式中的某些因素。"[①]

---

① 陈传才：《当代文艺理论探寻录：陈传才自选集》，北京：中国广播电视出版社，2008年，第165页。

坦率地说，读到陈老师的这番话时，我着实是两眼放光，拍案叫绝，仿佛钟子期听到了高山流水之曲。想起前两年我琢磨童老师的文化诗学话语，忽然发现他那里的"审美中心论"插不进针，泼不进水，重于泰山，坚如磐石。但问题是，一旦童老师把"非诗意"和"反诗意"的东西拒之门外，他也就关闭了与更复杂的文学文化交往互动的现实通道。职是之故，我才写出了《从"审美中心论"到"审美／非审美"矛盾论——童庆炳文化诗学话语的反思与拓展》(《北京师范大学学报》2017年第6期)的长文，以期能与逝者对话，让我们这个中心倡导的"文化诗学"具有更大的包容空间。万万没想到的是，早在1999年，陈老师就以审美与非审美的思维方式谈论开文学问题了。这很可能意味着，陈老师虽然是老一代的马克思主义文艺理论家，但是在文学的审美本质问题上，他不但不保守，反而远比我们这些年轻人还要先锋！

可不可以说，同样是"两极兼容，亦此亦彼"，但陈老师的思维要更富于弹性？而童老师一不留神，却有可能陷入陶东风曾经批评过的"本质主义"窘境？当然，话说回来，这也正是童老师的可爱之处。倘若他在偌大年纪没有高举"审美"大旗冲锋陷阵，威风八面，那他就不是童老师了。刘勰说："风趣刚柔，宁或改其气。"(《文心雕龙·体性》)此言得之，此言甚好。

如果能早一点读到陈老师的这些文字，我本来是可以去他家里好好请教一番的，但现在为时已晚，只能独自揣摩了。

五

陈老师住在回龙观龙腾苑二区，这是他的新居。他在人大的那个家我只去过五六次，但这个新居我却去过无数次。

陈老师应该是 2004 年乔迁新居的。记得第一次到他新家，我与妻子参观了那个二百多平方米的复式结构大房子。我说："陈老师，您这是楼上楼下，电灯电话，已经进入共产主义了。"陈老师脸上就乐开了花，师母岳老师也乐得合不拢嘴。然后陈老师就讲起了这个房子的来历，花了多少钱把它买下，又花了多少钱给它装修。末了他说："我们老俩就在这里安度晚年了。"

那几年应该是陈老师最快乐的时光。他真正退休了，过起了逍遥自在的退休生活。用他的话说，是"逐渐摆脱了名缰利锁的束缚，人也好像轻松多了，不去追求学术上达到什么样的高度了"[1]。这当然是一种人生境界，不是每个人都能做到的，我身边的童老师就并非如此。当陈老师做完减法之后，童老师却"老骥伏枥，志在千里，烈士暮年，加法不已"——写专著，编教材，当首席专家，成资深教授，跟米勒对话，与学生论争，甚至还要拉起一哨人马，撰写系列儿童读物，欲与罗琳试比高。有他老人

---

[1] 陈传才：《追寻历史的痕迹——陈传才回忆录》，北京：回忆久久出品（非正式出版物），2015 年，第 169 页。

家率先垂范，无名小辈如我者就更不敢懈怠了，于是那些年我也忙得昏天黑地、晕头转向。但是，每当我累得大喘气时，我又总想带着妻子去找陈老师聊天。陈老师聊聊李勇一家，聊聊李建军一家，再聊聊人大的新闻趣事，我则聊聊工作、学业、童老师以及师大的八卦。在互通有无中，我发现我的血液循环顺畅了，身心变得舒展了。——后来我想到，我每天就连说话都充满了明确的功利目的，唯有与陈老师对谈时才是真正的聊天：天南海北，漫无边际，有一搭没一搭，无目的合目的。

聊天的地方固定在客厅楼梯下那张宽大的饭桌旁。陈老师通常坐在靠近楼梯处，我与妻子则坐在他对面，岳老师背对着窗户，坐在桌子的一侧，像是主持着双边会谈。有时我带着儿子同去，这个格局就会稍有变化。通常，陈老师会泡好一壶茶，给我们的茶杯蓄满水。通常，是陈老师主讲，岳老师则在一旁敲边鼓帮腔。陈老师说，有评委跟我讲，李建军的《小说修辞研究》本来能得鲁迅文学奖，临到最后，有个评委说，书中批评贾平凹的个案导向不好，结果没上去。岳老师说，估计那个评委是贾平凹的吹鼓手。陈老师说，李勇的儿子去美国念书了。岳老师说，一年要花他好多钱呢！陈老师说，你现在可以悠着点了，身体最要紧。以前的老话说，身体是革命的本钱嘛。岳老师说，你要记住，谁笑到最后，谁笑得才最美。陈老师说，老童的性格有天真的一面。这种性格很可爱，但不知什么时候哪句话就得罪了人。岳老师说，其实还是书生意气。陈老师说，那天我把他叫到办公室，我说你什么意思？你搞什么名堂？我救了你，你却害了我。从此以后，我知道你就是一个豺狼。人不跟豺狼打交道！岳老师说，他在学校可是有一个外号啊，叫"人格太次郎"。他们就这样一唱一和地聊着，我们乐得哈哈着，饮茶话古今，谈笑坐怡怡，不知东方之既白。

有几年的时间，我与陈老师是可以对着抽烟聊大天的，但2007年3月初我去看望他时，陈老师却不抽烟了。问其故，他说："岳老师让我戒烟，我觉得抽了一辈子烟，也不能再抽了，所以两个多月前把它戒掉了。我劝你以后也尽量少抽烟。"临告别时，陈老师回赠我一盒酒，把抽剩的半包烟也塞过来，说："这个也给你，我用不着了。"

一年多之后，陈老师查出了肺癌。

2008年5月上旬，我与妻子去北京胸科医院看望陈老师，那时他还没做手术。一见面他就说："我身体一向很好，一辈子都没住过医院，这次是例行检查时发现了问题。"于是在五病区的506病室，我们又像往常那样开始聊大天了。这个病若是搁给别人，估计早就茶饭不思吓傻了，但陈老师处之泰然，侃侃而谈，甚至还问起我童老师的近况和马工程的事情。后来我在他的回忆录中读到，北医三院确诊后的第二天，正是他乔迁新居四周年的日子，此前他已决定请朋友和学生来家聚会。面对前来欢聚的人群，"我和老伴儿照样笑脸相迎，没有把病情告诉他们，他们也没有觉察出任何不正常的情况"[①]。老爷子可真是淡定！

那次在医院告别时，我掏出准备好的 2000 块钱给陈老师，那是我们的一点心意，也是我和妻子与建军夫妇商量的结果。但陈老师死活不收，他说："我要一视同仁。别人的钱不收，你们的钱也不能收。你们要是给我放下，就违背了我的做人原则！"话说到这个份上，我们只好把钱收回来了。

那次手术之后，陈老师很快就恢复了身体，我们又能快活地聊天了。

2011 年，我买了车。记得第一次开车去陈老师家，我就跟他嘚瑟："虽然周围的邻居不是开宝马就是开奔驰，咱开一高尔夫，都不好意思跟人家打招呼。但毕竟咱也是有车的人了。陈老师，以后您要是用车，尽管给我打电话，估计这些学生中我离您家最近。"但后来这六七年，陈老师从来都没给我打过电话。只是我们去看望他时，顺便开车带着他们老俩去超市采购了两次东西。

时间过得好快。从陈老师生病时算起，一转眼将近十年过去了。他去医院复查过几次，一切正常。我与妻子每次见他精

[①] 陈传才：《追寻历史的痕迹——陈传才回忆录》，北京：回忆久久出品（非正式出版物），2015 年，第 176 页。

神矍铄，都为他高兴着，觉得老爷子早已闯过了危险期，高寿应该不成问题。而陈老师显然也在向着延年益寿的目标挺进，他抄《论语》，练书法，心如止水，人淡如菊。偶尔有人采访，还是因为拗不过来者美意。有一次他告诉我，《文艺报》有他一个学术访谈，是学生反复动员的结果。回家后我立刻上网查，发现深居简出的他谈起文艺理论问题依然头头是道，切中肯綮。说到最后，他引龚自珍《己亥杂诗》一首，以此勉励学界同仁抵制诱惑，勤奋耕耘，如此才能成大器，铸伟业。[①] 这是老一代学者对后学晚辈的殷切期望。他引的那首诗我也很喜欢，立刻就把它背了两遍——"虽然大器晚年成，卓荦全凭弱冠争。多识前言蓄其德，莫抛心力贸才名！"

然而，更多的时候，他拿出来的却是另一种作品。2016年，他送给我们一幅画。绘画者是岳老师，而上面的字却是陈老师写上的。宣纸上，九个侍女亭亭玉立、栩栩如生，末尾则是"晋祠侍女，岳同画"的题签和落款。坦率地说，陈老师的毛笔书法还有钢笔字的笔风，但是却俊逸潇洒，别有风姿。

陈老师说："有画有字，算是我们共同的作品。这幅工笔画岳老师画了几个月呢，送给你们做个纪念吧。"

[①] 杨英杰：《以问题为导向推进文论创新——文艺理论家陈传才访谈》，《文艺报》2017年4月24日。

六

2017年12月上旬，因为要寄送中心刊物《文化与诗学》，我打电话与陈老师联系。每次与他通话，他都嗓音洪亮，铮铮然有金属声，但这一次我却听出了异样：说话明显中气不足，还不时伴随着几声咳嗽。我问他原因，他说："原来开刀的地方又长出个肿瘤，刚刚住了趟医院回来。"我心里一沉，想到李建军和李勇可能还不知情，便立刻把这个消息告诉他俩。12月下旬，我与妻子跑到陈老师家中探望。陈老师说："这个病其实是被耽误了。暑假前例行体检时就发现有点问题，但没去医院，而是吃起了他们推销的保健药品'天露液'，结果四个月花了60000块钱，发现问题还没解决，这样才去北医三院，一检查，发现有肿瘤。因为在那里得住院一周之后才有床位，只好又去当年做手术的北京胸科医院。先是消炎，半个月后出院，现在是吃药做靶向治疗。"

那一次陈老师依然健谈，只是说话的气道已大不如从前。聊了一个小时，我们就起身告辞了。

春节之前，给陈老师打电话拜年，我说："李建军给我布置了个写作任务，限时完成。我得迅速回趟老家，回来就得赶写这篇大块文章。等忙完这阵儿再去看您。"陈老师说："你先忙正事，看我的事情不急。"但实际情况是，写完这篇之后，我就启动了一篇接一篇的疯狂"还债"模式，再也没找出时间。

4月下旬，陈老师终于给我打电话了，说要用用我的车办点事。我说好啊，何时用？他说明天。我说没问题，上完课就往您家走。

第二天到他家，才知道是让我带他去附近的安达医院做检查。陈老师说："要是以前，这么近的距离我自己就可以走过去，但现在吃靶向药，虽效果不错，副作用却太大。稍走几步就大腿酸困。"我说："我早就说过您有事喊我，但您一直不愿意开口。以后您一定吭声。"到了医院，医生说还是先验验血比较保险，但验血须空腹。她建议陈老师礼拜六采血。出来医院，陈老师说："还有个事情，得找个邮局给我小姨子汇30000块钱。当时我生病她给寄了20000块，但她家境不好，现在我们回寄30000块。"我顺着陈老师的指点把车开到一个小邮局门前，适逢邮局电脑系统故障，便又到远处找大邮局。汇完这笔钱，正好已到中午，陈老师便留我吃饭。

饭间，陈老师给我讲开了人大文学院的人事变动。一提到文学院，陈老师就来劲，他又开始侃侃而谈了。

星期六和星期日，我又跑了陈老师家两趟，帮着他采血，取化验结果。医生说没什么大问题，继续消炎即可。但我仿佛有种不祥的预感，于是第三次去时我又带着妻子，拎着相机。待一切完毕，我与陈老师在医院附近拍照，又在他家门前留影。那是陈老师在我相机中留下的最后影像。

我与陈传才老师，2018年4月29日摄于安达医院

　　端午节前，张永清约我同去看望陈老师。一见面他就说："昨天去做了个 CT，情况比以前好，积水少了，肿瘤小了。"我说那就好，心里暗暗为他老人家祝福。

　　然而，8 月 23 日晚，陈剑澜忽然打我电话，他说："陈老师住院了，我们下午刚去看过，情况不妙。你是不是要去看看老人家？"那时陈剑澜已当选为人大文学院院长，正准备走马上任。他知道我与陈老师的关系，所以才在第一时间告知于我。第二天下午，我就按照剑澜兄提供的地址，与妻子找到了华信医院 1102 病室。

那是陈老师住院后的第四天。他在里屋昏睡着，护工邢健接待了我们。邢师傅指着茶几上的几张核磁照片说："照片一出来，情况就明朗了。现在是肺部、脑部、消化系统全部出了问题。医生说，或者是一两天，或者是三五天，顶多十天半月，人随时都会走。医生已通知家属做好心理准备。"正说着，护士进来量体温，陈老师醒过来了，我们随着进了病房。只见陈老师躺在病床上，输液管挂在头顶，胶布粘在唇边，被子搭着腿，但上半身却裸露在外面。见是我们来了，他断断续续开始说话，但声音暗哑，气若游丝："吃不了东西……所以很疲乏……老想睡觉。"说着说着就闭上了眼睛，眼皮似乎异常沉重。我劝陈老师好好休息，安心静养。两三分钟后我与他握手道别，他的手依然有力，但我却很伤感。

是的，那一刻我确实很伤感。虽然生老病死不可避免，但看到两个月前身体还不错的他忽然已走到死亡边缘，我还是接受不了。生命。死亡。死去元知万事空。死亡是凉爽的夜晚。目击众神死亡的草原上野花一片。就像死亡那样肯定而真实，你躺在这里。十字架上漆着，和相思一般苍白的月色……我心乱如麻，开着车走神，脑子里蹦出来一串与死亡相关的诗句。

那一阵子，我与建军和李勇互通着陈老师的消息。9月初，李勇告诉我，陈老师的病情稍有好转，能喝点小米稀粥了。他还说陈老师求生的欲望特别强烈，我就期待着奇迹能够出现。

10月底，我与妻子又去华信医院探望，邢师傅说："因为刚做完放疗，陈老师最近身体很差，没力气，也说不出话，痰多，已用上了吸痰器。"随后我们走进病房，陈老师半躺在床上，刚好醒来。他认出了我们，也微微有些激动。显然他想说话，嘴便开始一张一合，却终于没说出话来。我与妻子连忙握住他的手说："陈老师您别说话了，我们说几句您听着就成。"但我却一下子脑子短路，不知说什么是好，只剩下妻子絮絮叨叨的安慰和鼓励了。

实际上，那时候我也生病了。从10月初开始，我忽然开始失眠，起初我没当回事，但每晚只有三四个小时（有时甚至两小时）的睡眠时间还是让我恐慌。与失眠相伴的是一系列的并发症：烦躁、紧张、焦虑、健忘、血压升高、心率变快、走路发飘、脑子发木、灵光消逝、精神涣散，仿佛机械复制时代的艺术作品。有一阵子，我去学校连车都不敢开了。硬撑了两个多月后，我终于走进北医三院，找睡眠问题专家问诊。专家立刻断定我是睡眠障碍焦虑症，然后给我开了两种闻所未闻的药。我吃开了药却收效甚微，只好每天躺在床上挺尸。我觉得我身体的操作系统已全面崩溃，死神仿佛已在向我招手。"在正午，一个尼采式的时间，他从高空坠落，像一片落叶？抑或一只飞鸟？"——这种死法多么富有诗意！我是不是应该向余虹同志学习？

就是在那个时候，我接到李勇的电话，他说："陈老师去世了，今天早晨 6 点多。"我"嗯嗯"着，脑子一片空白，那时我已不会悲伤。

那是 2018 年的最后一天。

新年第四天晚间 10 点，程正民老师打我电话，他说："我与老童跟陈老师关系都很好，按说我该去参加陈老师的追思会的，但我最近出荨麻疹，吃药吃得晕晕乎乎的，所以明天的悼念活动去不成了，我已给陈奇佳打电话说明情况。你现在身体不好，是不是也没法参加？你要是去不成我问问陈太胜，咱们这里还是得去个人。"

因为说话荒腔，走路打晃，我没能参加陈老师的悼念活动，也没去向陈老师告别，只是在迷迷糊糊中以文艺学研究中心的名义给人大文学院发去一个唁电。随后是给李勇、张永清各发微信，解释我无法参加的原因。记得发完微信我长叹一声，不由得悲从中来：死者长已矣，为什么我这个偷生的存者也这么不争气？陈老师会因此怪罪我吗？

春节临近了，妻子开始提醒我："咱们该去看看岳老师了。"我说："再等等，等等我的身体，等等我的状态。"为给自己散心，那一阵子我看完了 35 集的《步步惊心》，却并不觉得如何走心。于是我又找出 20 集的《钢铁是怎样炼成的》，既是重温旧梦，也是想为自己的课题做些准备。

筑路、铲雪、与冬妮娅邂逅、伤寒……看到这组镜头时，我迅速从书架上找到书，翻阅书中相应部分，一段熟悉的文字映入眼帘："青春终于胜利了。保尔没有死于伤寒。这是他死里逃生的第四次。在床上整整躺了一个月之后，苍白消瘦的保尔已能够勉强用两条摇摇晃晃的腿站起来，摸着墙壁，在房间里走动了。他的母亲搀着他走到窗口，他向街上望了很久。雪在融化，积成了小水洼，在早春的阳光下闪亮。"[1]

我长舒一口气，为保尔，也为自己：保尔没有死于伤寒，赵勇也没有死于抑郁，他终于活过来了。

在早春的阳光下，我与妻子又一次走进陈老师家中。岳老师佩戴黑纱，神情肃穆，显然她还没有从悲伤中完全走出。陈老师的遗像摆放在沙发旁边的桌子上，正微笑着注视着我们。

这一次，我们与岳老师是坐在沙发上聊天的。

岳老师说，陈老师走得很平静，最后瘦得只剩下一把骨头了。岳老师又说，陈老师的骨灰准备海撒，现在还在等通知。岳老师还说，文学院待陈老师不薄，在医院时我与陈老师就商量好了，等我走了，就把这套房子送给文学院，让他们把房子卖掉，用这笔钱作为助学基金，资助贫困学生。只是这个房子

---

[1]［苏联］尼·奥斯特洛夫斯基:《钢铁是怎样炼成的》，梅益译，北京：人民文学出版社，1980年，第302页。

已经缩水了，原来值 1000 万，现在只能卖 700 万。

我的眼睛有些潮湿，心里忽然涌起一种感动。

就是从那时起，我决定写写陈老师了。我想，尽管我这支秃笔还不足以呈现陈老师的精气神之万一，但或许也能寄托我的哀思，告慰陈老师的在天之灵吧。

2019 年 2 月 21 日写

2019 年 4 月 5 日改

附记：拙文写成后，我先请李建军夫妇、李勇夫妇过目，随后又请童门弟子中方锡球（安庆师范大学）和黄春燕（同济大学）审读，最后请季广茂兄和程正民等老师把关。他们既肯定拙文所写，亦或多或少提出过修改意见。文中涉及的一位老师看过拙文后希望我隐其姓名，我唯唯。在此，谨向以上各位师友深深致谢！

为谁风露立中宵
—— 我所认识的王富仁先生

　　传来王富仁先生去世的消息时我并不感到特别吃惊。去年8月下旬，我在京郊开会，集体合影的时候，习惯性地点燃一支香烟，刚抽几口，就被孙晓娅发现了。她把我拉到一边，嗔怪道："你怎么还抽烟？王富仁老师抽成肺癌了你知道不？"说到王老师时，她压低了声音。我心里咯噔一下，急忙探问王老师病情。她说："王老师是肺癌晚期，情况不大好，正在北京治疗。"我说："那……王老师现在还抽烟吗？"她说："都成这样了还敢抽？你也把烟戒了吧。"随后她又叮嘱我："王老师生病的事情你可别乱说啊。"

　　孙晓娅是王老师的高足，也是我读博士时的同学，来自她的消息是不用怀疑的，但我还是本能地抗拒这种消息，耳边却也响起王老师剧烈的咳嗽声……

再次听到王老师的病况是三个月之后。那晚的聚会赵宪章老师唱主角，他从他那篇《怀念与童老师裸泳》①说起，讲述着他对童老师的认识过程，罗钢老师则不时矫正着他的看法。或许是因为谈到了童老师，罗老师接过话题时就转到了王老师那里。他说："王富仁是晚期肺癌，但他很乐观，化疗过程中还在看书，气定神闲。前一阵子我去看他，他一见我就说：'你看我垂头丧气哭天抹泪了吗？别以为这个病能吓倒我！'"我问罗老师："是不是王老师为给自己壮胆，做给你看的？"罗老师说："不是。我觉得他是真不怕……"

在罗老师高亢的叙述中，王老师的那个吓不倒的身影也变得伟岸起来。据说，许多人是被癌症吓死的，而癌症遇到王老师，是不是会被他的大义凛然吓得退避三舍？就是那次聚会，我开始寄希望于奇迹的出现。我觉得在这样一个精神战士面前，任何疾病都应该懂得规避。

然而，疾病终于还是把王老师击倒了。5月2日晚，当王老师的辞世突然成为一个"炸群"的重磅消息时，我还算镇静，却依然心存侥幸，于是立刻私信李怡教授，想核实消息真伪，却久无回音。快零点时他才答复道："我刚从医院回来，刚才一直在

---

① 北京师范大学文艺学研究中心、北京师范大学文学院：《木铎千里　童心永在：童庆炳先生追思录》(上)，北京：北京师范大学出版社，2016年，第313-314页。

忙碌。这对王老师也是一种解脱。"我说:"李怡兄节哀!……"

就是从那时起,我与王老师有限的几次交往开始变得清晰起来。

一

对于我们这一代人来说,王富仁既是一个如雷贯耳的名字,也是一种精神符号,他与同样研究鲁迅的钱理群先生一道,代表着 20 世纪 80 年代的某种精神气质。那个年代,我正以特有的方式搜集着属于自己的《鲁迅全集》,自然,鲁迅研究者的著作也在我的视线之内。我从刘再复的《鲁迅美学思想论稿》、钱理群的《心灵的探寻》读起,一直读到后来林贤治的《鲁迅的最后十年》。[①] 但如今检点我的藏书,钱理群先生的有好多本,王老师的却只有一本——《中国反封建思想革命的一面镜子——〈呐喊〉〈彷徨〉综论》,而且,这本书还是 2010 年的新版本。这很可能意味着,整个 80 年代,我并没有读过王老师的书。

但为什么我常常会生出了解王老师思想的错觉呢?是不是 80 年代我读过他的文章?或者,是不是即便没怎么读过,他的思想已融入 80 年代的新启蒙叙事之中,如同水银泻地,无孔不

① 这段往事,笔者曾在《我的〈鲁迅全集〉》一文中有过记录,参见拙著《书里书外的流年碎影》,北京:中国人民大学出版社,2011 年,第 61-71 页。

入？而我们这些后来者一旦在思想解放中接受启蒙，王老师便总是待在一处思想高地上，等我们上山？所有这些，我现在已无法核实。我能确定的是，在我见到王老师之前，他在我心中已是一种标高，也是北师大的一处思想风景。如果能当面向他请益，那该是一件多么愉快的事情！

这样的机会忽然就来临了。1994年10月上旬，我来北京参加"世纪之交：中国当代文学的处境和选择"研讨会。会议期间，有人提议去拜访王富仁老师，我立刻报名响应。拜访者中，我记得有陕西师大的李继凯、北岳文艺出版社的李建华、《太原日报》的安裴智、吕梁高专的郝亦民等，他们都与王老师有过交往，有的甚至过从甚密，只有我是慕名而去。我在《蓝田日暖玉生烟——忆念导师童庆炳先生》一文中写道：

> 我也夹在这些人中间，想一睹王老师的风采。只是与他们相比，我还多了一层私心杂念：请王老师帮忙打招呼，然后去拜访童庆炳老师，在考博之前先去他那里报个到。心里是这么想的，但王老师会不会引荐，童老师能不能接见，我却完全没谱。因为王老师不认识我，童老师也不了解我（此前我并没有联系过童老师，既没写过信，也没打过电话），他们完全有理由把我的请求拒之门外。我把我这个担心说给同行的朋友，与王老师相熟者说："王老师乐于助人，肯定没问题。"拿不准的人说："那就试试呗。"

我们走进了王老师家客厅。

见来者众，王老师大喜过望。他给我们倒茶水，散香烟，然后就笑哈哈地与我们聊起来。聊的内容如今早已忘得精光，但那个场景却永远留在我的记忆里——几杆烟枪同时点火，不一会儿屋里就烟雾腾腾了。王老师似乎还觉得不过瘾，他又从沙发后边摸出一包"万宝路"，炫富般地嚷嚷："我这儿还有外国烟，来，尝尝这个，这个有劲。"

终于，我向王老师提出了我的请求。为了得到王老师的理解，我在前面还铺垫了一番。王老师很爽快，说这个好办，我马上给童老师打电话。

电话拨通了，王老师说："我家里来了个考生，想去见见你，你能不能给他一个机会？"童老师在那边回应着什么，王老师连说好，好。

放下电话，王老师给我发布命令："小赵你赶快去。童老师说前一拨客人刚走，后一拨客人要来，现在正好有个空，就20分钟左右的时间。你赶快下楼，我告诉你楼门号。"①

---

① 参见发表于《山西文学》的拙作《蓝田日暖玉生烟——忆念导师童庆炳先生》，《山西文学》2016年第1期。亦可参见《木铎千里　童心永在：童庆炳先生追思录》（下），北京：北京师范大学出版社，2016年，第615-616页。

现在看来，我那次的拜访属于搂草打兔子，动机似不纯粹，但实际情况要复杂许多。那时候我还在一所地方院校教书，三年前考博未遂后，正思谋着东山再起，目标基本上锁定到童老师那里。开会的时候，我心里已在打鼓：好不容易来一趟北京，要不要去见见童老师？能见的话当然好，但北师大我两眼一抹黑，总不能盲人骑瞎马，"栏杆拍遍"，然后硬着头皮往他家闯吧。正在犹豫不决的时候，传来了将去拜访王老师的喜讯。王老师是传说中男神般的人物，能见到王老师，已不虚此行。但假如能通过王老师"摆渡"到童老师那里，我就成了李光羲，得高唱"胜利的十月永难忘，杯中洒满幸福泪"了。

"鱼，我所欲也；熊掌，亦我所欲也。"二者若可得兼，果然美不胜收。

许多年之后，我初见童老师的记忆已模糊一片，却依然能清晰地回想起王老师与我们交谈的那个下午。阳光从窗户透进来，烟雾缭绕得也越发分明。王老师始终笑眯眯的，锁在烟雾中忽隐忽现。他边说边笑边抽烟，尼古丁与山东普通话也糅合成一种特殊的味道。我原本以为近朱者赤，王老师也该像照片上的鲁迅那样，面呈冷峻之色，却没想到他如此喜兴、随和。在一根接一根给我们发烟抽的过程中，我也彻底放松了。我这个人站没站相，坐没坐相，是不是一放松就在他家沙发来了个"葛优躺"，还真是说不好。

童老师去世后，我向已在深圳供职的安裴智核实过这次拜访。如今，我又向已在上海大学任教的郝亦民（郝雨）询问此事。我如此在意这次造访，是觉得它对于我，显然具有不同寻常的意义。我生怕哪一天把它弄丢了，成了《软埋》里的丁子桃。

二

直到我考进北师大后，才逐渐意识到中文系盘根错节，关系复杂，那是当年搞运动留下的后遗症。而在这种复杂的格局中，王老师与童老师恰恰是属于"感情深，一口闷"的那种类型。于是我便暗自庆幸，当年自己盲打误撞，完全是跟着感觉走。假如他们不是铁哥们而是死对头，我岂不是又制造了一回"人民内部矛盾"？

但读博三年，我并没有再去拜访过王老师。原因很简单，王老师是个大忙人，本专业的老师学生他都接待不过来，我哪好意思再给他添乱？我只是去听过他的一次讲座。

那是 2001 年 10 月 16 日。想到他气场强大，听众很多，我早早就去那个能放下 200 多人的阶梯教室占了个座位。他讲的话题是"鲁迅与 21 世纪的中国人文精神"，却从古及今，纵横开阖，时有冷嘲热讽、隔山打牛之语呼啸而至，台下顿时掌声一片。他说，中国从宋代以后就丧失了人文精神，丧失到哪里去了呢？丧失到政治、经济中去了。他又说，权力是流动的。政治权力像货币一样可以在社会上流通。他还说，鲁迅的支柱是立人、爱人。不要以为今天是 21 世纪，鲁迅就过时了。鲁迅怎么会过时呢？我们今天比以往任何时候更需要鲁迅……

今天回想起来，我依然觉得那是一次思想的盛宴。王老师的演讲是充满激情的，是生气灌注的。他从大处着眼，不纠缠于学术细节，却能把道理讲得通透明白，启人深思，令人感奋。这是 80 年代的演讲风格，或者也可以说，在"思想家淡出，学问家凸显"的年代里，王老师依然磨砺着自己的思想锋芒，丝毫没让它蜕化变质。于是我就想，研究鲁迅者，尤其是像王老师那样研究鲁迅者，是孤独的，也是幸福的。因为他还通过学问忧国忧民，所以他孤独；也因为他居然还没把学问做成纯学术，所以他幸福。王老师曾把他的一本书命名为《中国文化的守夜人——鲁迅》，要我说，他就是鲁迅文化的守夜人。当学界的一些人士大大咧咧谈论着鲁迅已过气，胡适要吃香时，王老师却选择了一个如此"不合时宜"的演讲题目。这是坚守，也仿佛是站在世纪之交的风口高声断喝："不能走那条路！"

"似此星辰非昨夜，为谁风露立中宵？"①

然而，这次演讲之后不久，就传来了王老师将被汕头大学挖走的消息。那时候，我读研究生时的老师夏之放先生刚从汕大还乡，选择了叶落归根，而王老师却在同样的年龄远走南方。两相对比，我不好理解。但想到鲁迅当年离开北平，去厦门大学、中山大学任教，我似乎又释然了，却依然有些失落。我觉得北师大不能没有王富仁，少了他，这个校园的风水就会出现问题。

在王老师南下的十多年里，有关他的故事主要是童老师告诉我们的。童老师说，王富仁是个大烟鬼。他早上醒来，待在被窝里的第一件事情是先抽烟，把自己抽精神了才起床。他烟抽得太厉害，不得不在自己的房间里装了个排风扇。后来他换了地方，别人要住他的房子可遭殃了。为什么呢？烟味太重。那种味道都钻到墙里头去了。为了把烟味去掉，人家先得刮墙皮。童老师还说，王富仁这个人很有思想，他读书很杂。什么书他都要翻一翻、读一读。他的思想是从哪里来的呢？一是他悟性高，另一个就是他读书多。你们应该向他学习。

那些年里，在北师大主楼那个巨大的顶棚下，偶尔我也会

---

① 此为清朝黄景仁（字仲则）《绮怀·其十五》一诗中的颔联。王富仁先生曾把此联写至《中国文化的守夜人——鲁迅》（人民文学出版社2002年版）一书的扉页，可见其喜爱程度。

看到一个手夹香烟与几位老师边走边谈的身影。——王老师！我一激灵，也才意识到，繁忙的答辩季又一次到来了。

三

2008 年 8 月下旬，"文学与文学研究的公共性"学术研讨会在新疆师范大学举行，我应邀参加。报到的时候发现王老师也来了，真是有点喜出望外。因在不同的专业，此前开会从来也没遇到过王老师。他能来，该是像我一样，也是冲着"我们新疆好地方"的吧。

第一天开会，王老师的发言正好安排在我前面。别人发言时，基本都卡在规定的 15 分钟之内，王老师讲了半个小时还意犹未尽。但他都讲了些什么，内容早已忘却了，我只是记住了一点感受。于是上网查，发现那次会议有三篇综述①，只有一篇提到了王老师的发言题目《文学与中国现代社会》。而三位作者约好了似的，概括其他人观点时浓墨重彩，却唯独对王老师的发言或一笔带过，或只字不提。这也怨不得他们，说实在话，

① 三篇综述分别是吴华峰《"文学与文学研究的公共性"学术研讨会综述》（《苏州大学学报》2008 年第 6 期）、于强《"文学与文学研究的公共性"学术研讨会综述》（《文艺研究》2009 年第 1 期）、张亚峰《"文学与文学研究的公共性"学术研讨会综述》（《新疆师范大学学报》2009 年第 1 期）。

王老师的那次演讲并不是十分理想。他是宏大叙事，但观点似乎又有些落套。至少对于我来说，它的冲击力与七年前的那次讲演相比，已大为减弱。或许是大家都有同感，那天晚上我们几人跑到外面马路牙子上就着羊肉串喝啤酒的时候，王老师的发言就成了议论的话题之一。

但他与我聊天的内容我却记忆犹新。第二天继续开会，上午茶歇时我坐到了王老师对面。几句话之后，他就转到了当下的问题上，说："一个正常的时代往往是文学界充满了激烈的冲突，但你看看现在，正好反了个：社会冲突不断，文学界却一派祥和。这种情况很不正常。这哪里还称得上和谐，明明是伪和谐嘛。"说着这些时，王老师就有了一些不平之气。我则想起刚刚读过的一本书，就问王老师："钱理群先生出了本《我的精神自传》[①]，您读过吗？印象怎样？他写的可是你们这一代知识分子的精神困顿史啊。"王老师说："我没读。我们这代人经历相似，都是通过自己的感受说话的。用不着读他的书我就知道他在说什么。"

①该书有两个版本，一是《我的精神自传》，广西师范大学出版社2007年版；二是《我的精神自传——以北京大学为背景》，台湾社会研究杂志社2008年版。谈及大陆版时，作者在"台社版"的后记中说，该书在大陆出版，"读者的反应出乎意外地强烈，我自然高兴，心里却隐隐作痛：因为有许多的删节。最想和读者交流的心窝里的话，读者看不到，读不懂，这是怎样的悲哀呢。"参见该书第435页。

考察开始了。达坂城。吐鲁番。葡萄沟。葡萄沟一家民居的葡萄干货真价实，稍一砍价，便成了100元3公斤。库尔勒。千佛洞。库车老城。但与塔里木河和胡杨林却失之交臂。阳霞镇。孔雀河。托克逊。托克逊的拉条子可真好吃啊，面筋道，肉瓷实，密密麻麻的大肉块，状如核桃，不膻不腻。那一顿之后，所有的羊肉都黯然失色。

就是在那几天里，王老师成了我近距离观察的对象。他饭量可真大。早餐有包子，我们吃两三个已"志得意满"，他能一口气吃六个。托克逊那顿拉条子，一大碗已把我打发得"沟满壕平"，他居然干掉两碗。我还注意到，他吃馒头时不用筷子夹，而是一手拿着一手掰，一块一块往嘴里送。见他吃相如此斯文，我就觉得我那种筷子串馒头又咬又啃的"山药蛋派"吃法太老土了。

还有抽烟。都知道王老师烟瘾大，往往是车行一小时左右就有人嚷嚷："该停车了，让王老师下去过把瘾。"于是我们集体下车，跟着王老师沾个光。在十来八分钟的时间里，王老师通常要连抽两三支。香烟点燃时，他第一口往往吸得很深，仿佛要吸到骨头缝里。烟雾被他吐得断断续续的，似乎他在肺里、呼吸道里、嗓子眼里、鼻腔里已层层设卡，要雁过拔毛。有一次，看着王老师快活的样子，我忍不住问道："您就没打算控制一下？"他嘿嘿一笑，说："我现在是保烟限酒。酒可以控制，烟不能动。"

我想起了萨特。萨特也是瘾君子，他甚至把抽烟这种行为融入他的哲学之中了。在他那里，香烟是"虚无"，烟斗是"存在"。当我们点燃一支香烟，大口吸入，再缓缓地把烟雾吐出来的时候，他觉得这是"为了拥有世界而做出的'破坏性的占有行为'。为了能够占有整个世界，我们将世界'简化'为单纯的火＋烟＋灰烬，甚至简化为可以吸入到我们肺中的一团空气"。[1]王老师同意这种论断吗？当然，王老师不抽烟斗。抽烟斗太绅士气了，估计王老师不喜欢。他应该像鲁迅先生那样，也是常年吸食纸烟的。但如果失去了烟斗这个"存在"，"虚无"又如何附丽？或者，是不是鲁迅式的"虚妄"无须"存在"出面？是不是王老师也信奉着"绝望之为虚妄，正与希望相同"[2]这句名言，而那里早已隐藏着烟熏火燎的高级机密？

也许，王老师确实死于抽烟。但在我看来，当王老师如此执着地、大剂量地、百折不挠地迷恋着烟草时，抽烟之于他已非一般的俗见所能解释。那是他的生命美学，是他在虚妄中书写出来的另一种存在哲学。

当最后一站参观完天山牧场之后，我们坐上了回程的大巴。一上车大家就热闹起来了，"三老委员会"决定趁热打铁，给这次表现好的同志评奖。奖品嘛，一瓶矿泉水，表现好的一整瓶，

[1] ［美］理查德·克莱恩：《香烟：一个人类痼习的文化研究》，乐晓飞译，北京：中国社会科学出版社，1999年，第61页。

[2] 鲁迅：《鲁迅全集》第二卷，北京：人民文学出版社，2005年，第182页。

表现差的给空瓶。主持人开始发话了："朱大可拍了2500张照片，摄影最多奖给他，大家同意不同意？"齐声吆喝："同——意。"主持人又说："朱竞被照最多，购物最多，给她两瓶水怎样？""亚——克——西。""最佳唱歌奖给谁呢？"大家嚷嚷："《我的太阳》——杨小滨。""那赵宪章老师呢？他一路上指点江山，叽叽喳喳没闲着，应该给他评个奖。"有人开始控诉："在葡萄沟，他起劲煽动大家买葡萄干，结果他一粒没买。赵老师应得最佳忽悠奖！大家觉得……"还没说完，大家就笑作一团，鼓掌通过。

主持人忽然严肃起来，说："下面我们要揭晓本次考察的最后一个大奖，最佳饭桶奖——王富仁老师。获奖理由：吃早餐，六个大肉包子，粥一碗，奶一杯；吃拉条子，两大海碗不尽兴，又加了两个羊肉串。王老师是典型的大肚能容，容天下难容之事。请王老师接受奖品并发表获奖感言。"

在爆笑中，好几瓶矿泉水举起来了。王老师起身，嘿嘿乐得合不拢嘴，他接过一瓶水，清清嗓子准备说什么。我急忙举起相机，摁下了快门。

因为王老师，那一次的欢乐之旅完美落幕。

第二天就要各奔东西了，回到房间之后，王老师忽然拎着一兜东西找过来了："小赵，你看童老师生病了，我暂时也没时间去看他。这是我在葡萄沟买的葡萄干，我尝着还不错，麻烦你帮我带给童老师，表达我的一点意思。"

王富仁老师领取"奖品"时我抓拍的照片，摄于2008年8月28日

我心里热了一下。接过葡萄干的那一瞬间，他们这对老朋友的情谊一下子"实焦"了。

四

2010年2月底，我儿子从学校回来后与我正儿八经地商量起一件事情："你能不能找个名人，让他给我们的书作个序？像这本书一样。"

他们忙活的那本书我早有耳闻。那时候，我儿子正在北师大二附中文科实验班念高中。每到高二，他们都要把自己的作品汇集成书，找地方出版，这已成为一个传统。只是我没想到还有作序一事。

他塞过来的书是上一届的作品集。封面的书名题字"沧浪"出自舒乙之手，打开瞧，序是于丹写的，名为《青春是一种传奇》，我就乐了。我说："儿呀，你们想找怎样的名人作序，作家还是学者？作家的话，莫言、铁凝、阎连科都是名人，但这些家伙我一个也不认识。学者嘛，我觉得要找关心中学语文教育的资深教授，这样才压得住阵，比如，我身边的童老师就很现成。王富仁老师我还算有点小交情，也可以找。北大的钱理群老师更合适，但我跟他没交道。你们要是非找他不可，我得拐个弯，抹个角。这样吧，你和你的同学商量下，给我个目标，我再想办法。"说着这些时，我想起了童老师带着我们编写高中语文教材的日子，也想起1999年就买过读过一本书——《中国语文教育忧思录》。编者王丽后来成了我们这个编写组的一员，但此前她就很有能耐。为编这本书，她挨个采访童、钱、王等诸多名家，一并把他们"捉拿归案"了。①

---

① 1998年，《北京文学》开始了"语文教育大讨论"，在全国反响较大，而王丽则是这一讨论的推动者之一。她当时采访了施蛰存、王元化、郑敏、童庆炳、钱理群、王富仁等20位学者，访谈录就发表在当年的《北京文学》上。参见王丽《中国语文教育忧思录》，北京：教育科学出版社，1998年，第1-5页。

儿子很快给了我答复，就王富仁王老师。

接受下任务后我才觉得头皮有点发麻。我与王老师也就是新疆之行才稍稍熟悉起来，仅凭这么点交情，我能求来王老师这篇序吗？更麻烦的是，我听说王老师作序非常认真，常常会写成长篇论文。他的弟子梁鸿曾赠我大作——《外省笔记：20世纪河南文学》，开篇就是王老师的50000言长序①。据她言，让王老师作序不能着急，通常得等个一年半载。而我这倒霉儿子给我的期限还不到一个月，这么短的时间如何让他老人家闪展腾挪？还有，据说请王老师作序的人排着长队，即便他能应承下来，我这么加塞儿合适吗？

忐忑之中，我还是鼓起勇气，给王老师打了个电话。没想到他明白我的意思后，很痛快就答应了。儿子回来后听到喜讯，立刻嬉皮笑脸道："哎哟喂，没看出你还这么有面子。"我正色道："是我有面子吗？是你们这帮小兔崽子有面子。你们要不是花骨朵，别想让我求到王老师的序。别废话了，明天赶快把书稿打印一份，我给他寄过去。"

过了些日子，我给王老师打电话。他说书稿的材料收到了，也正琢磨着写，只是怕写不好。写好后是不是寄到文学院？我

---

① 50000言长序名为《河南文化与河南文学》，见梁鸿《外省笔记：20世纪河南文学》，北京：社会科学文献出版社，2008年，第1-57页。

说："王老师是手写还是用电脑写？您不用电子邮件吗？通过电邮发过来，岂不省事？"王老师答复我："用电脑，但不用邮件。这样吧，到时候我让学生帮着发送过去。"我说："这样好。寄材料时给您写了封信，那上面已留有邮箱地址。"

但几天之后，我又接到出版社史编辑电话。她问我序言进展一事，说何杰老师在催她，希望这本书在招生时能派上用场，所以4月必须见书，问我能不能让王老师加快进度。我说："求王老师这篇序本来就不容易，这么催他恐怕不大合适吧。"她说："王老师给我们上过课，人很好，你不妨试试。"我无奈，只好打电话向他说明实情，意思是还得往前赶。王老师说："这几天因为接待伯克利来的一个学术访问团，还没顾上写。本来我想多写几句，谈谈我对中学语文教育的看法，看来只能长话短说了。这样吧，我明天上午就写，不出意外的话，晚上就能发给你。"

3月26日晚10时许，我等到了王老师写来的序言——《生命活水汩汩来——北京师范大学第二附属中学2011届文科实验班〈文心·问心〉序》。打开读两遍，不由得击节叹赏：王老师真不愧是对中学语文教育素有思考的"老革命"，在1300字的篇幅里，他把生活、阅读和写作的关系拎起来，举重若轻，既深入浅出，又句句在理。如今，当我重新面对这篇文字时，依然忍不住要从中拿出一段：

为什么生活本身不能构成一个人乃至整个人类的成长形式呢？因为人在生活中总是被动的，形成的只是一个个模糊的印象，并且像黑瞎子掰棒子一样，捡起一个便必须扔掉另外一个，到头来剩下的仍然只是最后的那点朦胧的感觉，成不了思想的形式。显而易见，这就是阿Q到死也没有自己的思想的原因。一个人要想有思想，至少要对自己生活中的一些模糊的心灵感受和生活印象想一想。这一想，我们的心灵就展开来了，像孔雀展屏一样，原来我们生活中的任何一个刹那，都是包含着丰富的内容的，都不是空洞无物的。但是，想，往往想不多深，想不多广，并且常常想得很乱，没有头绪，特别是在童年、少年时期，不知应当想什么、怎样想。要想形成"想"的习惯，想得越来越深，越来越广，越来越有意义，有价值，就得写。列夫·托尔斯泰的《战争与和平》不是想出来的，而是写出来的；马克思的《资本论》也是写出来的，只想，是想不这么深、这么广的。①

　　这是王老师在"只读不写容易成书呆子"这一观点之下形成的妙论。童老师晚年就经常给我们念叨"想与写"的关

---

① 王富仁：《生命活水汨汨来》，见《文心·问心》下册，北京：军事谊文出版社，2010年，第1-2页。

系，我对这一话题也兴趣颇浓，甚至后来读叶兆言的小说时还抄录了其中的一段文字："很多年前，刚开始写作的时候，有着多年写作经验的父亲告诉我，写作就一个字，就是他妈的'写'。……文章就是用文字将思想的火花固定下来，想得再好，不写出来都白搭。真正的写作就跟做爱一样，要真枪实弹身体力行。"[1] 平心而论，这番思考也颇为出彩。但同样的道理，王老师谈得朴素自然，发乎情止乎礼，为什么作家一写就直逼下三路呢？于是我就有些后怕：幸亏当年作序找到是王老师，如果求的是某位作家，他一"性"趣盎然，我这里可如何收场？

但是，我像黄世仁一样逼着王老师在 20 天左右的时间里交出了一篇好序文，这件事情却一直让我心生歉意。如果从容一些，王老师是不是会写出万字美文？当然，那样一来，我除了更加感谢，或许就歉意更浓了。

我无以为报，只能向王老师学习了。去年 9 月，一位朋友要帮人大附中人文班的一位高才生出书，找我作序，急如星火。那一阵子我特别忙乱，拒之亦未尝不可。但想到当年求王老师作序的情景，还是应承下了。我把王老师的序文找出来欣赏一番，揣摩一番，然后提神运气，写了篇将近 3000 字

---

① 叶兆言：《很久以来》，《收获》2014 年第 1 期。

的文章：《成长是一门终生的功课》①。现在想来，我当时敢大包大揽，除了抹不开面子外，很大程度上也是在向王老师致敬吧。

五

2015年6月中旬，童老师在攀登金山岭长城时，永远倒在了下山的途中。办完丧事开过追思会后，我们决定出版一本怀念童老师的纪念文集，并以"中心"的名义发出了《诚征有关童庆炳先生纪念文章》的邀请函：

学界诸君、文坛同仁：

童庆炳先生于今年6月14日溘然长逝，学界叹惋，文坛同悲。为承继先生遗志，抒发缅怀之情，北师大文艺学研究中心拟于今年10月前后出版关于先生的纪念文集。

人云长歌当哭，有待痛定。诸君皆操觚之士，宜将悲伤感念之情宣诸翰墨；我们则在此恭候，期待您的大作翩然而至。

---

① 冉天枢：《给杳冥的信——成长札记》，北京：华文出版社，2017年，第1-5页。

诗文辞赋，众体皆宜。

截稿日期：2015年7月底

征稿信箱：wenyixue@bnu.edu.cn

北京师范大学文艺学研究中心

2015年6月28日

这一邀请函先是挂在"中心"和文学院的网站上，后又通过"中心"掌握的邮箱地址发送给了学界朋友。8月初，调整了一番心情之后，我也准备写这篇怀念文章了。从何处起笔呢？回忆着与童老师交往的点点滴滴，王老师的那次引荐便闯了进来。一想到王老师，我才意识到坏事了。记得请王老师作序时，王老师并无自己的邮箱，而"中心"保存的也大都是文艺理论界的学者信息。为郑重其事，我们当时还商量出一份拟邀请作者名单。我急忙去那份名单上瞧，那里也没有王老师的名字。这意味着他并不知道我们这里的后续动作。

不成。王老师与童老师私交甚好，文集中岂能缺了他的怀念？

不能再公事公办了，我决定亲自邀请王老师写文章。

电话打通了，简单的叙旧之后我开始检讨，说："童老师走得太突然，当时我们这里乱作一团，也没顾上单独跟您讲，后来网站上有征文邀请函，是不是您也没见到？"王老师说："没见到。确实没见过你们那里的通知邀请，童老师去世的消息还是李怡告诉我的。告别仪式我本来是应该去的，但我像童老师一样，现在的心脏也有毛病了，所以我不敢去现场。"我说："那事情过去之后，您能写篇怀念文章吗？童老师可是经常在我们面前提起您。"他说："怀念文章我暂时也不准备写，一是现在身体不太好，不像以前写东西那么快了。另一个更重要的原因是，写童老师，有两件事情最值得写，但又不好写。"我插话道："其中的一件事情我大概能猜出来，不过您继续讲。"王老师说："第一件事情涉及刘××，第二件事情涉及童老师与中文系一些人的关系。但是现在，这两方面的内容都无法写。如果谈刘××，我说得吞吞吐吐，就会给人一种半真半假的感觉。我想以后说不定会有机会，到时候我会把这些事情原原本本、毫无保留地写出来，那样写才有意思、有价值。"我说："您现在不方便写也没关系。不管您何时写，我对您这篇文章都充满期待。"

随后，我们在电话里聊开了天。我说："我刚看过《童庆炳口述历史》一书的电子版，那里有一节内容专谈刘××，童老师对其有表扬有批评，我觉得谈得很真实，他好几次也提到了您。"王老师则说："这才是历史，历史就是这个样子的。我要是写出这部分内容，可以与童老师的相互印证。"

实际上，这次通话并不是十分流畅。在将近20分钟的时间里，王老师每说几句，就要咳嗽几下。因为是在咳嗽中说，说中咳嗽，或是强忍着不咳嗽憋着说，语音在他那里也变得或高或低、坑坑洼洼了。谈得差不多时，王老师突然又咳嗽起来了，而且似乎还刹不住车。我赶忙问："您咳嗽得这么厉害是不是因为抽烟？"他说："不是……咳咳……不是……咳咳咳。"我说："那王老师咱们就别再往下说了。"

听筒的那边传来一阵更加惊心动魄的咳嗽声。他似乎要答复我，却终于还是被咳嗽声淹没了。就是在那种长咳不止的轰鸣中，王老师把电话挂断了。

那是他留在我记忆中最后的声音。

如今，想起这声音，我心中依然隐隐作痛。我痛惜于王老师的英年早逝，也痛惜于他记忆中的往事随风飘散。时光漫漫，本来就"软埋"了真实的一切。而现在，随着知情者的相继离世，历史也成了一个巨大的黑洞。

聊可自慰的是，他与童老师可以在天国相聚了。那里是一个可以自由言说的世界吗？

应《文艺争鸣》杂志社之约

2017年5月24日写

弄潮儿向涛头立

——我眼中的雷达先生

传来雷达先生去世的消息时，我的第一反应是给王作人老师打电话。手机中存着他的两个号码，一南一北。南京的号没打通，又试北京的号，接听电话的却是一个陌生人。这时我才意识到，我与王老师未通音问已有多年，北京的电话可能早就号易其主了。

为什么我会想到王作人王老师？这得从三十多年前说起。

我知道雷达就是从王老师那里开始的，那应该是1985年。那一年我大学毕业后分配到晋东南师专，适逢王老师也调至这所学校，又携儿带女住进我们那栋集体宿舍楼，低头不见抬头见，我们就成了同事和朋友。那时候王老师正在写小说，又不时到我宿舍里聊天，他的身世与遭遇我也就了解了一些。他是甘肃平凉人，父亲早年从军，后远走台湾，官至军区副司令。正是因为成分太高，大学毕业时他才被发配至上党革命老区。

王作人老师，摄于20世纪80年代末

拨乱反正之后，王老师的境遇已有所改观，就成天笑呵呵的。他本来就是英俊小生，底子好，又加上人逢喜事精神爽，果然像谌容所说的那样"减去了十岁"。于是我们就夸他年轻潇洒，与我们这些新兵蛋子有一拼。王老师很受用，却也要谦虚出一种王氏幽默："哪里哪里，我已经二十几'公岁'了。"

就是在那时候，雷达成了二十几"公岁"的王老师不时讲述的对象。他说他与雷达是大学同班同学，又是好朋友。他说雷达大学毕业去了北京，如今已在评论界混出名气；他却来了山西，结果一事无成。说着这些时，他就会感叹一番，感叹之后又赶快回去写他的小说了。

就这样，雷达进入了我的视野，成为二十几"市岁"的我仰望和遥想的目标。后来但凡见到他的文章，我都会品读一番。但那时候都读过他些什么，现在已全忘了，我只是在我的读书笔记中找到一丁点记录。那是一篇关于《关于文学"寻根"问题的讨论》（《新华文摘》1985年第10期）的笔记，我摘录了韩少功、阿城、雷达、周政保、刘火等人的观点。雷达在那里说："对于文学来说，什么是文化中的核心和焦点所在？它首先是民族的心理素质。它并非一成不变，但却具有相当的凝聚性和稳固性。"今天看来，这几句话似无多少出彩之处，但为什么我会抄下它呢？是不是因为出自雷达之口？

1987年，我与王老师双双离开那所学校，我是外出读研，属于暂时流窜，他则前往母校兰州大学新闻与传播学系任教，彻底打回老家。从此往后，我身边就再没人念叨雷达了，直到许多年后我与王老师在北京重逢。

但雷达并未游离于我的视线之外。他是评论界的风云人物，文章又满天飞，我也就不时能读到他的雄文大作。2000年，我在北京的书市上买回他的《缩略时代》（中央编译出版社1997年版），或许已不只是慕其声名，其中更有一种虽未谋面却仿佛早已谙熟于心的亲近感。大概也是从那时起，我就意识到雷达既能写评论，又会写散文，两手抓，两手都过硬，仿佛"双枪老太婆"。

应该是在 2004 年的一次聚会上，我才第一次见到雷达。一见面我就打出王作人这张牌，说："雷老师，我跟您的老同学王作人老师算是忘年交。"雷达就愣一下："嗯？你们怎么会有交情？"待我提纲挈领讲过之后，他就发出一声只有我能明白的叹息："唉，我这个老同学不容易，不过还算圆满，最终他还是叶落归根了。"

那次聚会不久，王老师忽然驾到，于是我们又有了另一次聚会，参加者都是当年在晋东南师专一起"逃过荒，吃过糠"的亲密"战友"。谈笑间，王老师自然又讲起雷达。他说："我写过秦大河的南极考察，发表在《中国作家》上，因为雷达推荐，还获了一个全国优秀报告文学奖。我这辈子闪闪发光就那么一次。"他还说："我这次来其实是帮雷达的一个忙，他要审一部电视剧，但手头事情多，就把我喊过来了。这不，审完之后雷达还分给我 500 块现大洋。"我心直口快，立马将他一军："你们不是'感情深，一口闷'的弟兄吗？干吗还要'分田分地真忙'？"王老师笑了，说："你这个小同志啊，怎么能这么理解我们这些老家伙的革命友谊？"我就开始打岔："不是小同志了，我都二十公岁了。"

现在想想，后来我与雷达老师见面熟，挺亲热，很可能是因为我们心中都装着一个王作人。记得 2006 年年初，王老师又来北京女儿家小住，那期间我请他喝酒聊天，酒喝大了之后我就边劝边激将，说："你不是给我讲过多少年之后跑了趟香港才见到了自己的生身父亲吗？你既是高干子弟，伤心的事情又一大堆，为什么不把那段历史写一写？你看看人家雷达，左右开弓，电闪雷鸣，文章呼啦啦一大片，为什么不向你的老同学看齐？"我仗着与王老师交情不浅，便酒后吐真言，又言辞峻急，只把王老师逼得点头称是。第二天他就打来电话，说昨晚那番话让他很震动。

过了些日子，他打电话与我告别，说去雷达家聊天，还在他那里谈起了我。雷达马上说："赵勇我知道。"说着就点开中国作家网上"今日批评家"版块，让他看那里关于我的介绍和文章。

好像就是那次之后，我就再没见过王老师。一转眼，十二年光阴匆匆已逝。

但我与雷老师见面的次数却多了起来，见面的场合主要是开会，有时候是饭局。

北京就像当年的巴黎，一般而言，外省的作家写出部小说，常常要"徽班进京"唱出戏，戏台往往设在中国作协。看戏的大牌评论家到场后，评头论足，指手画脚，媒体记者再对着通稿，添油加醋，及时报道一番，作家作品似乎才算登堂入室，地方作协的政绩也才下落清楚。我不在这个圈里，这种研讨会就参加得极少，但有数的几次被朋友拉着入伙，却总能见到雷达先生。那个时候，雷老师就正襟危坐，一脸严肃，紧蹙眉头，若有所思。他是长者，资历又摆在那里，所以往往就成为领导致辞后率先发言定基调的评论家之一。一些评论家一出口就是车轱辘话，明显是没怎么看作品，但雷老师却准备充分，讲得充实。待他子丑寅卯甲乙丙丁先优点后缺点评析一番之后，跟进的人就有福了，他们可以接着说——"雷达的看法我非常认同"，也可以虚晃一枪对着说——"我与雷达的观点略有不同"。这些都是开会说话的小窍门。

当然，也有雷达定不了调调的时候。记得有一次开的是军队系一个年轻作家的作品研讨会，据说小说的第一章是雷达让加上去的，他自然说好得很，但大家却异口同声，猛批这一章不着调，很糟糕，整个儿就不该往上写。雷达脸上挂不住了，眉头越蹙越紧，结束之后他还不甘心，要高山流水觅知音。那一次他是不是很受伤？

雷达先生去世后，一位经常参加这种研讨会的朋友对我说："雷达就是太认真了！那些来北京烧钱开研讨会的作品值得认真看吗？我参加这种会议，从来都是打上车后才翻翻书，看几眼，然后临场发挥，大肆吹捧。你不就是来要表扬的吗？那我就把过年的话送给你。雷达不一样啊，他不但要认真读，而且还要写稿子。不该认真的他认真，还不把人累死？"

也许这就是两代批评家的区别。新派批评家看透了，所以他们就逢场作戏，假装表扬。老派评论家没看透吗？在这个问题上，绝对不能低估他们的智商。但他们又假装没看透地进入角色，边表扬边批评，假戏真做。谁是谁非？孰对孰错？我就不敢在此妄议了。崔健不是"rap"过"你说如今看透了琢磨透了但不能说透了"吗？

雷老师也有眉头松开的时候，那通常是在饭局。记得十年前，《当代文坛》的主编罗勇来京，召集大家聚餐，那次饭局就成了一个欢乐的海洋。雷达坐上座，被大家尊称为"教父"，朱竞与高秀芹都是人来疯，她们立刻自称"教母"，一左一右，紧密团结在"教父"周围，端茶倒水，甜言蜜语，对口相声说得雷老爷子满脸开花。那一阵子，第七届茅盾文学奖刚好新鲜出炉，获奖的作家作品就成了大家热议的话题。白烨反复念叨："怎么评成这样？怎么会是这样？"大家就起哄架秧子："可不是嘛，这一届你们两位'教父'都不出场，还能有多大指望？"白烨混上"教父"待遇，立刻谈兴大增，路边社消息也层出不穷：那谁谁谁是没了儿子，所以要给些补偿，某某某是丈夫过世，也需要给点安慰。获奖的作品中还有《秦腔》，他又讲起了贾平凹的段子："当年《废都》的手稿是我背回北京的，当时老贾刚离婚，又生病，状态很差，所以就把这个作品写得很悲苦。老贾给我手稿时，正好在计生委那里，他就拎过一个避孕套的包装盒，把《废都》塞在里面。咱也算是个体面人呐，拎着一大盒避孕套上火车，有碍观瞻啊，所以一出门我就找地方，赶快换了个纸盒子……"

白烨讲得一本正经，大家却已笑成了一疙瘩蛋。雷达也笑了，但他只笑不讲。即便是笑，他也适当搂着，似乎还保持着当教父的威严。在这种事情上，他显然不如白烨好玩。

　　就是那次聚会，雷达说他会打乒乓球，而且还是作协高手。他的这一爱好让我来了情绪。依稀记得，《缩略时代》中他写过冬泳，还把第十四届世界杯足球赛写得天花乱坠，没想到他还好这一口。当其时也，我在球友张巨才老师的撺掇下，买底板换胶皮，恰好恢复了乒乓球的训练。因正在兴头上，我便提出想与他切磋。闻听此言，他立刻两眼放光，又把我从头看到脚，狐疑与不屑便冉冉升起。于是我敲山震虎，意味深长："我当年学的可是王涛的打法啊。"这句话一亮相，他就被我唬住了，说："那好，那咱就约约球，过过招？"聚会之后不久，我给雷老师发短信，郑重提出请教球艺一事，久不见回复，干脆把电话打到王作人那里，问他手机号是否有误。王老师却讲起雷达的事情："我这位兄弟最近写了篇当代作家原创性缺失的文章，中央一位领导同志认为写得好，他就很得意，刚刚给我显摆了一番。"我说不至于吧，作家早就被去势了，这种情况下还怎么谈原创性？正讨论着，雷达打来电话，说："我住潘家园，楼下就有乒乓球馆，你什么时候来？"我说"故园东望路漫漫"啊。他问我住在哪里，末了来一句，那路程还真是有点远。

　　那一阵子，我与张老师煞有介事地商量着如何去找他打球，仿佛立刻就要行动起来，但因为忙乱，却一直未能成行。2010年年初，我与雷达相遇在"新版《路遥全集》出版座谈会暨'我与《平凡的世界》'征文颁奖会"上，他又约我打球，我嘴上应承着，过后却依然忙得昏天黑地，结果又一次爽约。

我在关于路遥的会议上遇到过雷老师两次，这是其一，另一次是四年之后在北大召开的"路遥文学奖开评发布会"上。路遥文学奖是个民间奖，开设伊始便争议不断。因为有麻烦，级别又不高，北京圈内的一些大牌评论家便不屑与之为伍。但为什么创办者能说动雷达呢？这个事情我并没问过，却似乎又从雷老师那里找到了一些答案。《雷达观潮》（人民文学出版社2018年版）中有两篇文章与路遥有关，一是《我所知道的茅盾文学奖》（2007），二是《路遥作品的内在灵魂与审美价值》（2015）。后者回答了《平凡的世界》为什么具有强烈的审美冲击力。前者则披露了他对这部长篇小说的认识过程："路遥是我的好朋友，这书出来以后，他希望得到我的好评，但当时我比较固执，对这个作品的反应偏冷，主要是认为，这个作品没有超越他自己的《人生》，只是把《人生》中的高加林在《平凡的世界》里化成了两个人，一个是留在乡下的高加林；一个是进了城的高加林，一个叫孙少安，一个叫孙少平，横的面展开了，纵深面开掘不够。现在看来是我部分地错了，我对这部作品厚实、顽强、宽广的生命力估计不足，特别是对它的励志价值、内蕴的现代性认识不足。"（该文收入书中时略有删改，此处采用了网上的原始版）既如此，他后来参加关于路遥的活动是不是内疚之后的一种补偿？

我与雷达老师的最后一次相遇是在"新世纪'三晋新锐'作家群研讨会"上，那是 2016 年 8 月 13 日。那天发言者众，会议一直开到 12 点半方才收场。吃罢午饭，我又被《名作欣赏》的傅书华先生与张勇耀女士拽到中国现代文学馆附近的一家咖啡馆里，参加一个对谈。对谈者便有雷达，还有首都师范大学的张志忠教授，话题是"当下的公众阅读与文学教育"。开了一上午会本已疲累，接着搞对谈更是昏昏欲睡。为了强迫自己兴奋起来，我一边喝热咖啡，一边吃冰激凌，冰火两重天，轮番刺激。雷达似乎更不在状态，他先讲了讲自己的观点，就撇下我们打道回府了。

想想也是。连我都快累趴下了，七十多岁的雷老爷子岂有不累之理？

万没想到，那一次居然就是我与他的永别。

回顾我与雷达先生数得过来的交往片段，大都是在北京的研讨会上的。当年我在山西遥望他时，读其文想见其为人；后来时来运转，我也混迹京都，能不时近距离观赏他，聆听他，可谓耳福不浅。本来我还可以通过切磋球艺，与他走得更近一些，也顺便见识一下他另一面的风采的，却终于还是说嘴呱呱，尿床唰唰了。不亦憾乎！

北京之外，有一次活动也值得一提。2007年11月下旬，我跑了一趟桂林，参加"《南方文坛》2007年优秀论文颁奖仪式"。没想到雷老师作为颁奖嘉宾之一，也到了现场，不由得让我大喜过望。因为是雷老师颁奖，这个证书于我也就有了特殊的分量。记得他念完论文评语把获奖证书颁发到我手中时，崔健的歌声忽然在我耳边响起——"这个感觉真让我舒服，它让我忘掉我没地儿住"。于是我拽着雷老师拍照，留下了与他合影的唯一一张照片。

我与雷达老师，摄于2007年11月29日

也想起童庆炳老师曾经跟我们说过："这个雷达挺厉害的，面对新出现的文学现象，他总是能上升到一定的理论高度加以概括，你们应该学学他。"童老师的这番话说在 2006 年，是不是他当时读到了雷达的什么文章很受触动？但我却一直没学雷达，不是不想学，而是学不来。有人把当下的文学批评分成学院派批评、作协派批评和媒体派批评，雷老师显然属于第二类。这种批评敏锐、犀利、有现场感、无学究气，弄潮儿向涛头立，手把红旗旗不湿。我等长期在学院里厮混，后知后觉甚至不知不觉，哪里有他那样的速度与才情？

不仅是批评，他的散文也学不来。雷达先生去世后，他的《韩金菊》一文曾广为流传，此文很可能会成为其代表作之一。为什么它写得好？因为那既是作者一生的痛，又在他心中珍藏了六十年，一旦拿出来，便动如脱兔，痛彻心扉。像这种题材，是可遇而不可求的。加上雷老师虽至老年，却反孙犁的散文观而行之，并没有把它当成老年人的文体，而是挥洒着年轻人的心气、血气和率真之气。像这种精气神又是天生的，哪能那么容易学到手？

我只能欣赏一番他的散文观了。他说过："我感兴趣的散文，首先必须是活文、有生命之文，而非死文、呆文、繁缛之文、绮靡之文、矫饰之文。"他还说过："我写散文，完全是缘情而起，随兴所至，兴来弄笔，兴未尽而笔已歇，没有什么预定的宏远目标，也没有什么刻意追求，于是零零落落，不成阵势。我写散文，创作的因素较弱，倾吐的欲望很强，如与友人雪夜盘膝对谈，如给情人写的信札，如郁闷日久、忽然冲喉而出的歌声，因而顾不上推敲，有时还把自己性格的弱点一并暴露了。"（《我心目中的好散文》）实际上，这其实就是李贽"童心说"、苏轼"文说"的现代版。前者的名言为："夫童心者，绝假纯真，最初一念之本心也。"后者的佳句是："吾文如万斛泉涌，不择地而出。在乎地，滔滔汩汩，虽一日千里无难；及其与山石曲折，随地赋形而不可知也。所可知者，常行于所当行，常止于不可不止，如是而已矣。"雷达所追求者，乃古人早已验证过的艺术境界，这当然是散文正道，小子我唯有心悦诚服。

写作此文期间，我拐弯抹角，终于打听到了王作人老师的兰州号码。电话打过去，王老师自然很是高兴。一说到雷达，他就开始滔滔不绝了："小赵啊，那天雷达的儿子打电话报丧，我真是大吃一惊。后来看着他的照片，我是泪如雨下啊。好多年我都没这么流过泪了。上大学时雷达就对我说'将来我们要在文学史上留一笔'。你瞧瞧，他那个时候就立大志了。后来到北京，一开始没人看得起他。他说他是兰州大学毕业的，是重点大学。别人就笑话他，兰州还有大学？这让雷达很受刺激，所以他就用笔说话，不停地写，不久就让人刮目相看了。我对雷达太了解了，他是个好人，也是个强人。他性格中有争强好胜的一面，很刚烈，就是不服输，不服气。所以他写了14本书，300多万字，证明了自己，也给我们西北人争了光。"

我说："我觉得还可以加上不服老。记得开研讨会时，他是不愿意别人说他老的。"

"怎么能不服老呢？"王老师接过话头说，"他就是太拼了。我曾经劝过他，说我们都一大把年纪了，得悠着点了，但他没把我的话当回事。当然，他那个毛病我估计也有遗传原因，他父亲就过世得很早。"

"王老师身体还好吧？"

"还行，目前我还是一个健康老头儿。退休后我在北京、南京两地漂泊10年，给女儿带孩子，顺便讲讲课，现在已是告老还乡了。我们要是再见面，恐怕你都认不出我了。我现在头发已脱光，很瘦，抽抽成了一个干巴老头儿。"

"如果我没记错，您今年整整38公岁了。"

他大笑，说："没错，我比雷达还大一岁。"

我说："我正在写一篇关于雷达的文章，您就不打算写点什么吗？"

"我要说的话太多了，一下子都不知从何说起。在报纸上写个豆腐块，也没什么意思……唉——想想还是算了，我在心里怀念他吧。"

我收了电话，这一次并没有劝王老师。

打开新买来的《雷达观潮》，一段文字进入眼帘："我早就发现，这年月自我感觉良好的人越来越多，无论是商海豪杰还是文化英雄，而我，不知为什么，自我感觉始终好不起来，心绪总是沉甸甸的，我怀疑我是否是这个时代的一个逸民。我背负着传统的包袱，却生活在一个高度缩略化、功利化、商品化、物质化的都市，我渴望找回本真的状态，清新的感觉，蛮勇的体魄，文明的情怀而不可得，有时我想，当失去最后的精神立足点以后，我是否该逃到我的大西北故乡去流浪，这么想着的时候，便也常常感受着一种莫名的悲哀。"

读到这里，我忽然意识到，雷达肯定还是一个理想主义者。

在今天这个时代，居然还要与理想主义荣辱与共的他怎么可能活得轻松自如？而突然与这个时代诀别，或许也不失为一种潇洒的解脱吧。

2018年5月1日写
2018年5月8日改

出来是完全正确的

——忆席扬

　　11月23日晚近12时，我歪在床上读《老生》。唱师又去一孝家唱阴歌，他一唱，就鬼气森森的，字里行间似也有了哀音。

　　那是贾平凹最新的长篇小说。

　　噗——噗——，搁在旁边的手机震动了两下，有人在给我发微信。这么晚了，会是谁呢？打开手机，一行字跳将出来："席扬老师去世了。"我大惊。揉揉眼睛，没看错，立刻追问怎么回事。微信中说："今天早上，心肌梗死。"

　　告诉我这一消息的是我的学生王茹，她在福建师大文学院工作。我把《老生》放到一边，在床上呆坐起来。

　　但我又疑惑了，在我的记忆中，席扬一直都是活蹦乱跳的，怎么可能突然去世？半个小时后，我又追问王茹："没搞错吧？我还是无法相信。"但她已不回复我了。

我将信将疑，却也开始发信息了。半夜三更，我把席扬去世的消息告诉了认识席扬的三五好友，然后便是久久的失眠。直到凌晨 3 点，才沉沉睡去。

　　第二天早上看微博，已经有人在说此事。中午时分，一条陌生的短信过来了："您好，我是席扬爱人温左琴，我先生于 23 日早上因病不幸离世，25 日上午 10 点在福州殡仪馆举行告别仪式，希望条件允许的话您能送他一程。"

　　席扬兄真的去世了。

　　死亡已是一个千真万确的事实。

　　数日之后，我从师弟王珂那里了解了一些情况。席扬的颈椎出了问题，此前一次上课，居然晕倒，遂住医院。医生检查出颈部有血栓，需动手术，但席扬并未在意。出院后，他加强了锻炼，却依然喝酒。那天清晨他早起遛弯儿，竟扑地不起。附近有幼儿园，平时接送孩子的，人来人往，但那天是星期日，行人稀疏。有二三路人见之，以为是酒鬼，并未理会。终于有人报警，已是一个多小时之后的事情了。

　　王珂说，那天上午，席扬本来是要参加教育硕士的论文答辩的，但他却没有等来席扬。

　　死是容易的。

　　以这样一种干脆利落的方式告别人世，也许是席扬兄的福气。

我只能这样安慰自己了。

翻开那本厚厚的《山西大学百年校庆校友联谊纪念册·文学院分册》（2002），我在78级的名单里找到了席扬的名字。那时候他叫席跃进，但他的信息是严重缺失的。没有出生年月，没有通信地址，也没有电话手机。唯一有价值的信息还写错了：工作单位那里是厦门大学。

这就是说，当年我与席扬是校友、系友，有一年的交集。但我们当时却并不相识。山西大学招上来的都是本省的学生，新生、老生的熟悉往往是通过认老乡的方式完成的。要不就是某位老生名气很大，让新生生发出一些仰慕。我和席扬既非老乡，席扬那时也没有名气，我们不认识很正常。

肯定是通过那份《批评家》杂志，我才知道了席扬的名字。1985年12月出版的第5期上，刊登了席扬的一篇文章：《悲剧与新时期文学》。那是一个《评坛新人园地》的小栏目，后面特意跟上了作者简介。因大学毕业论文做的是当代悲剧的论题，我当时对悲剧正敏感着，凡见到与悲剧有关的文章，便两眼放光，一定会认真读读。如今我打开这期杂志，看到作者简介中这样写道："席扬，原名席跃进，27岁，山西省绛县人。1982年毕业于山西大学中文系，后分配至山西师范大学中文系现当代文学教研室任教。自1983年以来，先后在《作品与争鸣》

《文艺报》《山西文学》《山西师大学报》《太原日报》等报刊发表文章若干篇。"

80年代的学人大概就是这么起家的。那时候，写文章、发文章不为科研考核，不参与工分计算，完全是发乎本心的一种需要。席扬大学毕业后便四面出击，说明他有极强的问题意识，也说明他有批评家的锐气。后来，他在《批评家》上频频亮相——论哲夫，批评王安忆，分析晋文化小说，畅谈新时期文学发展的逻辑走向，让我对这位大我几岁的兄长充满了好奇，也生发出许多敬意。

但80年代我们却没见过面。80年代后期，我基本上是在济南待着，席扬则一度去了上海、沈阳两地进修。席扬去世后有次开会，我偶遇中国社科院的陈福民兄，他感叹道："席扬住的是华东师大的首届助教进修班，那是1984年，算起来我们还是同学呢。"

我大概是在1991年吕梁师专召集的一次会议上认识席扬的。那时候，我已回到晋东南师专任教，偏安一隅，外界的信息严重缺乏。而本省召开的会议凡给我发了邀请的，我便一律参加。我把这种会议看成是让自己充电和洗脑的好机会。那时候，吕梁师专有一支批评新军，虎虎生风，晋东南师专也有几位人物，头角峥嵘。太原那里则有杨占平、阎晶明、谢泳等精兵强将，他们正在《批评家》的废墟上重整河山。但山西师大似乎只有席扬一人孤军奋战。

会后我与席扬（中）等朋友游玩，摄于1991年6月

　　应该就是在那次山西青年批评家的聚会上，人们谈起了席扬那本砖头厚的新著——《选择与重构——新时期文学价值论》（时代文艺出版社1989年版）。那时候，我们这些人只是写过几篇文章，席扬却已出了专著。他一下子就甩出我们几十里地，不由得不让人羡慕嫉妒恨。我们跟他要书，他便充满歉意地说："这本书连我自己也没留一本，用到它时，还得去图书馆借。"于是大家就调侃他，拿他开涮。他表面上哼哼哈哈着，谦虚谨慎着，但能看出来，心里却是颇为受用的。

　　似乎也是因为那本书里批评了陈村，陈村又来了个反批评，于是批评家与作家的交锋便也成了一个话题。谈及此处，席扬便露出不屑的神色。他仿佛是在说："陈村固然牛，但他哪里是我的对手？"

这就是我对席扬的最初印象：才华横溢，骨子里透着自负，但又很好相处，似乎有一种亲和力。

但是，于我而言，《选择与重构——新时期文学价值论》至今依然是一个美丽的传说。我似乎在我那个学校的图书馆里找过它，却一无所获，也就只好作罢了。

我现在已无法确定那是1993年还是1994年，一个冬末或初春的下午，席扬突然出现在我的家门口。"有朋自远方来"，我大喜。问其故，他才说是来附近某地办事，事已办完，便一路打听过来，想找我聊天。那时候我还住在筒子楼里，一阴一阳两间房，煤球炉火生在楼道里。阴面家冷，偶尔会偷用一下电炉。我立刻吩咐媳妇炒菜、做饭，打算跟席扬好好喝点。"绿蚁新醅酒，红泥小火炉。晚来天欲雪，能饮一杯无？"许多年之后回忆，我一直觉得那次畅饮对谈就是唐诗的意境。

席扬很健谈，酒量也不俗，酒助谈兴，他天上地下的，更是滔滔不绝。那时候，"十等公民"之类的顺口溜很是流行，他能全须全尾地背下来，还不时会拿出另一个版本，比照一番。我们便说一阵，笑一阵，顺口溜也成了下酒菜。

媳妇插话了，问席扬："你是不是认识那个谁谁谁？她可是对你崇拜得五体投地啊。"席扬愣了一下，当他得知我妻子与那位女子有过一段同学经历后，便接过话茬，讲起了他与这位女子的故事。席扬说，这位女子是他教过的学生，学生毕业后，便反复找他示好，但他态度冷淡。女子后来找下了对象，结婚前一天，又找席扬，想要他一个最后的说法。席扬婉言谢绝了。

妻子后来跟我说，她当时也就是随口一问，没想到席扬会和盘托出。大概是席扬以为那位女子已跟他们讲过这个故事，他便拿出了自己的版本，以正视听。只是这样一来，我们便成了这个故事的知情者。

这是80年代的爱情故事。从这个故事中，我解读出的是席扬的魅力四射。他课讲得好，风度翩翩，一定捕获过许多女孩子的芳心。用现在的话说，估计女孩子都甘愿做他的"脑残粉"。

妻子是第一次见席扬。喝酒期间她在一边察言观色，随后告诉我一个结论：以席扬的心气，他肯定是看不上那个谁谁谁的。

我唯唯。在这种事情上，女人的目光总是非常犀利的。

席扬给我寄书了——《知识分子的心路历程——中国现代散文名家新论》（山西高校联合出版社1994年版），那是他的第二本专著。翻过目录看后记，席扬一开头便这样写道："从想对散文做点研究，到这本书的付梓，一晃便10年了。其间的人非物异自不必说，单是这个念头亦把我折磨得好苦。一想起当年冬天独自一人在上海各图书馆摘抄资料的情景，这成果面世的兴奋也就所剩无几了。好在这本书里都是自家的货色，虽非'披阅十载'，但亦几易其稿。藏拙不是有意，但粗糙时见却难免。"席扬那时还很年轻，这几句却写得如此沧桑，颇有沉郁顿挫的味道。如今我打开这本书，依然觉得这种表达和句式是熟悉的，仿佛当年背诵过一般。

许多年之后，一位学生对我说，她逛书店，会先读读作者的后记，如果后记写得好，她会立刻拿下。否则，那就拜拜吧您呢。她的那番话让我想起，我读书往往也是先看前言、后记的。连后记都写不好的书，那有什么读头呢？

我就是从席扬的后记进入他这本书之中的。90年代中前期，散文一度很热，席扬出版此书可谓适逢其时。而通过他的分析与点评，"五四"前后那些散文大家的心路历程和精神风貌确实也活灵活现，如在目前。散文不像小说，小说有伪装，散文却常常素面朝天，见人心性。席扬把十几位名家的散文读来读去，"一网打尽"，他肯定获得了精神上的享受，同时也增加了审人度物的练达。

那些概括——鲁迅、胡适的"直"，周作人的"闲"，废名、俞平伯的"涩"，徐志摩、郁达夫的"真"，冰心、朱自清的"纯"，何其芳的"精致"——在我看来也很是精准。能概括出大家散文的典型风格，需要艺术感悟力，也需要审美判断力。

读博三年，为解决生计问题，我曾在北师大的辅仁校区讲了三年的现代文学史。每当讲到这些名家的散文，我就拎着席扬的这本书上讲台了。那里面的许多观点丰富了我的讲课内容，但在他生前，我却没机会说起这件事。

1996年是赵树理诞辰90周年。那时候，我刚被推到中文系副主任的位置，主管科研，就觉得应该以赵树理诞辰之名，召集全省的有关人士开一次学术研讨会。庙小人手少，那次会议让我忙活了大半年。

席扬也被我邀请过来了。此前他已写过几篇有关赵树理的文章，一鸣惊人，已是赵树理研究专家。依稀记得，会议上他与宋谋玚教授还商榷了一下。宋先生说："赵树理后来的东西左得很。许多人拿外国的那一套解释赵树理，狗屁不通。"席扬就为赵树理辩护。他觉得，赵树理能经得住反复解读，恰恰说明了这个作家的伟大。

席扬似乎没提交参会论文。那次参会的赵树理研究专家不多，许多人是临时抱佛脚，赶写了文章，识见似也是老生常谈。我想，席扬对于这种会议，一定是比较失望的。

就是那次会议期间，我邀请他给我们的学生做了一次讲座。他没有讲赵树理，讲的还是现代散文的话题。

那是我第一次，也是唯一一次听席扬讲课。他没带讲稿，也没带任何提示之类的纸片，走上讲台就那么开讲了。他讲得并不张扬，表情也没什么变化，声音不大不小，语速不疾不徐，如山涧清泉，汩汩而出。从头至尾，其思路之清晰，表达之妥帖，让我叹服。

讲课也是一门艺术，写得好文章的人不见得讲得好课。讲课也会形成一种风格，有的人张牙舞爪；有的人温柔敦厚；有的人车轱辘话多，弄得人心烦意乱；有的人则句句入耳，直指人心。席扬的风格是学者型的，内敛、严谨、自然、流畅。他讲的是散文，他的演讲本身就是一篇收放自如、张弛有度的散文佳作。我自愧不如也。

但他那次是看在我的面子上友情"出演"，还是我向学校申请了点讲课费，薄酬致谢，如今我已忘得精光。我只是记住了他那次"演出"的风采。10年之后我给他写邮件，依然忘不了调侃一句："早就知道你去了福州，福建师大的学生有福了，能听上你的高论，但山西师大的学生就惨了。"

2004年岁末，我在书店里发现了席扬的新作《多维整合与雅俗同构——赵树理和"山药蛋派"新论》（中国社会科学出版社2004年版），立刻把它买下。这时候我才意识到，我与席扬兄已有多年未通音问了。

1999年，我北上京城，席扬则南下福州，我们在同一年离开了老家山西。我能很快知道席扬的动向，肯定是因为王珂。当其时也，我与王珂、吴子林同居一室。这两位师弟都来自福建师大，他们二人也就成了福建师大新闻的广播站。王珂是老师辈，他知道的新闻旧事更多更稠，说起来便如数家珍，我就只有洗耳恭听的份了。

大概就是那时候，王珂告诉我，席扬已经"东南飞"，被人才引进，成为他的同事了。但为什么席扬要离开山西师大呢？我没问王珂，问他，他也说不出个所以然。

此后好几年，我与席扬的动静就被王珂来回传递着，直到2005年，我把两本自己的书寄给王珂，托他转交席扬。

席扬寄来了手写的书信。他夸我一番，然后便说到自己："我到福建已有6年，总体感到就是混日子。"这当然是自谦之词。因他问起我的近况，又给了我邮箱地址，我立刻写邮件，跟他念叨几句："我1999年来到了北京，从此与晋东南师专完全断了关系。当时觉得再不出来就老死长治了，便孤注一掷。此后一直在北师大厮混，觉得很累。老婆孩子也先后来了北京，现在各就其位。我去年买了房子，最近在忙装修，算是有了个窝。毕业后一直是两家合住，对空间很是渴望。"席扬则回复道："无论如何，出来是完全正确的——赵树理1965年不回去，就好了。"

出来是完全正确的——这既是对我的赞许，我想也应该是对他自己的肯定。但据王珂后来向我透露，席扬在那里的日子过得并不痛快。他喜仗义执言，又秉公办事，这样就容易得罪人。他新著中的开篇之作便是《赵树理为何要"离京""出走"》，结尾部分有这样的句子："他无奈地离开了北京的'大酱缸'，却又跌入山西的'是非窝'。此时，赵树理作为当代以'作家'立足的'知识分子悲剧性'，已显露得十分明显了。"

如果王珂描述得准确，席扬评论赵树理的说法又何尝不能看作他的自况之词？

于是余有叹焉：席扬兄在赵树理处浸淫日久，或许便得老赵真传——敢怒敢言，坚守良心底线。但"后赵树理时代"，哪个学者不世故，哪个作家非犬儒？如今还要抱着老赵精神为人处世者，自然便举步维艰，处处受限。以我对席扬的了解，他对人情世故，洞若观火，却又明知故犯，顶风作案。这种书生意气，我除了敬佩，便只剩下一声叹息了。

大概是 2008 年，我听说席扬要去汕头大学，莫非这又是赵树理式的"出走"？但这件事情我并没问过席扬。

就这样，我与席扬恢复了联系。但君子之交淡如水，秀才人情纸半张。我与他只是偶尔短信问候，或者互赠新作。2006年 7 月的一天，他打我手机，说在北京开会，会毕即将返榕。

而那天下午我则临时被安排了一次课，终于没有见成面。他在电话中特意告我："你那篇《假模假式〈赵树理〉》我在网上读过了，写得好，我也是这种感受。"

2007年10月底，我去京郊参加"中国革命与中国文学"国际学术研讨会，发现席扬也参会了，大喜过望。我与他在会下聊天，拍照合影。饭桌上，他谈笑风生，神采飞扬，话语滔滔，妙语连珠。十多年没见过面，他酒量似未减，香烟不离手。喝上了酒又有点人来疯，那天晚上他就唱起了主角。

不知怎么就说起了车。

我问："买车了吗？"

他说："买了啊，都一年多了。"

"手动还是自动？"

"手动啊，大老爷们儿开什么自动的？"

"北京堵得太厉害，买了车也开不起来。"

"可以在院子里开嘛。"

这是席扬的幽默。他幽我一默时，就明显流露出一种优越于我的得意，让我顿时生出京都何不是福州的遗憾。

2011年11月初，我借开会之机，去厦门、福州两地看望那里实习的学生。往福州移动时，我联系王珂，他立刻安排我晚上与研究生座谈，傍晚还要由文学院出面，请我吃饭。我说那你给我喊来席扬吧，我想见见他。

席扬到场了。他还抽烟，却已经戒酒了。

戒酒不是好事情。抽烟喝酒的人都清楚，能抽能喝便还是健康的标志。一旦到了非戒不可的时候，那就是身体出情况了。

不喝酒的席扬就显得有些神采黯淡，那天晚上他话不多，似乎有些心事。我刚与谢泳喝了顿酒过来，便问席扬与谢泳联系可多。没想到的是，他发开了牢骚："这个谢泳真不够意思。有位朋友托我跟他求本知识分子的书，我电话都打给他了，他答应得也好好的，却愣是没给人家寄，弄得我好没面子。"

"兴许他是忘了吧？"我给谢泳打着圆场。

原本想着谢泳去了厦大，他们走动会多一些，却没料到听到了席扬的埋怨之辞。至今我还记得，当他说出"好没面子"时，"好"那里是加重语气的。看来，这件事情把席扬伤着了。

席扬去世后，我跟谢泳兄说起此事，他果然忘得一干二净。我们在邮件里聊了几句面子问题，然后便叹息一番。谢泳说："席兄已作古，死者长已矣，愿他老兄安息。"

是的，愿席扬兄安息！

想起90年代，作协每有活动，谢泳、阎晶明两位兄长便召集我们开会。大家见面，嘻嘻哈哈，抱团取暖，何其开心。此后，吕梁、长治、临汾、太原的一干人等走出娘子关，星散四方，见面就变得殊为不易。屈指算算，我与席扬15年间只见过这两面，且每次都匆匆忙忙，聊不尽兴，不亦憾乎？2016年很快就要到来了，我原以为那一年为了赵树理，我们应该可以见上面的，但没想到席扬兄不辞而别，他提前去见赵树理了。

呜呼，夫复何言？

我只好在席扬的著作文章里寻找他的音容笑貌。

打开《多维整合与雅俗同构——赵树理和"山药蛋"派"新论》，后记里有这样一段文字："此书以'论文汇编'的本真状态面世，而不是以'改编'或'重整'的方式把它'加工'成一本'好看'却也不免存有'蒙人'之嫌的论著，我自然是有所期待的——我想让那些和我一样对赵树理、'山药蛋派'有兴趣的朋友们，能从这本小册子里略略了解些我在学术上笨拙的努力与真诚的付出。"

——这就是席扬，他有甚说甚，不故弄玄虚，我喜欢。

打开他的《文学思潮：理论、方法、视野——兼论20世纪中国文学思潮若干问题》（上海三联书店2009年版），后记中的最后一段文字这样写道："今日之时代，已成时尚与无奈相互转换的未有之'盛世'，学术是'谋稻梁'职业，亦是'文化工厂'里需要不断翻新的'商品'，巧取豪夺的'寻租'活动，比之正经八百的官场非但毫不逊色，甚至多有些独特的'别致'。新剧将不停地排演，老谱仍将不断地袭用，角色不过生末净旦丑。观戏者如我们，只能也乐意一如既往地做'看客'——并于此打捞'荒诞'与'安宁'。"

——这更是席扬，50 岁的文字依然充满着愤激。他还没学会随波逐流，我更喜欢。

读着席扬兄的这些文字，我感到一丝安慰。肉体无法永恒，文字却可以不朽。而当那些文字中跳动着一个学人的灵魂时，它们更是有了生命的温度。后人见之，摩挲一番，注目沉思，精神便这样传承下去了。

何况，我辈还可以做"看客"。

那么，就让我们当好"看客"，继续欣赏那一出出荒诞剧吧。

2014 年 12 月 14 日写

人生的容量

——忆再华

2017 年 2 月 10 日傍晚，我在手机上翻微信，忽然看到一条刘再华去世的消息，一下子愣住了。短暂的震惊之后，是越来越浓的伤悲和痛惜袭来，整个晚上没干成任何事情。我把那条微信转发至微博，很快有网友留言："刘院长 2012 年检查出食道癌，癌细胞不断扩散，能坚持五年实属不易。他得重病，没有让院里人知道具体细节，也不让院里老师去探望，怕麻烦大家。忽闻噩耗，不敢相信。"看来这位网友是知情者，他提供的信息似乎也解释了这几年我们几无联系的原因——在我，是忙得疏于问候；在他，是已病魔缠身，大概不想因此惊动同学。就这样，一直到他辞世，我、我与他共同的同学，都对他的患病一无所知。

我与再华相识于 1987 年。那一年，山东师范大学中文系招收了二十名左右的研究生，人少，各专业的同学很快就熟悉了。熟悉之后就有人分堆、归类，于是，我们这一级的男生有了三大"侏儒"和四大"巨人"之说。这实际上是恶作剧，过嘴瘾，或者很可能是个子低的人的一种心理宣泄。因为所谓三"侏儒"，实际上每人都差不多一米八五以上，身材修长，玉树临风；而四"巨人"则个个干精瘦巴，小巧玲珑，像是马三立相声中说的那款："1916属大龙，92斤体重。"

四大"巨人"之刘开明（左一）、刘再华（左四）和我（左五），1990年毕业时摄于山东师范大学

我与再华都有幸被归入"巨人"类里，只是他似乎比我更清瘦，个子也略矮一些。那个年级，我们专业的人是最多的，也就常常变着花样热闹，及至"拱猪"拱到半夜三更，贴条子、钻桌子。偶尔，古代文学专业的再华也会加入进来，但更多的时候他是沉静的。每每见他背着书包走在去自习室的路上，踽踽独行，目不斜视。在读研的三年里，他的读书生活可能更加简单，也比我们过得纯粹。

　　再华去世后，我与低我一级的同学钱振文共同回忆当年与再华的交往，但将近三十年过去，记忆中的雪泥鸿爪已所剩无几。他说湖南人喜欢扎堆儿，尤其是两位年龄较大的湖南同学喜欢买菜做饭，直把宿舍打造成锅碗瓢盆一应俱全的厨房。有一阵子，他与三位湖南人同住一屋，既受苦也享福，因为可以蹭吃蹭喝。

　　刘再华就是钱振文的舍友，也是我们这一级中年龄最小的湖南人。

　　这一回忆让我想起了再华的一个说法——"掐饭"。湖南人发音，似乎习惯于把"吃"说成"掐"。那时候，食堂的饭菜缺油少肉，吃得我们肚里寡，嘴中淡。我的师兄每每回一趟家，都会带来一罐炼好的猪油，吃饭时挖一勺溶入其中，菜汤中就漂满了油花。那两位老兄起火生灶，一是说明会过日子，二是显然也要解决肚子里的油水问题。

但再华会跟他的老乡在宿舍里"掐"来"掐"去吗？我有些疑惑。在我的印象中，他与他们似乎是若即若离的，不仅仅是有年龄上的差距，或许还有观念上的距离。年龄一大，就心眼活泛，已不可能老实读书了，这让他看不惯。他更看不惯的是，一位老兄已有家室，却与其小师妹腻在一起，及至出双入对，俨然夫妻。他看不下去，就时常跟我嘀咕："家里都有老婆孩子了，还勾搭人家纯情女子，成何体统！"说着这些时，他一脸严肃，也颇有几分不屑，与他的年龄似不相符。我想，那应该是 80 年代的书生气，是从还没被俗世污染的心灵中自然生发出的正义感。

是的，那就是一种朴素的正义感，因为后来发生的一件更大的事情，又让我看到了再华的耿介和血性。然而时至今日，它依然是无法言说的，也许只能烂在肚里了。

能够言说的是一些不咸不淡的事情。比如，振文记得深夜无人时，曾陪再华在黑咕隆咚的学校操场学骑自行车——他在后边扶着车架子，再华则努力掌控着平衡，摇摇晃晃地奋力前行。我则记得与再华去看过一场《本命年》的电影，散场后的夜晚，我们走在行人稀疏的文化东路上，聊了一路观影感受。那把刀子刺中的是李慧泉，我们的肚子仿佛也在淌血。

我还记得他发表过论文。如今通过知网查询，我已找到了这篇文章《王渔洋神韵说论评》，刊发在《山东师大学报》1989年第 5 期上。在我们那一级的研究生中，能在上学期间发表文章的人是不多的，这说明了再华的内秀与才气。那时候我就觉得，再华大概也像我一样，除了能做点学问外不会干别的。或许，这也是我们专业不同却走得较近的原因之一吧。

经振文提醒，我一下子就找到了刘再华的硕士毕业论文。论文是当年他送我的打印稿，经过将近 30 年的存放，自然已是古色古香，但他的论文题目——《沉重的时代　轻松的文人——袁宏道论》——我不仅熟悉，而且有一阵子还深深印在脑子里，挥之不去。也忽然意识到，1993 年，我写评论《废都》文章，取名为《贫乏的时代　尴尬的文人——从贾平凹说到庄之蝶》，是不是下意识中受到了再华硕士论文题目的启发？

再华的这个题目说的是古人，但我却隐隐感受到了与那个年代的同构关系。是啊，刚刚经历过昂扬与跌落的巨大心理反差，我们都有些心灰意懒，我们都不知何去何从，我们都在读《生命中不能承受之轻》，以此疗伤。我的导师告诫我，要选一个纯粹的理论题目来做论文，以免惹是生非。但再华却可以走向袁宏道，在"独抒性灵，不拘格套"中完成自己的表达。那当然是一篇纯粹的论文，但又何尝不是在借古人酒杯，浇自己块磊呢？

浇完块磊之后，我们就各自打道回府了。我回了山西的一所学校，他回了湖南，落脚到湘潭师范学院。

　　整个 90 年代记忆是一片空白，那时候我们有过联系吗？想不起来了。能够确认的联系已到世纪之交。1999 年，我来北京读博，大概把这一消息告诉了再华。而在那年 10 月，我也接到了他的回信。那时他已到复旦大学访学，目标则是考博，但能否成功却心里没底。他告诉我："不管成功的希望多么渺茫，我明年还是想试一试，当然重点是考复旦大学，但总感到复旦于我无缘。这里的外语要求太高，我们这些老学生很难适应。但复旦大学学风特别好，我这一个月来感触很深。"我几乎是一回到山西就琢磨起了考博，但真正考上却使出了"洪荒之力"，花费了 10 年时间。很可能是再华起意较晚，若早有考博念头，聪慧如他者岂能落在我的后头？第二年，再华如愿以偿，考进了复旦。

　　我现在找到他的另一封来信则是写于 2001 年底。再华在信的结尾处感叹："马年是我的本命年。上一个本命年，刚好是你我分别的日子，转眼之间岁月又过了一轮。逝者如斯夫！"——他还记得在本命年看《本命年》的事情吗？信里还说，上半年我曾托他找一本音乐方面的书，但颇费了一番周折，却并未找到。这个说法让我略感吃惊，因为我已想不起那是一本怎样的音乐书了。

但我确实是让他找过两本英文书的。2002 年 4 月中旬，我的博士论文写作已近尾声，可是，找遍北京的图书馆，洛文塔尔的两本书却依然没有着落，虽然它们与我的博士论文关系不大，但心里还是不踏实，便只好向刘再华求援。他很快告诉我，*Critical Theory and Frankfurt Theorists* 与 *Literature and the Image of Man*，复旦大学图书馆都有货，我大喜。但第二天他又写来邮件："今天上午和下午都在图书馆查找那两本书，因为眼睛对英文不敏感，所以找得比较慢，也比较吃力，但最后的结果还是没找到。从目录上看，书肯定在馆里，没有借出去，其中第一本索书号为 K516.03/L917，电脑上的记录是'所有馆址无此题名书复本'，问管理员，说书应该在外文文献中心，去查也没有。第二本书的索书号为 I500.7/L917，非借本，故肯定在馆中，但也没找到。流通部和外文文献中心的两位老师很热情，主动替我找了一会儿，也没有结果，最后的解释是可能因为图书馆上学期刚进行了一次大修，所有图书均搬了一次家，重新安置时，不少图书尚未整理好，他们也不知道放在哪里，类似的情况本学期以来时有反映。我很遗憾不能为兄之大作出点力。"

我提供这一细节，是想说明那个年代找书的艰难。那时候，网络初兴，资源贫乏，找书必须亲赴图书馆，到书库里用肉眼搜寻。而我这里发出一道指令，再华就得在图书馆里忙活半天，是很让我过意不去的。随后，我又把找书的接力棒交给老赵。赵建军是我读研究生时的师兄，他迟再华一年，也去复旦攻博。老赵寻寻觅觅一番，终于为我复印过来了其中的一本《文学与人的形象》，那已是半年之后的事情了。又过了一年多，美国的一位朋友帮我买到了《批判理论与法兰克福理论家》。而现在，这本电子书在微盘上就可以下载。

也是因为查阅 2002 年的邮件，我才意识到再华也托我在北京的书店里买过一本比较偏的专业书。这件事情本来不值一提，但他收到书后却寄来了书款。于是我指责他："你不应该寄钱，这样就坏了我的规矩。这样做显得太生分了吧。"他则解释说："本来确实不想汇款，考虑到你临近毕业，正是用钱之际，故如此做了。下不为例。"这就是再华，心很细，又总是想着他人。

再华毕业后，我与他一度失联。发邮件不回，又没有他的新电话，后来通过老赵打听到他的下落，已是 2004 年的夏天了。那年暑假，我奉院里之命，将赴长沙讲课一周，就决定无论如何，也要见见这位多年未能谋面的弟兄。我在一篇文章中写道：授课近尾声，与多年不见的老同学取得了联系。老同学闻听赵某人已来长沙数日，大喜过望，非要拉出去吃酒不可。酒毕，微醉，老同学提议去洗脚，我急忙阻止。阻止的理由说来简单，一来不想让老同学继续破费，二来是觉得洗脚之事乃私人行为，把私人行为放到公共场合，我心理上接受不了。老同学说："你们那儿是首都，我们这儿是'脚都'，来到长沙岂有不洗之理？你研究大众文化，洗脚屋也是大众文化，哪能光在书斋里啃书本，得脚踏实地体验一下才是。"僵持几分钟，我的理论说服不了他，他的道理也无法打动我。最后他说那就不洗了，叫车送你回去。坐到车上，却由不了我了，他不再与我争论，而是毅然决然地把我带到了一个很大很大的洗脚屋。

老同学就是刘再华。

我现在要补充的是，分手14年后的那次见面，我差点没认出他来，因为他胖了不少，头上已有一些白发，与我记忆中的形象判若两人。但我们都高兴得有点人来疯。他一人来疯就多喊了几人陪我喝酒，先白酒后啤酒，末了还要请我洗脚，仿佛非如此不能尽兴，非如此就无法让我享受到"脚都"的高端服务。我一人来疯就喝高了，但是说要洗脚，我依然不忘与他争执。说实在话，我当时是真不想去，理由如上。为了打消我的顾虑，他甚至还正色道："你别把那地方想歪了，洗脚屋又不是什么色情场所！"在他的万丈豪情面前，我只好束手就范。那是我有生以来第一次走进洗脚屋。

就是在那种晕晕乎乎的状态中，我听他讲述了毕业后的动向。因夫人去华东师大读研，毕业时他本想留在上海，去上海外国语大学任教，没想到与北大毕业的一位博士"撞车"（巧的是这位博士我正好认识）。又因两个人都没去成这所学校，他才打算回老家，在湖南大学安家落户。我想再华也该是心高气傲之人，回来恐怕心有不甘。于是我劝他："回来有回来的好处，你看看我，留在首都，连房子住的都是'团结户'，一到晚上就满地蟑螂。"

半年之后的某一天，我们又见面了。那是他来北京，要在国图查资料，为李慈铭的《越缦堂诗文集》校点做准备。那次他在北京待了十多天，我们见面两次，把酒言欢，但我并没招待他洗脚。

就是那次见面，他带来了刚刚出版的博士论文——《近代经学与文学》（东方出版社 2004 年 11 月版）。那时我的博士论文刚刚交付出版社，他的却已成书。见他这一步走得比我早，便高兴得与他猛喝啤酒，直到肚子撑得难受，才拽上他回办公室大喘气。我对再华研究的领域一窍不通，但凭直觉，觉得他这本书是下了大功夫的，且得风气之先。他的导师黄霖教授在序言中总结了这本书的五个优点，第一点就是"它毕竟第一次梳理了近代经学各派的文论及其演变的轨迹"。近十多年来，晚清文学与文论研究大热，但若思考经学与文学之关系，我想后来者是绕不过去再华这本书的。

他的文字功夫也堪称一流，这是我重读这本书的个别章节后立刻得出的结论。

将近两年之后，再华又来北京。那时我能约到的山师同学已多了几人。但联系钱振文，他刚回石家庄，另一同学也有事走不开，便只好就地取材，喊上张清华和正在北师大读博的郭世轩在香丰阁聚餐。

莫言获诺奖的第二天，我接再华电话，说他即将赴京，要见面聊聊。一晃又是六年了，我很感慨，于是立刻给张清华打电话，说聚会一事。清华正沉浸在莫言获奖的喜悦和亢奋之中，话题很快就转到莫言那里。而再华那次是否来过北京，我现在已印象全无。或许是他取消了来京计划？或许是我一周之后外出开会与他失之交臂？总之，我没有留下与他见面的任何记录。

似乎，那也是我们的最后一次通话。

此后的 2014 年初春，我的一位博士生在长沙试讲，欲了解那里一所高校的情况，我立刻给他提供了刘再华的电话。回来之后他跟我说，刘老师不仅给他提供了建议，还邀他一起吃饭。但我现在已想不起来我是否感谢过再华。

去年春天，刘涵之博士问我能否参加 10 月下旬湖南大学文学院举办的一次学术会议。因时间尚早，我无法确定。他随即告诉我："您的老同学再华老师不久前已任命为文学院院长。"我立刻说："那我得去给他道个喜。"但事到临头，我却忙得团团转，终于未能成行。现在想来，真是遗憾。

回想我与再华近十多年的交往，仅有的几次见面都是在吃饭喝酒之间度过的。又因为专业不同，我们也很少聊到学问。但我们彼此都关注着对方，并互赠新作，以此共勉。这大概就是我们这号读书人的本能。对于一个人文学者来说，51岁的再华兄弟才刚刚开始了做学问的黄金时代，却万没想到他会与学问就此永别。他的父母健在吗？他的儿子多大了？每念及此，便心痛不已。

再华去世后，我在知网上翻阅了他的一些论文，又在龙源电子期刊上找到他一篇可称作散文或随笔的文章。那是他写他的复旦同学刘起林的，名为《纯粹的学问与适意的人生》。此文知人论世，叙议结合，写得情采兼备，挥洒自如。文末，再华这样写道："刘起林不喝酒了，也不抽烟了，开始时我有点不相信，冷静一想，这也在情理之中。毕竟是奔五的人了，生活由狂禅走向净土不失为一种理性的回归。多年来积气以为文，为文耗气。现在应该学习如何以文养心了，养心以养生。人生的容量是有限的，就像一壶水，一杯酒，一缸米，吃完了喝完了就没有了。"此文刊发于2014年，应该是再华患病之后的文字，而他说出的这番话，是不是已融入了他自己的生命体验？

我把这篇文章转给振文，他回复我说："看了再华的文章，写得真好。他就是有这么好的文笔。当年就是。"

我不知说什么，只有一声长长的叹息。

2017年2月16日写

2017年12月25日改

逝者魏填平

宋谋玚先生逝世十周年纪念活动期间，我在网上读到了一些回忆文章。读那些文章时，忽然就想起了魏填平老师。我在想，如果魏填平还活着，他会如何去写宋老师？他可也是宋老师的得意门生呢。

但魏填平早宋老师六七年就过世了。我算了算，他死的时候大概只有 45 岁吧。那应该是 1993 年，那时候我还在晋东南师专教书。

1985 年我被分配到师专后，很快就弄清楚了中文系的底细。听人说，中文系不仅有宋谋玚、储仲君等厉害人物，还有所谓的"四大金刚"。"四大金刚"不知何人率先使用，却是送给中文系四位盛年才俊的雅号。这四位爷年龄差不多，经历也相似，都是下过乡、放过羊、同过窗、渡过江的老革命（齐金刚不是叫齐援朝吗？他一出生就赶上了"跨过鸭绿江"），都是师专中文系77级或78级的高才生。他们毕业后留校任教，短短三五年时间就站稳脚跟，声名鹊起。我们这些新兵蛋子初到师专，自然得给自己树立一个追模的目标、学习的榜样。但宋老师狂狷不羁，如魏晋人物，储老师则当着一校之长，里里外外又透着"唐诗晋字汉文章"般的儒雅，我辈就觉得高不可攀，不敢学也学不像。唯有"四大金刚"看得见，摸得着，可远观，能"亵玩"。那就向"金刚同志"学习吧。

　　魏填平便是"四大金刚"之一，但我见到他却是在大半年之后。

魏填平（后排中）与师专学生，摄于1983年

1986年春，我陪系主任梁积荣老师出门远行，去苏杭一带的书市为学校图书馆购书。似乎是因为转车，我们在上海短暂停留了半天或是一天。其时魏填平正在华东师大进修，梁老师就说要去找他。那个年代并无手机电话，我们大概是一路打听到魏填平的宿舍的。魏填平是梁老师的学生，他见老师驾到，自然非常高兴，便把我们带到一个简陋的小饭馆里，吃了一顿简陋的午餐。我是跟着梁老师沾光，有甚吃甚，并不讲究，却也稍感奇怪。老师大老远跑来找学生，学生也早已挣开了工资，请客怎么如此寒酸？直到好几年之后，我才明白了魏填平的处境，也才想到，请一顿像样的饭菜对于他并不那么容易。

那是我第一次见到传说中的魏填平。他中等身材，瘦长脸，长得不如另外"三金刚"相貌堂堂，却也一看就是个聪明人，甚至在聪明中还透着许多精明。他与梁老师说话聊天，既有谦卑迎合之相，也不时会在嘻嘻哈哈中将老头一军。这时候我就看到了魏填平的软中有硬，柔中带刚。心中不免暗想，这个"金刚"不简单。

那一面之后，我自然还见过魏填平许多面，但似乎都没有那一面印象深。何况我1987年又去山东求学，离职三年，那一面也就成了80年代我对魏填平的整个印象。

1990年我重回师专，与魏填平低头不见抬头见的机会更多了，但我对他的印象依然停留在初见阶段，因为我们从来没有深聊过。没有深聊可能是因为术业有专攻，也许还另有原因。魏填平上的是古代文学课和形式逻辑课，我当时学的是理论，兴趣在当代，教的却是写作。这样，我也就想不起来向他请教问题。当然不聊学问也还可以聊生活琐事、新闻八卦，但他对这些东西好像既没兴趣也没时间。而且，等我对魏填平又多了一些印象，就觉得他其实自视甚高，有一股傲劲，好多人他都瞧不上眼。我是不是能被他瞧到眼里，心里不清楚，也懒得去琢磨，但有了这种印象后，我也就对魏填平敬而远之了。许多时候在路上遇见，我只是喊一句魏老师打个招呼，他也淡淡应答一句，然后擦肩而过。

我与魏填平没交往，对他的动静却也时有耳闻。比如，学生会与我谈起他讲课的风采，让我心生好奇，但他的课我却从没听过。记得90年代初，已调至太原的储仲君先生回师专做讲座，我慕名而至。讲座由魏填平主持，他似乎前有介绍后有总结，那是我唯一一次看见讲桌前的魏填平如何讲话。但那次储老师是主角，魏填平在储老师讲座辉光的映照下早已黯然失色。在储老师面前，魏填平显得极谦恭，他端茶倒水，还不时去黑板上写出储老师讲座中提到的诗句典故，扎扎实实给储老师当了回助教。储仲君先生也是魏填平的老师，魏填平那天的表现，让我看到了他对待老师的另一种样子。

我没听过魏填平讲课，就只能想象他讲课的神态。我知道，要想把形式逻辑课讲好了并非易事，那不光得口才好，还得脑子好。脑子不清楚，自己都能把自己讲乱了。大学时代，我们的形式逻辑课老师学问做得好，但一讲课，却时不时会被自己讲的那些同一律、排中律、这判断、那推理绕进去，于是我们就在下面偷着乐。魏填平并非科班出身，却长期代形式逻辑课而乐此不疲，还能把它讲得妙趣横生，那不光是脑子好的体现，肯定是那个好脑子也被形式逻辑进一步锻造过，否则他怎么能下棋看五步呢？

　　魏填平喜欢下象棋大概是师专闻名的。每每见他下课之后就在办公室待着不走，逮住谁就与谁捉对厮杀。办公室里无高手，这时候他就会让对手一车或二马，然后开战。三局五局他不会过瘾，只等杀得要吃午饭或天已擦黑，他才收兵回家。魏填平本来烟瘾就大，下棋时更是一根接一根，嘴不离烟。夏天时，他常穿极普通的的确良白衬衣，上面两个口袋各装一包大光牌香烟。不知不觉一包烟已经抽完，他下意识去口袋里摸索，发现已是空盒，就一把将它揉皱，扔掉，急忙去掏另一包。本来他刚抽完一支，却还是像饿虎扑食一样把烟卷塞到嘴里，心急火燎地将它点着。第一口总是吸得很深，香烟立刻就下去了小半截。那口烟会在他肚子里憋一会儿，然后他才依依不舍地让它徐徐而出。这时候，他的脑袋就锁在烟雾之中，如黄山景物。有时他也会被烟呛得咳嗽几声，但咳嗽声又伴着他的嘲讽和笑骂，咳嗽似乎也就不再是咳嗽，而是成了胜券在握的得意，戏弄对手的享受。他咳嗽着，喃喃自语着，骂骂咧咧着，和着弥漫的烟雾，伴着铿锵有力的落子，构成了办公室的独特景观。他也完全沉醉在楚河汉界的世界中了。

我也是瘾君子，但见他抽烟的那种样子，还是稍稍感到恐惧。像他这种抽法，一天三包恐怕也打不住吧，何况他抽的还是"大光"！"大光"是太原卷烟厂生产的香烟，烟盒蓝白相间，倒也朴素大方，但烟丝很差，果然是便宜没好货。我当时虽不富裕，却也从不买这种香烟，因偶尔尝一支，不仅味道寡淡，还燎嗓子。抽这种烟，嗓子受罪伤肺伤胃，还抽它做甚？

但魏填平却总是左右开弓抽"大光"，那几年我都没见他换过别的牌子。抽烟人在一起，免不了要相互敬烟。我们递烟给魏填平，他来者不拒，连说好烟好烟。随后他也会用"大光"回敬一下，见我们不抽，后来也就干脆免了这道程序。于是，"大光"烟就成了他的独享之物。

魏填平抽"大光"的样子时常在我脑子里萦绕，起初我并不明白他为什么抽如此糟糕的劣质香烟，后来听说了些事情，才若有所悟。魏填平去世五年后，我的学生闫孝林写文章回忆，进一步坐实了当时的说法。孝林说："魏先生在师专是个比较穷的人，这与他的家庭有关，他常常在讲课之余讲他的家史，他弟兄二人，弟弟不幸在一次事故中饮弹身亡，他本人又违反了计划生育政策，工资下调，职称无缘，爱人工厂倒闭，赋闲在家，一家老小的生活重担全压在他一个人身上……讲至伤心处，我们听得几乎要掉下泪来，魏先生却慨然长叹一声：'不说它了，讲课！'然后就抑扬顿挫地念道：'榆关断音信，汉使绝经过……'"这些故事我在另外一些学生那里也听说过，可见魏填平是讲过许多遍的。而抽"大光"烟，大概正是那种困顿生活的真实体现吧。

为了把自己的生活搞好些，魏填平开始四处代课了。他讲课又名声在外，那几年可能就接了不少讲课的活儿。但长治是个小城市，又有多少地方让他讲形式逻辑，能有多少听众听他讲古代文学呢？他是不是有甚讲甚，来者不拒，捡到篮里是根菜？同时我又想到，那个年代，工资不高，课时费也少得可怜，靠叫卖知识又能挣几个钱？我自己是没有赚钱意识的，又想到讲课赚钱瞎耽误工夫，所以就总觉得那是下下策，但上策是什么，我至今也没搞清楚。而在魏填平看来，也许有课能讲，有钱可赚，已是一件十分开心的事了。因为他曾对闫孝林这届学生说，他最乐意做的事情是一天到晚连轴转，能马不停蹄地上课讲课。这种快乐我没体验过，自然也无法想象魏填平的快乐了。

只是代课一多，可能就会影响到其他。我在师专时，知道另外"三金刚"是很能写文章的，但魏填平却写得极少。1989年，师专曾把全校的科研成果汇编成册，那上面魏填平只有三篇小文章，分别是《唐玄宗四到潞州》（《山西日报》1980年3月9日）、《〈风景谈〉注解质疑》（《语文教学通讯》1980年第8期）、《谈谈〈上党史话〉的写作》（《编辑之友》1984年第3期），此外就是他与王怀中合作，写过一本《上党史话》的小册子，还参加过两三本鉴赏辞典的写作。我想知道他90年代是否发表过文章，便去知网里查，发现只有上面提到的其中两篇。这么说，90年代头几年，魏填平是不是光忙着讲课了而没顾上写文章？或者也可以理解为，他是不屑于写那些劳什子文章吧，因为写文章更是赚不了钱的。

于是我就总见他在下象棋。他在办公室下，在户外的树荫处下，与教工比试，与学生过招，一直杀到烟雾弥漫，天昏地暗。那是他讲课之余的调剂吗？不得而知。有时候，他也会拿起乒乓球拍子打几下。他主要打削球，防守多于进攻，但一招一式很是讲究。那个年代，篮球、乒乓球差不多成了我的日常功课，又听说魏填平这两种球都打得不错，我就希望多能和他交手。但他的瘾头主要还是在象棋上，我似乎没跟他打过几次乒乓球，也从没见他打过篮球。我几乎就要见到他打篮球了，却终于还是没能如愿以偿。

1992 年初秋，师专校工会组织的篮球赛将要开幕，中文系这支队伍也摩拳擦掌，准备在赛场上一显身手。当其时也，系主任李金刚的球打得轻舞飞扬，马建新的技术也相当不差，郭爱民虽然三步上篮总是踩不对步点，但他人高马大，长胳膊修腿，往那儿一站就成了师专的"姚明"。我那时正对乔丹崇拜得一塌糊涂，虽然一模仿他的梦幻脚步，立马就成了《卖拐》中的"大忽悠"走法，但我最年轻啊，可以满场飞。而魏填平则是传说中的好后卫，由他来组织进攻，我们这支队伍就有了章法，也有了冠军相。于是，我不光有了临战前的激动，甚至还升出了隐隐的期待。我没见过魏填平打球，这一次既可以饱眼福，还能和他打配合。我告诫自己，一定要在比赛中打得不那么寒碜，以便向这位久经沙场的老将致敬。我也准备从他那里偷学几招，这就叫作"在战争中学习战争"。

比赛前几日，我们开始练球了，魏填平终于出现在篮球场上。但他不跑不跳，只是懒洋洋地投了几个球。而且不一会儿他就咳嗽一阵喘几下，身体明显不在状态。他说他有点不舒服，大家也没太当回事。有人说，胳膊腿有了懒筋，打打球就舒服了。我们就那样说笑着、练习着。忽然起风了，大操场上卷起了细细的尘土，刮得人凉飕飕的，球也练不痛快了。

这个秋天有点冷。

不久，我们打开了比赛，魏填平却住进了医院。他再也没回到篮球场上。

起初，听说他得的是肺炎，很快又确诊为肺癌，需要做手术。因为魏填平的病，系里也变得忙碌起来，他也成了老师和学生们冬天的话题。他先是住在长治的一家医院治疗，后来又转院至京。到北京治病很麻烦，他家里又人手不够，系里就派出年轻教师秦雁周进京陪护。然而，不好的消息却不断从北京传来，让我们心里一阵阵吃紧。消息说，魏填平恐怕不久于人世了。

第二年初春，魏填平终于从北京回来了。那时他已生命垂危，雁周请示系里之后，就直接雇了辆出租车，行程近千里，一口气把魏填平从北京的医院拉到了师专的医务室。医务室设在那个"裤衩楼"的一层，我们去看魏填平时，他正躺在一张床上，头挨墙，脸朝下，被子半搭半盖，身子蜷曲如弓。我们喊魏老师，他不吭声；他那个十多岁的儿子扑在床上，喊他叫他，他身子动一动，却既不扭脸也不说话。他已昏迷了吗？我不太清楚，但系里有老师说，魏填平心里不糊涂，也还能说话，但肯定是他不想说了，他也不想把自己那张被病魔折磨得不成样子的脸扭过来，让他儿子看到。他就那样深埋着自己的头，在不吭不哈中走向了死亡。

在火葬场的殡仪馆里，我终于看到了魏填平的模样。只是经过化妆之后，那张脸已一片暗红，像国光苹果。如此形象，看着恐怖、可疑，也很不真实。为什么化妆师要把魏填平弄成那种样子呢？我至今都没想明白。而我第一次去火葬场参加葬礼，看到的却仿佛是死亡的假象。这种真真假假的影像在我记忆中窗存多年，挥之不去，想起来就觉得毛骨悚然。

从殡仪馆出来，我和系里几个老师又聚在一起。我们的心情都有些沉重，但表面上还是嘻嘻哈哈。我们抽着烟，聊着与魏填平相关的话题，等着坐车回去。忽然，系资料员李仲娴说："快看，死鬼魏填平上天了。""死鬼"的修饰语让我大吃一惊，那是要冲掉来为他送行的晦气吗？顺着她手指的方向望过去，我们看到一根巨大的烟囱矗在远方，那上面正冒着一股青烟。

谁也不说话了，我们的心情开始黯淡。

也许这就是火葬的残酷之处吧。土葬把人装入棺材，埋于地下，死者便有了一个永久的居所，也因此拥有了最后的尊严。而那座隆起的坟头，以后会"杂花生树，群莺乱飞"，与人间四月天融为一体，阴曹地府因此不再显得冷清凄凉。生者面对如此坟头，如同面对艾略特所说的"客观对应物"，似乎才有景可触、有情可生，也才能"纸灰飞作白蝴蝶，泪血染成红杜鹃"。然而，火葬却彻底粉碎了这种死亡，也粉碎了祭奠的古典意象。遗体告别，焚尸炉，烟囱上的青烟，骨灰盒，死者迅速地再度死亡。这种流水作业确实是让死者灰飞烟灭了，却也会让生者顿生寒意，情感一下子跌落在一片空漠的虚无之中。可是，在生的尽头，又有谁能逃避这种流水作业呢？想到那一刻，我的心情不光是开始黯淡，似乎也生出了一种绝望。我那时虽然才活了 30 岁，但我仿佛已看到了我死后的模样。

那年春天，魏填平又成了校园里的话题，人们开始猜测他的死因。有人说，魏填平那几年其实活得并不痛快。他想当图书馆馆长，却阴差阳错没当上，便心有郁结，不得通其道。这种说法我不知道是否成立。

当然，也可以说他是讲课累死的。

或者，更应该说他是抽烟抽死的吧。

对于我们这些新老烟民来说，魏填平之死似乎有了一种震慑效果。有那么一段日子，我们面对香烟好像都有点心有余悸，相互敬烟也就不再那么频繁。有人甚至提议，干脆大家一起戒烟算球了。但或许还不到半年，埋在心头的那颗疙瘩已经消散，我们又抽得肆无忌惮了。

办公室里依然有人下棋，那种落子时的巨大声响，敲击着90 年代的剩余岁月，仿佛是对魏填平遗志的继承，也仿佛是对他未竟事业的延续。

也许，那也是对魏填平先生的一种缅怀吧。

2010年12月31日写

2019年4月30日改

后记

这是我的第二本散文集。

2011年出版《书里书外的流年碎影》时，我没想到它会有些反响。更没想到的是，我在朋友圈里还落了个"会写散文"（我觉得我还是不会写）的名声。我的导师童庆炳先生甚至以刘勰的"情信而辞巧"为标题，写文章夸我，这既让我惭愧，也让我有些意外。想当年，我的博士论文成书时请他赐序，这个序等了一年左右的时间。而这一次，他却速读速写，主动为之，莫非拙书真让他老人家有所触动？

我后来没有"金盆洗手"，而是继续写着这样一些"不三不四"的文字，很可能就与众师友的谬赞与鼓励有关。但更重要的原因或许还在于，许多时候是我确实想写。我当然知道，自己的人生经历既无高光时刻，也无华彩乐章，"旧"由我这样的人来"怀"，就如同"平胸的舞娘跳脱衣舞"，是很容易被人笑话的。但问题是，虽然寒酸，尽管平淡，却又总有一些瞬间或片段让我感到神奇或不可思议。它们在我的记忆深处哭着，笑着，叽叽喳喳着，仿佛要破门而出，又仿佛是要让我另眼相待。实在嫌它们闹得慌时，我就只好把它们拽出来了。

于是，有了上编内容——"私人生活"。

但这样一来也很危险。我的私人生活本就灰头土脸，如今又暴露在光天化日之下，难堪自不必说，有时甚至还容易惹是生非。记得一位学生读过我的某篇文章之后很认真地劝我："这篇适合您80多岁以后发表，现在拿出来或恐他人说三道四。"也许她是有道理的，但问题是，我能不能活到那个岁数呢？

"人生的容量"是我的研究生同学刘再华的说法，如今我把它用作这本书的书名。或许表达了我对死生由命、人生无常的感喟。79岁那年，童庆炳老师的生命突然终止在金山岭长城的台阶上，令人震惊；56岁那年，席扬先生一头栽倒在晨起锻炼的路途中，长眠不醒；51岁那年，刘再华同学与病魔搏斗几年之后驾鹤西去；26岁那年，我那个新婚不久的外甥突遇不测，一家人因此伤痛不已……而就在我写着这篇后记时，师母梁湘如女士刚好私信我，说梁归智老师已在问他的主治大夫，他是否还能活到这个月月底。因为他很清楚，自己的生命之火即将熄灭，死神已在向他招手。可是四个月前，他还来我家里聊过啊。那个时候，他把酒话红楼，谈笑坐怡怡，全然不知自己身体中潜伏的杀手正准备向他发起攻击。梁老师生于1949年，如果能挺到月底，他就接近了自己的70岁生日。

因为震惊、悲痛、忧伤以及对生命的叹息，所以又有了下编内容——"秋叶静美"（取"生如夏花之绚烂，死如秋叶之静美"之意），那是长歌当哭的替代性表达。

当然，即便是长歌当哭，那里面也有我的私人生活。"人的本质是一切社会关系的总和"——我绝望地想到了马克思的这句语录，以此为我的假公济私、不得不写撑腰壮胆。而私人生活在长歌当哭中蜿蜒，它们固然获得了一次又一次的呈现机会，却也不可能不含着悲音，透着寒意，行行重行行，五里一徘徊了。结果，我的私人生活除了灰头土脸，还成了本雅明所谓的"悲苦剧"。

这个集子如此设计，与资深编辑向继东先生的约请有关。我与向先生相识于2017年的一次学术会议上，随后，他约我加入"学术人生"丛书的写作阵营，我欣然从命。但这套丛书却因故"流产"了。因为这次交往，他知道我还有些散文家底，也希望我能把那些比较私人化的文字汇总起来，结集出版。我接受了他的美意，也决定向着这个方向努力。但只是刚编了两辑内容，就已达到了他所说的字数规模，其他的文字也就只好弃之不用了。

收在这里的大部分篇什曾在《文艺争鸣》《山西文学》《博

览群书》《南方周末》《新京报》《人民画报》《中国画报》（英文版）等报刊上先期面世，但也有几篇并未正式发表，只是用我以前的博客、现在的微信公众号推送过。没有发表的原因，一是我并没把这些东西太当回事，二是觉得它们都是些练笔之作，还需要修改。但实际情况是，它们往往被新的写作迅速覆盖，待我想起来修订，已是三年五年甚至八年十年之后的事情了。这一次因为要成书，我又集中把它们顺了一遍，总算是可以定稿了。

感谢南京大学教授赵宪章老师为拙书作序。记得第一本散文集面世时，我曾奉上那册小书，请他指教。没承想，他不但读了我那堆粗服乱头的文字，而且还"到处逢人说项斯"，夸得我一鼓作气，整整高兴了三年五载。何以如此？盖因他之赞语"一波未平，一波又起"，我也不得不兴奋得"才下眉头，却上心头"。所以，这次我必须请他出山，赐序作文，为拙书增色。同时，我也决定，一俟该"犬子"呱呱坠地，我要一下子送他十本。

感谢为我提供珍贵照片的师友。为了把这本书"打扮"得好看些，我决定像上一本散文集那样，继续"有图有真相"。但我自己的收藏并不能解决全部问题，便只好劳驾我的启蒙老师司玉莲、音乐老师王翠莲、知青丁大霞、作家聂尔、村里同学李翠林等，帮我找图。据说，当年我们村的供销社只进了三个

"号志灯饭盒"，一个被我家买回，一个被女同学家请走，第三个下落不明。如今，我家这个已没了提手，女同学家那个却完好如初。莫非她像《红灯记》中的李奶奶一样，悉心照看它，经常擦拭它，让它保持着"革命本色"？我从李翠林处得此信息，大喜过望，便派她把这盏"号志灯"请到庙里，在我的"遥控"下拍出了一张满意的照片。因此，我要特别谢谢她和这位不愿意透露姓名的老同学。

最后，感谢向继东先生为这些闲散文章提供集中亮相的机会，也感谢广东人民出版社钱飞遥编辑、北京分社段洁总编辑的辛苦付出。向先生有意与我继续合作，我也希望这只是合作的开始。

赵勇

2019年10月15日写

2020年10月15日补

百家小集

总策划 肖风华　主　编 向继东

*即将出版